Thank you, son

고마웠어,
아들

Thank you, son

고마웠어, 아들

이동섭

에세이

좋은땅

“ 사랑하는 내 딸.

부탁 하나만 들어줄래?

이 책 한 권 잘 가지고 있다가,

나중에 아빠 죽거들랑

아빠랑 같이 태워 함에 넣어 줄래?

하늘나라에 있는 네 동생 만나서

이 책에 담긴 아빠 마음을

꼭 전해 주고 싶단다. ”

“ 사랑하는 아빠.

알겠어요. 들어드릴게요.

대신 아빠도 제 부탁 하나 들어주세요.

암 잘 이겨 내고 건강해져서

엄마랑 제 곁에 오래오래 남아 주세요.

하늘나라에 있는 동생도

이해하고 기다려 줄 거예요.

지상에서의 긴 나날도 하늘나라에선 찰나래요. ”

시작하는 말

끝나지 않을 것 같기만 하던 기나긴 장마가 하룻밤 자고 나니 끝이 났다.

그리고 이제는 누구나 예상했던 한여름 폭염이다.

끔찍한 더위가 끝나지 않을 것 같지만, 이 또한 자고 나면 서늘해질 것이다.

물론 하룻밤은 아니겠지만.

나는 50대 중반의 평범한 은행원이다.

경상도 출생, 큰 체격, 검은 피부에 누가 봐도 고집 세고, 원리원칙 따지고, 앞만 보고 달리는, 그런 피곤한 스타일이다.

1995년에 입사하였으니, 벌써 만 28년 근무하였고 올해로 29년차, - 이제는 지점장, 부서장 급에서도 고참 축에 속한다.

중간에 IMF도 겪었고 두 차례의 합병도 있었지만 잘 견뎌 내고 여기까지 달려왔다.

결혼 역시 같은 해 3월에 하였으니, 직장 생활과 햇수, 달수 모두 똑같다.

아내는 28년 전이나 지금이나 변함이 없다.

항상 알뜰하고 따뜻하며, 항상 나를 위해 준다.
나와 네 살 터울, 스물셋에 나와 결혼해 주었고, 전업주부이다.
아이들에게는 더 없는 친구이자 후원자이다.

스물일곱 딸아이는 불문학과를 나와 프랑스에서 대학원을 졸업했고, 지금은 현지에서 직장을 다니고 있다.
우리 부부에게는 천사 같은 아이이고, 착하고 성실하며 배려심도 깊어 누구에게나 예쁨 받으며 성장하였다.

스물셋 아들은 어렸을 때부터 하고 싶은 것도 참 많고 잘하는 것도 참 많은 아이였다.
그래서인지 삶 자체가 참 변화무쌍하고 버라이어티 하였는데, 키우며 지켜보기에 때로는 재미있었고 때로는 아슬아슬하기도 하였다.
일본에서 대학을 다니던 중 휴학하고 들어와 군 생활을 마쳤고, 예정대로라면 지금쯤 복학을 준비하고 있을 때이다.

그런데, 갑자기 죽었다.
몸이 아프다 하여 병원으로 옮긴 지 반나절 만에 숨을 거두었다.

한 달 전 나는 위암 진단을 받아 수술을 하였고, 병가를 내어 집에서 쉬고 있을 때였다.

아들의 갑작스러운 죽음은 우리 가족의 모든 것을 바꾸어 놓았다.

아내는 하루 종일 눈물을 흘린다.
잘 때도 울면서 잔다.
이따금 몇 시간씩 아들 사진만 들여다보고 있다.
말수가 극히 줄었다.

딸아이는 서둘러 귀국하여 아내 곁을 지켜 주고 있다.
아들의 속마음을 제일 잘 안다. 부모보다 더.
정말 속이 깊은 아이이다.

나는 한 달 사이에 몸과 마음에 큰 상처를 입었고, 회사의 배려 속에 잠시 현업을 내려놓고 회복의 시간을 갖고 있다.

누구나 그렇듯이, 나 역시 처음 '아빠'를 해 본다.
완전 '초보 아빠'이다.
하지만 아무리 그러할지라도 나는 아들에게 너무 잘못하였다.
너무 차가웠고 너무 냉정하였고 너무 무서운 아빠였다.
한 번도 아들을 따뜻하게 포옹해 준 기억이 없다.
그래서 더욱 가슴이 아파 온다.

시간이 지날수록 아들이 조금씩 잊혀져 가는 게 두렵다.
시간이 한참 더 흐른 뒤 아들의 이름이 문득 떠오르지 않으면 어떡하지?
더 시간이 흘러 다시 만났을 때 아들의 얼굴이 기억나지 않으면 어떡하지?

그래서 더 늦기 전에 아들에 대한 모든 기억을 꺼내어 지면 위에 차곡차곡 쌓아 보려고 한다.

더 붙일 이야기도 뺄 이야기도 없이 있는 그대로의 이야기를 써 내려가고자 하니 그리 시간이 오래 걸리지는 않을 것 같다.

폭염이 다 지나간 가을 즈음에는 내 방 책장에 새로운 책 한 권이 꽂혀 있었으면 좋겠다.

✦ 아들이 고등학생 시절 직접 창작한 [iYOAU] 기본 디자인입니다.

✦ 아들은 당시 음악과 디자인 창작 활동에 심취하였고, [iYOAU]라는 닉네임으로 활동하였습니다.

✦ 본인의 아바타와도 같은 작품으로 평생 몸에 지니고 다녔으며 아직도 주위에 많은 흔적이 남아 있습니다.

목차

1

올해 6월 19일

올해 6월 19일

2023년 6월 19일, 월요일 아침.

모두들 바쁜 걸음을 옮기며 활기차게 한 주를 시작하는 그 시각, 마침 해도 알맞게 길어져 벌써부터 햇살이 환하게 부서지기 시작하는 이른 그 시각에,

아들이 죽었다.

세상은 달라진 게 하나 없이 바삐 움직이는데,
나의 아들만 죽었다.
불쌍한 우리 아들만 죽은 채 누워 있다.

우리를 둘러싼 모든 것이 멈춰 있다.
시간도 멈췄다.
움직이는 것은 아무것도 없다.
아들의 호흡도 이미 멈췄다.

아내는 아들 곁에 앉아 있고, 나는 서 있다.

아내는 아들의 잠든 옆얼굴을 보고 있고, 나는 정면 얼굴을 내려다보고 있다.

자는 얼굴과 다르지 않다.

누가 봐도 그냥 잠든 얼굴이다.

그런데, 낯설 만큼 창백하기는 하다.

번갈아 보았더니 아내 얼굴이 더 창백하다.

덮여진 천이불 속에서 팔을 꺼내어 연신 주무르며 이름을 부르고 있지만 당연히 대답은 없다.

안쓰러울 만큼 옆에서 부여잡고 깨워 보지만 미동도 없다.

부르짖는 소리가 점점 작아지고 몸동작도 작아지더니 이내 아내도 모두 멈추었다.

하염없이 눈물만 뚝뚝 떨어져 허연 천이불 위에 짙은 자국을 만드는데 이마저도 금세 증발하여 사라지고 만다.

나는 아내에 비해 놀라울 만큼 침착하다.

그저 깊이 잠든 아들의 얼굴을 내려다볼 뿐 할 수 있는 게 없다.

다행히 아들 얼굴은 평온하다.

고통에 시달린 얼굴은 아니다.

오히려 잠결에 살며시 간 것 같은 편안한 얼굴이다.

아무 고통 없이 잠결의 호흡 속에 갔을 것이라고 믿는다.

그게 유일하게 나를 위로해 준다.

눈은 편안하게 감고 있지만, 입은 살짝 벌어져 있다.

입을 살포시 닫아 주며 얼굴을 쓰다듬어 주었다.

불현듯 백짓장처럼 차가운 얼굴이 만져지면서 멍하고 뿌옇던 내 정신과 시아가 비로소 또렷해진다.

아들의 손을 부여잡은 채 차가운 볼을 제 볼에 비비며 소리 죽여 울고 있는 나의 아내.

일으켜 세워 안아 주었다.

내 품에 안겨 울며 어깨를 들썩이는 게 지금 이 순간 유일한 움직임일 뿐, 그 외에는 모든 것이 멈춰 있다.

6월 19일 아침 여덟 시 구 분이다. 지금은.

2

작년 12월까지

작년 12월까지

1995년, 당시 내가 스물여덟 살이 되던 해 1월, 은행에 입사하면서 사회생활의 첫발을 내딛었다.

그리고 그해 2월 대학을 졸업하였고, 그해 3월 아내와 결혼하였다.

돌이켜 생각해 보니 그해 초 정신없이 바빴었겠다.

입사한 지 2년 만에 불어닥친 IMF 외환 위기로 인하여 온 나라가 절체절명의 위기 속으로 내몰리고 있었는데, 그 와중에도 우리 은행원들이 제일 직격탄을 맞았던 것으로 기억한다.

'명예퇴직'이라는 그다지 명예롭지 않은 단어도 당시 은행권에서 제일 살벌하게 통용되었던 것 같다.

그 후로도 두 차례의 메가톤급 은행 간 합병을 경험하였다.

불행히도 나는 두 차례 모두 '피'합병 은행에 근무하고 있었던지라 당시에는 마음의 상처가 꽤 컸다.

그래도 그럭저럭 잘 버텨 내며 성실하게 은행 생활을 이어 나갔다.

업무 능력도 인정받는 편이었고 사람들과 어울리는 것을 좋아하다 보니 대인 관계도 좋은 편이었다.

승진도 때 되면 계속하였고, 본점에서도 근무할 기회를 여러 번 가질 수 있었다.

지금으로부터 5년 전이었던 2018년 11월, 나는 서울시 ○○구청지점 개설준비위원장(지점장)으로 발령을 받았다.

은행 입사 후 두 번째 지점장 자리인 셈이다.

내가 입사할 당시에는 은행원이라면 누구나 때 되면 지점장이 되는 분위기였지만, 지금은 '하늘의 별 따기'라는 표현이 딱 맞을 만큼 지점장 되기가 힘든 시절이 되었다.

나는 운이 매우 좋은 사람이라고 생각한다.

4년마다 한 번씩 치르는 서울 시내 25개 구청 금고은행 선정 입찰에서 내가 몸담고 있는 은행이 처음으로 ○○구청의 금고은행으로 선정되는 바람에 지점을 새로 개설하게 된 것이었다.

구청 금고은행이란 구청의 예산을 전담 관리하는 은행을 말하는데, 일천여 명이 넘는 구청 공무원들과 구청 산하기관 직원들을 주거래 고객으로 유치할 수 있고, 구 행정과 관련된 다양한 협력 사업, 부수 업무도 취급할 수 있는 메리트가 있다.

그래서 4년에 한 번씩 시중 은행들은 저마다 구청 금고은행으로 선정되기 위해 전쟁을 방불케 할 만큼 치열하게 경쟁을 벌이고 있는 것이다.

발령받던 날 나는 아내와 함께 거제도에 있었다.

연간 의무적으로 사용해야 하는 휴가 일수가 너무 많이 남아 있어 잠시 휴가를 온 것이었다.

사흘째 되던 날 아침, 거제도를 떠나 통영으로 막 달리고 있을 때 낯익은 번호로 전화가 와서 받아 보니 본점 인사부 최 과장이었다.

오늘 오후 두 시에 본점 대회의실에서 사령장 수여식이 있으니 참석하라는 통보였다.

"최 과장, 나 지금 휴가 중인데?"

"지점장님, 설마 지금 외국에 계신 건 아니지요?"

"외국보다 더 멀어. 여기 통영이야."

"네? 통영이요? 그럼 오후 두 시까지 올라오실 수 있겠어요?"

"당연히 못 올라가지. 어떻게 네 시간 만에 통영에서 본점까지 가?"

"아이고, 모르겠습니다.
저는 분명히 전달하였습니다."

하고 끊는 것이다.
은행장님으로부터 사령장을 받는다는데, 어떻게 안 갈 수가 있는가?
목숨을 걸고라도 올라가야지.

정기인사도 아닌데 나를 어디로 보내려나… 하는 설렘 반, 두려움 반의 심정으로 서울을 향해 시속 140킬로미터로 달려 올라왔다.

그리고, 은행장님으로부터 받은 사령장에는 '○○구청지점 개설준비위원장'이라 찍혀 있었던 것이다.

신설 점포로 발령받는 직원들은 대체로 업무 역량이 출중한 직원들로 선발되는 경향이 많았다.

그도 그럴 것이 일반적인 뱅킹 업무 외에도 지점 신설을 위한 다양한 행정 업무, 신시장 개척을 위한 섭외 능력까지도 두루 갖추고 있어야 하기 때문이다.

그래서 나와 함께 발령받은 직원들은 연말 차가운 날씨 속에 지점 신설 업무로 고생스러우면서도 조직으로부터 능력을 인정받아 선발되었다는 높은 자부심도 가지고 있었다.

나도 그랬던 것 같다.

많은 지점장들 가운데에서 선발되었다는 자부심이 당시 나에겐 새로운 '동기 부여'가 되어 주었고, 함께 발령받은 직원들과 함께 똘똘 뭉쳐 금고은행 지점을 성공적으로 준비해 나아갔다.

내 손으로 직접 구청 측과 지점 임대차계약을 하고, 지점 신설을 위한 공사도 하고, 관할 세무서에 나를 지배인으로 하는 사업자 등록도 냈다.

출장소도 하나 신설을 해야 해서 졸지에 나는 사업장 두 개를 가지고 있는 지배인이 되었다.

구청 및 구의회 관계자분들과 은행 임원분들, 인근 지역 지점장들을 초

대하여 성대하게 지점 개점식도 하였고, 지역 유지분들, 소상공인 분들께도 직접 찾아다니며 지점 개점을 홍보하고 힘차게 영업을 시작하였다.

그리고 만 3년이 지나 4년째 되던 해인 작년, 2022년.

다시 금고은행 입찰이 시작되었다.

경쟁 은행 두 군데가 더 참여하여 경쟁률 3:1. - 아무리 우리가 기득권을 가지고 있다 하더라도 산술적으로는 금고은행을 유지할 확률보다 탈락할 확률이 더 높다.

3년 동안 그렇게 고생하며 내 손으로 직접 일궈 낸 금고은행 지점을 내 손으로 다시 폐쇄시키고 경쟁 은행에게 빼앗길 수는 없는 노릇 아닌가?

게다가 지금까지 함께 동고동락하며 지점을 개설하고 여기까지 함께 달려 온 훌륭한 직원들을 지점 폐쇄로 인해 모두 뿔뿔이 흩어지게 할 수는 없지 않은가?

일 년 내내 입이 바짝 마를 만큼 긴장을 하고 극한 심적 부담을 가질 수밖에 없는 한 해가 될 것이다.

연초부터 본점을 오가며 입찰 전략을 수립하고, 구청 관계자와 지역 내 키맨들을 섭외하며 금고은행 지위를 이어 나가기 위해 열심히 뛰어다녔다.

그러던 중 입찰을 코앞에 둔 여름 어느 날부터 윗배 명치끝이 살살 아파 오기 시작했다.

평소 술과 담배를 많이 하다 보니 속이 편한 날보다 그렇지 않은 날이 훨씬 많기는 하였지만, 그렇다고 해서 근래처럼 속이 쓰리고 며칠째 계속 소화가 안 되는 날은 그리 많지 않았었다.

낮에는 정신없이 뛰어다니다 보니 모르고 지나갔으나 밤에 잠자리에 들 때에는 복부의 통증이 너무 심하여 잠을 이룰 수가 없을 지경이었다.

인터넷에 나의 증상을 검색해 보니 99.9% 위궤양이라는 결론이 나왔다.

혼자 아프고, 혼자 진단하여 내린 결론. - 그렇지만 오히려 한시름 놓았다.

위궤양에 대하여 자세히 알지는 못하지만 주위에서 흔히 들어 본 터라 그리 심각한 병은 아닌 것 같고, 더구나 TV에서도 약 광고를 많이 하는 걸로 봐서는 흔한 병임에는 분명하다고 생각하고 넘어갔다.

가을에 접어들면서 금고은행 선정 입찰이 본격화되었다.

제안서 접수를 마치고 이제 평가위원회에 직접 참석하여 프레젠테이션(PT)을 해야 하는 날짜가 점점 다가왔다.

주어진 20분 동안 각 은행들은 저마다의 강점과 차별화된 비교 우위 전략을 바탕으로 금고 업무를 완벽히 수행하기 위한 다양한 제안 사항들을 발표하여야 한다.

그리고 이어지는 평가위원들의 질문에 완벽히 답변을 하여야만 그나마 감점 없이 경쟁을 이어 나갈 수 있는 것이다.

경쟁 은행들은 모두 발표 실력이 출중한 본점 실무 직원 또는 프레젠테이션을 위해 급히 채용한 전문 계약 직원이 발표자로 나선다고 하는데, 나는 현직 지점장이라는 경력과 전문성, 그리고 50대의 중후한 신뢰감을 무기로 직접 프레젠테이션에 나서기로 하였다.

좀 진부한 감도 없지 않지만.

드디어 금고은행 선정 평가위원회가 개최되었다.

평가 당일 오후, 입찰에 참여한 3개 은행은 미리 제비뽑기로 정한 순번대로 프레젠테이션을 하고, 그 평가 결과는 당일 중으로 발표하게 되어 있었다.

은행 본점의 높으신 분들과 기관그룹 직원들, 그리고 구청의 공무원들까지도 금고은행 선정 과정 하나하나를 초미의 관심 속에 지켜보고 있었다.

입찰 결과에 따라 생존 여부가 결정되는 우리 지점 직원들은 말할 것도 없고.

가만히 앉아만 있어도 심장이 터질 것만 같은 극한 긴장과 막중한 부담감에 하루 종일 얼굴이 상기되어 있고 호흡이 거칠기만 하다.

구청 3층 대회의실에 마련된 평가위원회. - 좌우로 열 명이 조금 넘는 평가위원들이 앉아 있고, 각 위원들 책상 위에는 일천여 쪽에 달하는 3개 은행의 제안서들이 높다랗게 쌓여 있으며, 주최 측에서 마련해 놓은 평가 용지를 담은 바인더와 서너 종류의 펜, 음료수 등이 어지러이 놓여 있다.

경쟁 은행의 젊은 발표자들은 무대 한쪽 구석에 마련된 발표자 단상 위에 발표 원고를 올려놓고, 단상에 꽂혀진 스탠드형 마이크에 입을 맞추어 적당히 높은 톤으로 또박또박 발표를 이어 갈 것이다.

안 봐도 훤하다. - 다들 무지하게 긴장들 하고 있을 것이다.

하지만 나는 무대에 강하다.

대학 다닐 때도, 은행 다니면서도 발표 경험이 꽤 많았다.

그리고 남들 앞에 나서기를 좋아하는 독특한 성격의 보유자이기도 하다.

나는 구석에서 발표하는 것을 좋아하지 않는다.

내가 주인공이 되어 청중을 압도해야지, '파워포인트'가 주인공이 되게 해서는 안 된다는 게 내 오랜 발표 경험에서 얻은 굳은 철학이었다.

나는 무대 구석에 놓인 발표자 단상에 설 생각이 전혀 없다.

정해진 발표 시간 내내 나는 무대 한가운데에 서 있을 것이다.

그리고 거치대에서 마이크를 뽑아 왼손으로 쥐고, 오른손으로는 스크린에 담겨진 제안 사항 하나하나를 정확히 짚어 가며 발표를 이어 갈 것이다.

그렇게 하기 위해서는 A4지 열 장에 달하는 발표 원고를 통째로 외워야만 한다.

애당초 나의 왼손, 오른손의 임무가 명확하다 보니 발표 원고를 들고 말고 할 개재가 아니었다.

본점에서 만들어 준 발표 원고를 내 취향에 맞게 일부 수정한 뒤, 매일 새벽 집에서 도보로 십오 분 정도 떨어져 있는 한강 고수부지로 향하였다.

눈으로만 읽거나 입으로만 웅알웅알해서는 그 방대한 분량을 도저히 외워 낼 재간이 없었다.

그래서 소음 공해가 거의 없을 법한 이른 시각에 넓디넓은 한강에다 대고 큰 소리로 외쳐 가며 원고를 통째로 외웠다.

드디어 나의 프레젠테이션 차례.

발표 내내 나를 째려보면서 앉아 있는 평가위원들의 살벌한 눈빛, 그리고 단 한 번의 실수만으로 돌이킬 수 없는 탈락의 비극이 초래되는 극한 긴장감과 공포감이 엄습해 오는 공간…….

지금 이 순간, 이 공간에는 아군이라고는 하나도 없고, 죄다 나를 밀어내려고 하는 적군만 우글거리는 것 같다.

하지만 내가 누군가.

그리고 얼마나 피눈물 나는 노력으로 준비를 하였나.

무대 중앙에 선 나는 발표 시간 내내 모든 이들을 나에게서 눈을 뗄 수 없도록 만들었다.

내 눈빛은 청중을 압도하였고, 내 오른손은 한 치의 망설임도 없이 쭉 뻗어져 스크린 위의 가장 중요한 Key word를 정확히 가리키고 있으며, 나의 입은 20분 내내 자신감과 확신에 넘치는 목소리로 토씨 하나 안 틀리고 원고를 달달 외워 발표를 이어 나가고 있었다.

그리고 마침내!

금고은행 재선정 성공!

아…… 정말 지옥 입구까지 다녀온 기분이었다.

지켜 낸 건 어찌 보면 본전 장사라 할 수 있을지 모르지만, 만에 하나라도 지켜 내지 못하였다면 내 은행 경력과 평판을 송두리째 날려 버릴 만큼 그 후유증은 참담했을 것이다.

주위에서는 그저 건조하게 "수고했어요." 하고 위로하겠지만, 자손심과

뚝심 하나로 살아온 내가 과연 그 자괴감과 패배감을 이겨 낼 수 있었을까…….

생각만 해도 끔찍하고 소름 돋는 일이었다.

입찰을 성공적으로 마친 후 처음 맞이하는 여유로운 주말, 오랜만에 아내, 아들과 함께 강원도 인제로 나들이를 다녀왔다.

당시 딸아이는 프랑스에 있었고, 코로나19로 인해 화상통화 외에는 얼굴조차 보기 힘든 시기였다.

인제에 유명한 자작나무 숲이 있다 하여 예전부터 가 보고 싶었는데, 이제 홀가분한 마음으로 가족과 함께 아침 일찍 인제로 향하였다.

원래 산을 극혐하는 아내와 아들인지라 점심 맛있는 거 사 주겠다, 다녀와서 저녁은 시켜 먹자 하며 겨우 달래어 자작나무 숲 언덕으로 향하였지만, 출발한 지 이십 분도 채 되지 않아 오히려 내가 산행을 포기하고 중간에 내려가자고 하였다.

요 며칠 복부 통증이 견딜 만하였는데 하필 오늘 명치끝이 너무 아파왔고 게다가 구토까지 나기 직전이었던 것이다.

아내와 아들에게는 들키지 않게 자연스럽게 이런저런 핑계를 대며 산을 내려오고 말았다.

그 일이 있은 지 며칠 후 구청 복도를 걸어가던 중, 갑작스러운 구토를 피하지 못하고 그만 복도 바닥에 피를 몇 방울 토하고 말았다.

나 역시 붉은 혈흔에 당황해하고 있던 순간, 친하게 지내던 공무원 한

명이 지나다가 이를 발견하고는,

“지점장님, 괜찮으세요? 피를 토하셨어요. 어떡해요?”

하며 나를 일으켜 세워 주었고, 나는 애써 웃으며 괜찮다고 하고는 도망치듯 자리를 피하고 말았다.

그렇게 피를 토하고도 병원에 가지 않았다.
위궤양이라는, 자칭 아무것도 아닌 병이라고 스스로 이미 진단을 내리고 있었고, 게다가 며칠 후 건강검진 일정이 잡혀 있어 어차피 병원에 가려던 참이라는 게 그 이유였다.
참 멍청하고 어리석기는…….

그다음 주, 아내와 함께 건강검진을 받으러 갔다.
집을 나서면서 아내에게,

“오늘 왠지 몸에 하자 하나쯤 나올 것 같으니, 검진 끝나면 당신 먼저 집에 가도록 해.
나는 아마 집에 못 갈 거야.”

하며 의미심장한 시그널을 주었다.
아내는 옆구리를 쿡 찌르며 쓸데없는 소리 하지 말란다.

매년 건강검진을 정기적으로 받아 왔던 집 인근 대학병원은 금고은행 입찰 준비하느라고 계속 검진 일정을 연기하는 바람에 결국 일정이 꽉 차 예약이 안 되었고, 대신 집에서 멀지 않은 곳의 건강검진 전문기관을 예약하여 방문하였다.

선릉역 지하철역에서 가까운 터라 테헤란밸리에 근무하는 젊은 직장인들이 많이 찾는 모양인데, 컨베이어 벨트마냥 수많은 검진 대상자들을 일사분란하게 처리해 나가는 모습이 가히 놀라울 따름이었다.

전에는 항상 위내시경 검사를 제일 마지막에 했었고, 그럴 때마다 비몽사몽 수면이 덜 깨어 귀가했던 기억이 나는데, 오늘은 두 번째인가, 세 번째인가, 어쨌든 검사 초반에 위내시경 검사를 받으라고 한다.

아마도 모든 검사실을 풀로 돌리기 위해서 그런 것 같다.

여느 때와 다름없이 수면으로 검사를 받은 후 회복실에 누워 있는데 간호사 선생님이 황급히 나를 깨우더니 따라오라고 한다.

이게 무슨 일인가 싶어 얼른 일어나 졸졸 따라갔더니 어느 의사 선생님의 진료실이었다.

"무슨 일 하세요?"

"은행원입니다."

"그래요? 최근에 배가 아프다던지, 뭐 불편한 거 없으셨어요?"

"네, 배가 계속 아팠고, 좀 오래된 것 같습니다."

"네, 위궤양인데, 상태가 많이 심합니다.

긴강검진은 다음에 다시 받도록 하시고, 진료의뢰서 써 드릴 테니 빨리 큰 병원으로 가도록 하세요.

외래로 가지 말고 응급실로 바로 가세요."

결국 사단이 나고 말았다.

아내와 함께 택시를 타고 일단 집으로 돌아왔다.

느낌상 큰 병원에 가면 입원을 피할 수 없을 것 같아 우선 샤워부터 하고 한동안 먹을 수 없을 것 같은 집밥도 잘 챙겨 먹은 뒤 아내와 함께 대학병원으로 향하였다.

항상 그렇듯, 슬픈 예감은 틀린 적이 없다.

일주일 동안 입원을 하였는데, 딱히 특별한 치료법은 없는 것 같다.

온종일 링거를 맞으며 일주일 내내 금식만 하였고, 그 사이 체중이 무려 8킬로그램이나 빠졌다.

퇴원 후 바로 은행에 복귀하였다.

많은 분들이 걱정해 주셨고, 책상 위에는 꽃다발도 몇 묶음 놓여 있었다.

몇몇 친하게 지내던 고객분들, 그리고 우리 직원들이 나를 응원해 주고 있었고, 본점에서도 안부를 묻는 전화가 쇄도하였다.

매번 그렇지만, 이번에도 무협지 같은 후일담은 더욱 확대되고 드라마틱해져 갔다.

"○○구청 이지점장이 금고은행 입찰 때 오자마자 피를 토하고 쓰러졌대.
금고은행 입찰에 목숨을 걸었던 모양이야."

"나도 들었어.
피 토하고 정신 잃고 쓰러져서 공무원들이 업고 병원으로 갔다네."

"아냐, 우리 직원들이 119 불러서 응급차 몇 대가 출동하는 바람에 구청이 난리가 났었다나 봐."

퇴원하고 나니 나는 구국열사가 되어 있었다.
뭐 거짓말도 아니고, 기분 나쁠 일도 아니다.

그래도 그 가운데에서 제일 큰 변화는 30년 넘게 하루도 안 거르고 한 갑씩 피워 왔던 담배를 이번에 확실히 끊었다는 것이다.
나도 이렇게 쉽게 담배를 끊을 수 있을 줄 몰랐다.
물론 퇴원 당시 의사 선생님의 강한 권유도 있었지만, 이번 위궤양 진단을 계기로 무조건 담배를 끊어야겠다는 생각이 강하게 들었던 게 사실이었다.
남들보다 일찍 배웠던 담배. - 고등학교 2학년 때 시작했으니, 이제는 끊어야 할 때도 되었다.

나 어렸을 적 우리 가족은 당시 직업군인이셨던 아버지를 따라 거의 매년 이사를 다녀야 했다.

전국에 안 살아 본 지역이 없을 정도였다.

부산에서 태어나 경상도, 전라도, 강원도, 충청도 다 살아 봤고, 미지막에는 경기도 수원에서 살다가 고등학교 입학 후 서울로 올라왔다.

그중 제일 오래 살았고 제일 기억에 남는 곳은 전라도 광주였는데, 무려 4년 반을 살다가 '국민학교' 6학년이던 1980년 5월, 그곳에 불행한 일이 터지면서 가족 모두 광주를 떠나야만 했다.

군인이셨던 아버지만 그곳에 남겨 둔 채.

서울로 올라온 이후 친구들과 몰려다니면서 술과 담배를 하곤 했는데, 핑계 같지만 아마도 덩치 큰 서울 친구들에게 지지 않기 위한 몸부림이었던 것 같다.

이제 연말이 다가온다.

1월 중순에 있을 정기 인사이동 때 나는 무조건 다른 지점으로 발령이 날 것이다.

그도 그럴 것이, 일반적으로 지점장들은 2년에 한 번꼴로 발령이 나는데, 나는 ○○구청지점에서 무려 4년을 근무하였다.

4년 주기로 금고은행 입찰을 하다 보니 다음 번 입찰까지 마무리 지으라는 본점의 정책적인 결정이 있었던 것 같고, 나도 어느 정도 예상한 일이었다.

그리고 이번 입찰을 성공적으로 마무리하였으니, 훌륭한 후임 지점장에게 지점 업무를 잘 인계해 주고 홀가분하게 떠나는 일만 남았다.

위궤양 잘 관리해 가면서.

연말, 매년 그러했듯이 이제 은행이 어수선해지는 시즌이다.

은행장 선임에 이어 임원, 본부장까지, 높으신 분들 인사가 계속 이어진다.

제일 먼저, 은행장님이 새로 선임되셨다.

나도 잘 아는 분인데, 내가 감히 범접할 수 없을 만큼 인품이 훌륭하고 역량도 출중한 분이시다.

연이어 임원, 본부장들도 하나같이 뛰어난 분들로만 선임되었다.

12월 30일, 2022년 한 해의 마지막 근무일이다.

아침 이른 시각에 새로 선임되신 은행장님으로부터 전화가 왔다.

평소 전화를 주고받을 만큼 친한 사이도 아니고, 더구나 이제 임원이 아니라 이 조직의 CEO, 은행장이 되신 분인데 나에게 친히 전화를?

전화를 받아 보니 대뜸 나에게 총무부장을 시키려 하니 본점으로 들어오라고 하신다.

은행에서의 총무부장 발령은 '영전'임에는 분명하였다.

"감사합니다. 최선을 다하겠습니다."

그리고 그날 오전, 일사천리로 발령이 났다.

아무도 예상하지 못했던 갑작스런 인사 발령으로 정신이 하나도 없었다.

당장 새해 첫날부터 총무부장으로 부임해야 하는 터라, 우선 지점 고객분들에 대한 발령 인사는 차차 하기로 하고 우선 본점으로 달려가 총무부 사무실부터 들렀다.

사십여 명에 달하는 부서 직원들 역시 갑작스러운 부서장 발령에 긴장하고 있었을 것이다.

모두들 깔끔한 평상복 차림이다. - 4, 5년 전부터 은행원들도 모두 넥타이 정장을 벗고 밝은 캐주얼 복장으로 일하고 있다.

하지만 나는 정장을 좋아한다.

요즘도 항상 정장을 입고 출근하며, 일주일에 한두 번 정도 중요한 거래처 약속이 있거나 행사가 있는 날에는 넥타이도 맨다.

사람들은 내가 구청지점에 근무하다 보니 어쩔 수 없이 정장을 입고 일하나 보다 하고 생각하지만 그건 절대 아니다.

구청 공무원들도 모두 평상복을 입고 일하는데?

그저 나의 오래된 습관이고 취향일 뿐이다.

평생을 입고 일하였더니 불편하지도 않고 오히려 편한 것 같다.

아침마다 '오늘은 뭐 입지?' 하고 고민할 필요도 없다.

하필 그날은 올겨울 들어 가장 추워서였는지, 평소에 잘 안 입던 검은색 캐시미어 코트까지 입고 출근하였다.

갑자기 문이 열리고 처음 보는 사람이 부서 정중앙의 통로로 저벅저벅 걸어오는데, 누가 봐도 신임 부상님 포스이니.

짙은 색 정장에 남색 넥타이, 검은색 롱코트를 입고, 검은 빛 얼굴에 군인 같은 짧은 헤어스타일, 큰 키에 세 자리 수 체중 같은 큰 덩치.

그들이 평소 보아 오던 은행원과는 거리가 먼, 영화 〈대부〉에나 나올 법한 첫인상이었을 것이다.

이제 나의 새로운 본점 생활이 시작되었다.

3

올해 1월부터 4월까지

올해 1월부터 4월까지

언제나 새로운 도전은 엔도르핀을 솟구치게 하는 것 같다.

경험해 보지 못했던 새로운 업무를 접하는 적당한 긴장감과 동기 부여.

- 총무부장 생활은 시작부터 아주 의욕 넘치고 활기찼다.

부서장이 의욕이 넘친다는 의미는 부서원들에게 그리 반가운 일은 아닐 것이다.

출근 첫날인 1월 2일 오전에 기흥에 있는 은행 연수원에서 열린 행사에 참석 후 경부고속도로를 타고 본점으로 첫 출근을 하였다.

11시경 출발하였는데 새해 첫날이어서 그런지 고속도로에 진입한 순간부터 차가 꼼짝을 않은 채 막혀 있었다.

평소 같으면 한 시간이면 넉넉히 도착하여 직원들과 함께 점심 식사를 할 수 있었을 텐데, 오늘은 힘들 것 같다.

직원들은 오히려 좋아하려나?

그래도 부서에서는 내가 행사 참석 후 혼자 올라오는 중이라고 알고 있을 테니 팀장 몇 명은 기다려 줄 것 같다.

아마 자기들끼리 누가 기다렸다가 새로 온 부장님과 점심 식사를 같이 해야 하나 서로 미루며 모의 중일지도 모른다.

그런데, 꽉 막힌 고속도로를 뚫고 겨우 본점에 도착하였건만, 지하주차장 입구에 설치된 주차 차단기가 올라가지를 않는다.

아직 나의 업무용 차량이 본점 출퇴근 차량으로 등록되어 있지 않은가 보다. - 결국 나는 외부 방문 고객처럼 주차권을 뽑고 나서야 주차장에 들어올 수 있었다.

지하 4층이 부서장 전용 주차장인데, 각 주차면마다 부서장 업무용 차량이 지정되어 있다.

설마 이것까지는 기대하지 않았다.

엊그제 발령받았으니 내 자리 지정받는 데 며칠 걸리겠지, 생각하고 차량을 일렬 주차시킨 뒤 1층 로비로 올라갔다.

그런데 웬걸, 내 사원증조차 1층 출입 게이트에서 인식이 안 되는 것이었다.

주차장에서와 마찬가지로 외부 방문 고객처럼 안내데스크에 들러 신분증을 맡긴 뒤 고객용 출입카드를 발급받고 나서야 사무실로 들어올 수 있었다.

그때가 오후 한 시. - 고속도로 위에서 거의 두 시간을 허비한 채 식사도 못 하고 돌아왔다.

그런데 모두들 나에게 깍듯하게 출근 인사만 할 뿐 식사하였냐고 물어오는 이가 아무도 없다.

사무실을 죽 둘러보니 모두들 점심 식사를 마치고 자리에 앉은 분위기였다.

이 상황에서 한마디는 해야겠다 싶어, 바로 팀장들 미팅을 소집하였다.

"내가 그렇게 방문 고객처럼 주차 티켓을 뽑고, 임시 출입카드를 발급받고서야 내 회사, 내 사무실에 들어와야 합니까?

부장이 새로 바뀌었으면 이런 기본적인 건 미리미리 챙겨 줘야 하는 것 아닙니까?"

그래도 마지막까지 밥 같이 안 먹어 화났다는 이야기는 하지 않았다.

너무 좀스러워 보일 것 같아서다.

나는 하루속히 부서 직원들이, 아니 최소한 팀장급 정도라도 내 업무 스타일에 맞춰 줘야 내가 편할 것 같다는 생각이 들어 출근 첫날부터 작심하고 호통을 쳤다.

의욕 넘치는 부장과 함께 일하기는 아마 쉽지 않았을 것 같다.

그러던 중 신임 은행장님이 사임하는 불행한 일이 일어났다.

새로 선임된 지 채 한 달도 되지 않은 일이어서 은행 내부는 물론 언론에도 크게 보도가 되었다.

매년 연초에 개최되는, 은행에서 가장 큰 행사인 경영전략회의가 며칠을 앞두고 전격 연기되면서 여러 소문이 나돌았는데, 그중 가장 유력한 설이 은행장님 건강 이슈였다.

결국 은행장님은 최근 위암 진단을 받게 되면서 스스로 사임을 선택하게 된 것이었다.

1월 초, 은행장님께 총무부장 부임 인사를 드리러 갔을 때의 일이 생각난다.

"이 부장도 위궤양으로 고생했다면서?"

"네, 은행장님.
두 달 전에 일주일 정도 입원을 했었습니다."

"무슨 위궤양 가지고 입원까지 해?
나도 몇 년째 위궤양을 달고 사는데.
술을 이렇게 마시고 다니니 어떻게 하겠어.
그냥 그러려니 하고 살아야지."

당시 은행장님은 내가 복용하고 있던 것과 똑같은 약을 꺼내 보여 주시면서 꽤 오랫동안 위궤양을 앓고 계신다고 하셨다.

당시 나는 우리 두 사람의 희한한 공통점을 하나 찾은 것 같아 반가운 마음이 앞섰을 뿐, 멀지 않은 시기에 은행장님과 내가 역시 똑같은, 그런데 비교할 수 없을 만큼 더 큰 병에 함께 걸리게 될 줄은 꿈에도 몰랐다.

나는 은행장님께 카톡으로나마 쾌유를 기원드렸다.

은행장님도 걱정하지 마라, 잘 치료받고 있을 테니 열심히 하라는 뜻의 회신을 보내 주셨다.

그사이 나는 한 달에 한 번 꼴로 작년 입원하였던 대학병원에서 정기적으로 위 내시경 검사를 받아야 했다.

아마도 '완쾌'까지는 안 되고 있었는지, 매번 결과 상담하러 갈 때마다 다음 달에 또 보자고만 한다.

그러던 중, 4월 초 어느 날.

여느 때와 마찬가지로 위 내시경 검사를 받고, 그로부터 일주일 후 검사 결과 상담을 위해 병원에 들렀다.

검사와 결과 상담이 매달 반복되다 보니 이제는 내성이 생겨서인지 걱정이나 긴장감이 전혀 없다.

그런데 갑자기 의사 선생님께서 하시는 말씀.

"위암입니다."

엥? 위궤양 검사받다가 뜬금없이 위암이란다.

너무나 무미건조하고 사무적인 위암 통보.

나를 일주일 동안 입원까지 시키고, 장장 6개월 동안 내 위만 들여다보고 치료해 오신 분이 이제 와서 쌀쌀하기만 한 말투로 위암을 이야기하고 있다.

그래도 의료계에 종사하고 있다면 환자에게 '위로'까지는 아니더라도 최소한 어느 정도 '공감'은 있어야 하는 것 아닌가?

내가 중학생 시절만 해도 TV 저녁 드라마, 주말 연속극 가운데 시청률

상위권은 모두 '암'에 걸려 시한부 인생을 맞게 되는 여주인공을 다룬 것들이었다.

그러고 보니 남자가 '암'에 걸렸다는 드라마는 전혀 기억나지 않는다. 이유는 모르겠지만…….

단란하고 풍요롭기만 하던 인생 1막은 시트콤 드라마처럼 환하고 밝았는데, 느닷없이 그녀가 '암'에 걸리는 순간부터 다루게 되는 인생 2막은 온통 눈물 없이는 볼 수 없는 비극의 드라마로 바뀌게 된다.

이런 극적인 인생 반전 이야기야말로 평일 퇴근길, 주말 오붓한 저녁 시간을 맞는 평범한 중산층 시청자들을 죄다 TV 앞으로 모이게 했었던 것 같다.

당시에는 암에 걸리면 '암 선고를 받았다.'라고 했다.

병에 걸린 것도 서러운데 이를 마치 중대 범죄를 저질러 재판장에서 사형 '선고'를 받는 것과 다를 바 없이 분위기를 몰고 갔던 것이다.

그만큼 '암'이라는 병이 한 번 걸리면 무조건 '죽음'까지 연결 지을 만큼 당시에는 치명적이어서 그렇게 '선고'를 받는다고까지 했었나 보다.

대신 지금은 '선고'라는 무시무시한 법률 용어 대신 '진단'이라는 의학 용어로 순화하여 표현하고 있다.

"나 어제 병원에서 안 선고를 받았어."

"나 어제 병원에서 암 진단을 받았어."

분명 같은 의미이기는 하나 얼마나 편안하고 따뜻한가.
전혀 죽을 병 같지 않고, 혹시 걸렸더라도 곧 나을 것만 같은 분위기다.

잠시 원무과 앞 대기석에 앉아 멍 때리고 있었다.
그때 아내가 카톡을 보내 왔다.

'병원에서 뭐래? 이제 다 나았대?
계속 병원 다녀야 한대?'

타이밍도 참 절묘하다.
하필 이렇게 암 '진단'받고 멍 때리고 있을 때 물어오네.

'위암이래.'

'의사 선생님이 그러는데.' 하면서 몇 자 더 적다가 다 지워 버리고 짤막하게 네 글자만 보냈다.
내가 보낸 카톡 문자 옆 '1' 숫자가 실시간으로 사라졌지만 아내로부터 회신이 오지 않고 있다.
아마 아내 역시 멘붕 상태일 것 같다. 지금 나처럼.

'암이라니? 자기가 왜?'

'나도 모르겠어. 그냥 암이래.'

'집으로 올래?'

'아니, 회사에 가 봐야 돼. 저녁때 갈게.'

아내와의 카톡을 마칠 즈음, 문득 친하게 지내는 후배 지점장이 생각났다.

과거 본점 부부장 시절에 함께 근무한 적이 있는 1년 후배인데, 얼마 전 운동하다가 아킬레스건을 다쳐 수술을 받았다는 이야기를 들은 적이 있다.

그때 큰 병원에 아는 지인이 있어 수술을 빨리 받았다고 했는데, 혹시 도움을 받을 수 있지 않을까?

"이 지점장, ○○병원에 잘 아는 사람 있다고 했지?

나랑 친한 사람이 하나 있는데 아마 암 진단을 받았나 봐.

아무래도 ○○병원처럼 큰 병원에서 치료를 받는 게 좋을 것 같은데 혹시 소개 좀 시켜 줄 수 있을까?"

"형님 부탁이면 당연히 도와드려야죠.

지금 연락해 보고 바로 전화드릴게요."

나이도, 입사도 딱 1년밖에 차이가 안 나고 같이 늙어 가는 처지인데 항상 이 친구는 나를 '형님'이라고 불러 준다.

평소에는 못 느꼈는데, 상황이 상황인지라 두 배는 더 고맙게 느껴진다.

"형님, 통화했고요.

진단받은 병원에서 '요양급여의뢰서'라는 서류를 떼서 저에게 사진 찍어 보내 주세요.

바로 예약 잡아 주겠대요."

서둘러 서류를 발급받아 사진 찍어 보내 놓고 난 후에야 '요양급여의뢰서'라는 서류를 천천히 들여다보았는데, 내용의 절반 이상이 영어로만 적혀 있어 일일이 번역기를 돌려 보지 않고서는 도대체 무슨 말인지를 알 수가 없었다.

두 병원 자기들끼리 내 몸뚱아리를 놓고 무슨 이야기를 숙덕거리고 있는지 몸뚱아리 주인인 나도 좀 알아야겠다.

'Epigastric pain'이라는 용어가 제일 먼저 나온다. - 상복부 통증.

그래서 'EGD'를 시행했단다. - 위 내시경 검사.

그래서 'Gastric ulcer'로 진단하였단다. - 위궤양.

그런데 'focal atypical glandular proliferation' 소견이 보인단다. - 이건 정말 어렵네. 일일이 단어 하나하나를 스마트폰 사전으로 찾아보니 '비정형적인 선 모양의 증식…' 뭐 이런 의미인 것 같다.

그래서 결국 'ADENOCARCINOMA'로 최종 진단하였단다. - 선암? 샘암? 무시무시하게도 이 단어만 풀로 대문자이다.

고유명사라서 그런가?
그런데 위에 '위궤양'은 소문자인데?
'암'이 좀 더 큰 병이어서 큰 대문자로 쓰나?

어쨌든, 진료소견란의 제일 마지막은,
'향후 귀 병원에서의 진료를 원하여 이에 진료 의뢰드립니다.'였다.

다 읽어 내려 갈 즈음 이 지점장에게서 전화가 왔다.

"형님! 뭐가 잘 아는 사람이야! 형님 본인이잖아!"

하고 이번에는 반말로 큰소리친다.
당연히 서식 맨 위의 환자 인적사항을 보았겠지.

"그래, 나다.
나도 살면서 이 지점장 덕 좀 한 번 보자."

그 길로 바로 원무과에 가서 지금까지의 병원비를 모두 정산하고 회사로 복귀하였다.
'위로'는커녕 '공감'도 안 해 주는 병원과는 이제 안녕.

이제 나도 비련의 드라마 주인공, '암 환자'가 되었다.

4

나의 아들, 어렸을 적

나의 아들, 어렸을 적

4월 20일은 아들의 생일이다.

주민등록번호의 앞 번호가 000420. - '빵빵빵사이공'으로 시작되다 보니, 어렸을 적부터 베트남 아이라고 농담을 해도 듣는 이의 반은 무슨 소리인지 아예 못 알아듣고 나머지 반은 알아들어도 재미없어 했다.

나는 천성이 무뚝뚝하고 잔재미가 없는 성격이기는 하지만, 아이들 어렸을 적부터 데리고 놀러 다니는 것을 아주 좋아했다.

주말에는 항상 내가 아이들 데리고 놀이터에 가서 놀아 주었고, 여름에는 어린이 수영장에도 자주 데리고 다니곤 하였다.

그런데 정작 놀아 주기만 할 뿐, 우유나 이유식 챙겨 먹이거나 기저귀 갈아 주는 잔손 가는 일은 한 번도 해 본 적이 없는 것 같다.

아이가 둘인데, 그 오랜 기간 동안, 설마 한 번도 하지 않았을까…….

믿기지가 않는데, 정말 그랬단다. 아내 이야기가.

이럴 때는 아내 말이 맞는 것 같다.

나는 양심 불량한 가해자 입장이니 당연히 기억을 못 할 테고, 아내는 홀로 아이를 키워야 했던 피해자 심정일 테니 사무치게 기억할 것이다.

은행원의 태생적인 현실. - 2, 3년에 한 번씩 지점 발령 날 때마다 이리저리 전셋집을 찾아 이사를 다녀야 했는데, 삼십대 후반 즈음, 아이들이 여덟 살, 네 살 정도 되었을 때 영등포구에 있는 아파트를 대출 많이 끼고 처음으로 집 장만하여 이사를 하게 되었다.

직장생활 10년 만에 첫 '자가'인 셈이었다.

당시 여의도 지점에 근무할 때였는데, 경기도 김포에서 전세를 살다가 영등포 '자가'로 이사를 오니 출퇴근도 편하고 세상 부러운 게 없었다.

이제 아내도 아파트 '자가' 주부가 되었고, 아이들도 '자가' 아이들이 되었다.

집에서 가까운 거리에 목동 아이스링크가 있어 아파트 단지 아주머니들이 아이들을 스케이트 가르치러 실어 나르곤 했는데, 겨울 방학에 접어들면서 아내도 주위 아주머니들 권유로 딸아이를 스케이트 강습에 보내고 싶어 하여 '자가' 신랑인 나도 '그까짓 거' 하며 흔쾌히 허락해 주었다.

처음에는 겨울 방학 취미 생활 정도로 딸아이를 스케이트 강습에 내보냈는데, 본인도 매우 재미있어 하고 실력도 하루가 멀다 하고 부쩍 늘어, 딸아이는 겨울 방학이 끝나 갈 무렵 '취미반'에서 '선수반'으로 옮겨 이제는 매일 학교 수업을 마친 후 스케이트장으로 달려가 늦은 시각까지 훈련을 하게 되었다.

그리고, 아내는 매일 딸아이를 실어 나르다 보니 네 살 터울의 어린 아들을 집에 혼자 둘 수 없어 결국 아들마저 유치반 스케이트 강습에 등록을 하게 되었다.

아들은 유치반에서조차 제일 덩치가 작았지만, 내가 보기에도 제일 열심히 훈련하였고 실력도 일취월장하였다.

아마도 제 누나와 계속 어울리고 함께 놀려면 누나와 보조를 맞춰야 한다고 생각하였던 것 같다.

그로부터 6, 7년 동안 아이들은 각자의 클래스에서 나가는 대회마다 메달을 따 오며 쇼트트랙 꿈나무 선수로 무럭무럭 성장하게 되었다.

중간에 한 번 이사를 하여 아이들 소속팀이 바뀌게 되었지만, 여전히 아이들은 팀에서 에이스 역할을 하고 있었다.

아이들이 팀의 에이스가 되다 보니 자연스럽게 아내 역시 아주머니 집단에서 에이스가 되어 있었다.

또한 아내는 딸아이와 24살 차이, 띠동갑이어서 아주머니들 사이에서 '젊고 예쁜' 엄마로 인기가 자자하였고, 집에서는 말수도 적고 다소곳하던 아내가 유독 스케이트장에만 가면 마치 본인이 국가대표 선수라도 된 양 말도 많고 의기가 하늘을 찌를 듯했다.

딸아이와 아들은 스케이트 실력만큼은 '전국구' 수준이었는데, 경기에 나서는 모습을 보면 둘의 스타일이 확연히 달랐다.

딸아이는 스케이트 타는 폼이 정석 그대로여서 마치 동계올림픽에 출전하는 국가대표 선수를 보는 듯한 정도였다.

대신, 스타트가 느린데다가 몸싸움이 약하다 보니 경기 초반에는 항상 후미에 처져 경기를 시작하곤 하였는데, 워낙 안정석인 자세로 가속이 붙다 보니 바퀴 수가 늘어 갈수록 경쟁자들을 다 추월하고 1등으로 들어오는 경우가 대부분이었다.

어느덧 두어 학년 상급자보다도 앞서는 실력이 되었다.

그런데 아들은 이와 정반대였다.

폼은 엉성한데 스타트할 때의 순발력은 동급생 가운데 제일 빨랐다.

출발 총성이 울리면 스케이트 선수가 아니라 마치 단거리 육상 선수마냥 뛰어 나가는데, 워낙 몸무게가 적게 나가서인지 다람쥐처럼 날쌔 보였던 것 같다.

그런데, 이놈이 초반에 매번 오버를 하다 보니 체력이 금방 바닥이 나 바퀴 수가 늘어갈수록 속도가 확연히 쳐지는 게 눈에 보일 정도였다.

다행히 세 바퀴 이하 단거리 경기에서는 그나마 초반에 벌어 놓은 간격 덕에 추월당하지 않고 1등으로 들어오는데, 다섯 바퀴 이상을 도는 장거리 경기에서는 경기 막바지에 다 추월당하고 하위권으로 들어오는 경우도 더러 있었다.

메달을 따든 못 따든 우리 아이들은 경기에 나설 때마다 땀을 뻘뻘 흘리고 헉헉거리는 호흡이 관중석에 앉아 있는 우리에게까지 들릴 만큼 항상 최선을 다하는 모습을 보여 주었다.

그래서 아이들의 경기를 지켜보는 내내 한편으로는 안쓰럽기도 하고 한편으로는 대견스럽기도 했다.

경기가 끝나고 난 저녁에는 항상 가족 파티를 하면서 아이들을 칭찬해 주었다.

딸아이와 아들, 평소 성격과 습관이 스케이트 경기에서 고스란히 드러나는 것 같았다.

딸아이는 매사 무던하다.

요령을 피울 줄 모르고 항상 기본에 충실한 편이다.

급하지도 않고 처음부터 끝까지 항상 꾸준하다.

책을 읽기 시작하면 재미가 있든 없든 반드시 끝까지 보는 성격이다.

반면, 아들은 매사 급하고 서두른다.

무엇을 하든 처음부터 너무 달려드는 바람에 그 끝은 항상 보나마나일 때가 많다.

책을 끝까지 다 읽는 경우가 거의 없는 것 같다.

당시 수준급 선수들은 대부분 석고로 자신의 발을 본 떠 주문제작한 소위 '몰드화'라는 스케이트 슈즈를 신고 경기에 나서는데, 당연히 제 발을 한 치의 오차도 없이 꽉 잡아 주니 달릴 때 안정감이 있고 속도 내기에도 더 유리할 것이다.

그런데, 이놈의 몰드화를 우리 아이들에게 신기고 싶어도, 가격도 가격이지만 하루가 다르게 커 가는 아이들의 발 성장을 도저히 쫓아갈 수가 없는 노릇이었다.

어쩔 수 없이 아이들을 잘 달래어 반의반 가격 정도의 중고 스케이트화를 구입하여 신겼는데, 착한 우리 아이들은 운동 장비에 큰 욕심을 내지 않아서 다행이었다.

물론 낭시에는 하나노 아닌 두 너석을 동시에 운동시키다 보니 한 결레딩

백만 원이 훌쩍 넘는 고가의 장비를 사 줄 여력이 없었던 게 사실이었다.

그러던 중 딸아이가 중학교 3학년으로 올라갈 무렵, 아이들의 장래 선수 생활에 관한 가족회의를 하게 되었다.

마치 부장님이 주관하는 회사 회의 분위기 같았고, 당연히 이 회의에서 부장님은 '나'였다.

물론 아내는 내가 왜 아이들을 불러 모았는지 잘 알고 있었다.

그리고 회의 결론은 나의 바람대로, 스케이트 선수 생활은 여기까지만 하는 걸로 의견을 모았다.

지금까지는 초등학생, 중학생, 어린 나이였지만, 이제 고등학생이 되어서까지 운동에만 매진하기에는 얻는 것보다 잃는 것이 더 많을 것이라는 게 내 논리였다.

게다가 딸아이는 학업 성적 역시 상위권이어서 운동을 우선순위로, 학업을 후 순위로 하기에는 너무 아쉬움이 컸던 게 사실이었다.

이제는 대학에 진학할 준비도 해야 하는 시기이니까.

착한 딸아이는 6, 7년 동안 해 왔던 운동을 접어야 하는 아쉬움에 연신 닭똥 같은 눈물을 뚝뚝 흘렸지만, 결국 부모님이 자신의 장래를 위해 내린 결정이라는 걸 잘 이해해 주었다.

대신 나는 딸아이가 어른이 되어서도 스케이트를 취미로 즐길 수 있도록 난생처음 딸아이에게 몰드화를 주문 제작하여 깜짝 선물해 주었다.

거금 일백오십만 원 정도 들었던 것으로 기억하는데, 그래도 당시에는 그 비용이 하나도 아깝지 않았다.

당시 초등학교 5학년이었던 아들 역시 본인 의지와 상관없이 누나와 같은 처지로 함께 스케이트를 그만두게 되었다.

꽤 여러 날 상심해 있었던 딸아이와는 달리, 아들은 슬기롭게 그리고 역시 급한 성격만큼이나 빨리 스케이트와 멀어지는 슬픔을 잊어버렸다.

그 무렵 아들의 관심사가 하루아침에 '야구'로 옮겨 갔던 것도 영향을 미쳤던 것 같다.

당시 아들 또래 남자아이들은 너 나 할 것 없이 프로야구에 푹 빠져 있었는데, 모두들 자기 응원하는 야구팀의 유니폼 하나씩은 다 가지고 있을 때였다.

그런데 아들의 야구에 대한 관심은 또래들의 경기 관전 혹은 유니폼 보유 수준에 그치지 않고 조금 더 깊었던 모양이었다.

어느 날 회사 출근 후 우연히 지갑을 열어 보니, 아무렇게나 노트에서 뜯어 낸 듯한 메모지에 삐뚤삐뚤 쓰여진 쪽지를 발견하였다.

> 아빠, 그동안 스케이트 시켜 주셔서 감사합니다.
> 이제는 야구를 시켜 주시면 아빠 엄마 말씀 더 잘 듣고 공부도 더 열심히 할게요.
> OO리틀야구단 코치 홍길동(전화번호 000-000-0000)
> 꼭 코치님께 전화해서 저 야구시켜 주세요.

당돌하면서도 귀여운 아들 녀석의 애교 넘치는 부탁에 아내와 나는 웃으며 코치에게 전화하여 당장 아들을 ○○리틀야구단에 등록시켜 주었다.

처음 두어 달은 취미반에서 유니폼도 없이 학교 추리닝을 입은 채 야구 연습에 재미를 붙이더니, 이제는 선수반으로 옮겨 등 뒤에 제 이름과 백 넘버가 새겨진 멋진 유니폼을 입고

"화이팅~~~." 고래고래 소리 지르며 뛰어다니는 야구선수가 되었다.

한동안 아들은 잠잘 때도 글러브를 끼고 잤고, 어디를 가든 글러브와 공을 항상 몸에 지니고 다녔다.

훈련이 없는 주말에는 어김없이 나를 끌고 초등학교 운동장에 가서 캐치볼을 하곤 했는데, 요 덩치 작은 녀석이 나보다 더 빠른 강속구를 던지는 것을 보고 공을 받을 때마다 속으로 깜짝 놀랐던 적이 한두 번이 아니었다.

또래에 비해 덩치가 크지는 않았지만, 어렸을 때부터 스케이트와 야구, 수영 등 운동하기를 좋아하다 보니, 체력도 좋았고 성격도 외향적인데다가 주위에 친구도 많았다.

매사 자신감에 넘치고 활달한 모습, 딱 내가 원하던 '아들'의 모습이었다.

내가 나이 먹어 가는 것만큼 아이들도 따라서 성장하여, 아들은 이제 고등학생이 되었다.

어느덧 아들의 관심사는 운동과는 전혀 거리가 먼 쪽으로 옮겨 갔고, 그래서인지 이따금씩 마주치는 아들의 모습이 점점 낯설기만 하였다.

운동을 즐기던 당시와는 눈빛도 달라지고, 행동도 달라지고, 자주 쓰는

말투도 달라져 갔다.

통통했던 아들은 어느새 아이돌 그룹 멤버인 양 날씬해 있었고, 음악 활동하는 친구, 선배들과 어울리며 점점 귀가 시간이 늦어졌다.

당시 은행 본점의 부부장이었던 나는 눈코 뜰 새 없이 바쁘게 일에 쫓기다 보니 집안일, 아이들 일에는 전혀 관심이 없었고, 아이들 얼굴도 일주일에 한 번 볼까 말까 하던 시기였다.

매사 모범적이고 공부도 잘하던 딸아이와는 달리, 주말 오전에나 한 번씩 눈에 띄는 아들은 볼 때마다 달라지는 모습에 나도 모르게 "임마!" 고함부터 먼저 튀어나오곤 하였다.

매사 아이 편에 서기만 하는 아내와도 이때부터 충돌이 잦아졌다.

아들은 학업에는 전혀 관심이 없었고, - 물론 나의 기대치도 높지 않았지만. - 보컬, 작곡 등 음악에 심취하여 살았는데, 일주일에 한두 번 정도 클럽에서 밴드와 합을 맞춰 공연을 하곤 하였다.

평소 노래를 곧잘 하는 편이라는 건 알고 있었지만 클럽에서 보컬까지 할 정도의 실력이었는지는 나도 몰랐다.

그리고 5월이면 여러 학교 축제, 지역 축제에 초대받아 노래를 부르기도 하였는데, 그럴 때는 어김없이 자정이 다 되어 귀가하고는 하였다.

언제부터인가 제 책상 위에 책은 다 사라지고 전자 키보드만 하나 덩그러니 놓여 있었다.

아들이 워낙 가지고 싶다고 하여 아내가 얼마 전 생일 선물로 사 주었다고 하는데, 이 전자 키보드를 가지고 작곡 연습을 한다고 한다.

할 말이 없었다.

정말 가지가지 한다라는 생각밖에 안 들었다.

그런데 얼마 뒤, 본인이 작곡한 음원을 팔아서 돈을 벌었다고 한다.

음악을 제대로 공부해 본 적도 없는 어린놈이 작곡을 한다 하고, 얼마나 대단한 건지는 모르겠으나 그 곡이 시장에서 팔려 나가고, 또 그 곡을 사 가는 놈 아니, 사람이 있고.

참 희한한 세상이라는 생각이 들었다.

특이하게도 아들은 음악의 세계와 동시에 디자인, 미술의 세계에도 심취하여, 방 한쪽 구석에 다양한 사이즈의 캔버스를 잔뜩 쌓아 놓고 밤새도록 그림을 그리곤 하였다.

관련된 책도 사다가 제법 공부도 하는 듯했다.

차라리 음악 쪽보다는 이 방면이 부모 입장에서는 덜 신경이 쓰였다.

일단 집에는 들어오니까.

아무도 없을 때 아들이 그려 놓은 그림을 보고 있노라면 이런 생각이 들었다.

'음, 잘 그리네. 소질은 있어 보인다.

보는 사람으로 하여금 흡입력도 있고 일관성도 있다.

사물의 핵심을 정확히 파악해서 그림을 간결하게 그릴 줄 안다.

그런데, 그림이 튀어도 너무 튄다.

오래 보고 있노라면 정신이 이상해지는 것 같다.

마치 옛날 유행했던 매직아이처럼 자꾸 빨려 들어가서 헛것이 보일 것 같다.'

캔버스 하얀 바탕 위에 검은 유성펜으로 인물 혹은 사물을 그려 놓았는데, 과감하게 뺄 건 빼고 키울 건 키우면서 우스꽝스럽게 그렸음에도 불구하고 딱 봐도 무엇을 그렸는지 알 수 있겠다. - 일종의 캐리커처인 것 같았다.

크레용 분말 같은 것으로 뿌옇게 색을 입힌 그림도 있는데, 꽤 세련되고 몽환적인 느낌이었다.

마음에 드는 그림들은 다양한 인터넷 사이트에 올려 전시도 하고 판매도 하였으며, 이따금은 주문을 받아 그림을 그리곤 하였는데 이런 종류의 그림은 크기가 굉장히 커서 제 방에서는 그리지 못하고 다른 장소를 빌려 그린다고 한다.

그 무렵부터 아들은 [iYOAU(아이요우)]라는 닉네임으로 활동을 하였는데, 이 세계에서는 꽤 인지도가 있었다고 한다.

2학년으로 올라가서부터는 점점 스케일이 커져 본인이 직접 디자인하여 [iYOAU] 로고를 만들었고, 이 로고를 활용한 가방, 의류 등을 만들어 홈쇼핑을 통해 판매하곤 하였는데, 이따금 '○○구청 세무과'로부터 아직 성인도 안 된 아들에게 우편물이 날라 오길래 아내에게 물어보니, 이미 제 이름으로 사업자등록까지 내었다고 한다.

구청이 뭐 하는 데인지도 모를 나이에 구청에 제 발로 찾아가서 제 이름으로 사업자를 내고 인터넷으로 통신판매 사업을 한다?

과거 내가 살았던, 그리고 내가 경험했던 세계와는 너무 다르다는 생각이 들었다.

여기까지는 그런대로 아이의 달라진 관심, 달라진 행동을 이해하려 노력하며 살았는데, 며칠 뒤 결국 나를 폭발하게 하는 일이 벌어졌다.

바로, 아들이 고등학교를 자퇴하겠다는 것이었다.

아무리 생각해도 공부는 아니란다.

차라리 그 시간에 자기가 좋아하는 음악과 디자인 관련 공부와 일을 더 하고 싶다는 것이었다.

물론 아내에게서 전해 들은 이야기이다.

나에게는 말도 못 하고, 무서워서.

이번에도 아내는 아들을 지지해 주었다.

음악과 디자인에 소질도 있어 보이고, 잘하기도 하고, 무엇보다 본인이 좋아하는 일이니 원하는 대로 해 주자는 것이었다.

요즘 세상에 잘하는 거 있고, 하고 싶은 거 있는 게 다행 아니냐고.

이 순간 아내는 마치 나와는 다른 세계에 살고 있는 게 아닌가 혼란스럽기까지 했다.

고등학교 자퇴? 그럼 중졸이잖아. 평생…….

나의 정상적인 양식으로는 도저히 용납할 수가 없었다.

오히려 아내가 앞뒤 안 가리고 지나치게 아이들 편만 드는 것 같아 불안하기까지 하였다.

한바탕 부자지간의 전쟁이 다가오고 있어 집안은 폭풍전야인데, 이놈은 요 며칠 보이지도 않는다.

L 본부장님. - 당시 내가 부부장으로 근무하고 있던 본부 부서의 상사이다.

작은 키에 살짝 배가 나온 전형적인 중년 간부인데, 보기와는 다르게 국내 최고의 대학을 나오고, 카투사에서 군 생활을 하였으며, 은행 입사 전에는 당시 국내 최고의 종합상사였던 ○○그룹 자금부에서 근무했던 화려한 경력을 가지고 계신 분이다.

게다가 권위 의식이라고는 전혀 찾아볼 수 없고 부드러운 성격에 친화력까지 만점이어서 부서 모든 직원들로부터 존경을 받고 있기도 하다.

굳이 단점을 찾는다면, 도저히 극복할 수 없는 그리고 스스로도 극복할 의지도 없어 보이는 강한 억양의 경상도 사투리, 오직 이것 하나였다.

당시 부부장이었던 나와는 코드가 꽤 잘 맞았는데, 업무적으로는 말 할 것도 없고, 우선 두 사람 다 술, 담배를 좋아한다는 것, 그리고 매우 드물게도 같은 동네에 살고 있다는 이유도 컸던 것 같다.

대학, 군대, 첫 직장 생활을 모두 서울에서 하였음에도 불구하고, '서울 싫다.', '부산이 최고다.'를 입에 달고 살았는데, 결국 은행의 핵심인재를 못 알아볼 리 없는 우리 조직이 고향에서 편히 근무하고 있는 본부장님을 가만 놓아둘 리 없었고, 결국 본점으로 발령을 받고는 서울로 올라오게 된 것이었다.

특별시와 광역시 간의 부동산 시세 차이라는 슬픈 현실 속에 내가 살고 있는 동네로 얼마 전에 이사를 오셨다. 전세로.

어느 금요일 저녁, 신사동 모 식당에서 은행의 주요 거래처와의 저녁 식사가 예정되어 있었다.

참석자는 거래처에서는 상무님과 팀장님, 은행 측에서는 본부장님과 나, 이렇게 네 명이 처음으로 저녁 식사를 같이하는 자리였다.

우리 입장에서는 주요 거래처와 어렵게 잡은 저녁 식사 자리인 만큼 심혈을 기울여 식당과 메뉴를 정하였고, 혹시 모를 2차, 3차까지도 만반의 준비를 다 해 놓고 있었다.

그러나 웬걸, 상무님과 팀장님은 저녁 식사 자리에서 술을 완강히 사양하셨고, 미리 주문해 놓은 음식이 '식사'라기보다는 '안주'에 가깝다 보니 어쩔 수 없이 맥주 한 잔씩만 따라 놓은 채 결국 고사만 지내다가 식사 자리를 마치게 되었다.

그러나 '음주'만 생략되었을 뿐 식사 분위기는 매우 좋았다.

처음에는 소프트한 세상살이 이야기가 주를 이루다가 다음으로는 시시콜콜한 와이프, 아이들 이야기 등으로 식사 자리 분위기가 무르익었다.

그리고 식사가 끝나 갈 즈음에는 진정성 있는 거래 관련 이야기가 잠시 오갔는데, 기대 이상으로 좋은 반응과 답변을 얻을 수 있었다.

단, 일은 일이고 접대는 받지 않겠다라는 정중한 시그널이었던 것이다.

문제는 그다음부터였다.

저녁 식사를 잘 마무리하고 고객분과 헤어진 뒤, 본부장님과 나는 신사동 뒷골목에서 담배를 한 대씩 피우며 금요일 퇴근길의 여유를 만끽하고 있었다.

그런데 갑자기 본부장님이 횡단보도를 건너기 시작하였다.

서둘러 뒤를 쫓아간 나는 이제 막 골목길에 접어들려는 본부장님을 멈춰 세울 수밖에 없었다.

"와? 아직 훤한디, 그냥 갈끼가? 한잔 안 하고?"

"아니요, 당연히 한잔해야죠.

근데 이쪽 말고 저리로 가시죠."

우리가 서 있던 곳은 바로 신사동 가로수길 초입이었다.

금요일 저녁 일곱 시, 이제 막 젊은 선남선녀들이 모여 광란의 불금파티가 시작되려 하는데, 사오십 대 넥타이 맨 중년 아저씨들의 출연은 이 동네 지역사회에서는 상상도 할 수 없는 일이었다.

은행에 민원이 제기될 수도 있다. - 당신네 직원들이 우리 동네 물 흐리고 다닌다고.

무식하면 용감하다고들 하는데, 지금 딱 본부장님이 대책 없이 용감하다.

부산에서 올라와 '가로수길'이라는 고유명사 자체를 처음 듣다 보니 오히려 전투력이 더 상승한 것 같다.

결국 오십 대 머리숱 극히 적은 본부장님은 나의 건의를 무시한 채 보무도 당당히 가로수길을 앞장서 돌진하였으나, 역시 현실은 냉혹하였다.
서너 군데 술집에서 퇴짜를 맞고 나니 뒷골목 담배 맛이 그리 쓸 수가 없었다.

"와, 문디같이…. 살다 살다 소주 한 잔 못 하고 쫓겨나노.
와, 서러버서…. 내 이래서 서울 싫다.
부산 갈란다. 잡지 마라."

컬쳐 쇼크에서 헤어나지 못하고 계신 본부장님을 겨우 달래 가며, 한 블록 떨어진 뒷골목 실내 포장마차에서 그나마 우리에게 딱 어울리는 불금을 즐길 수 있었다.
술을 퍽이나 좋아하는 우리 두 사람의 테이블에는 벌써 초록색 병이 대여섯 쌓여 있다.
나는 그 자리에서 본부장님과 나누었던 대화를 아직도 토씨 하나 안 빼고 기억하고 있다.

"이 부부장. 엊그제 하려던 야그 함 해 봐라. 느그 아가 속 썩인다매?
아직도 느그 아 음악 계속 하나?"

"네, 음악도 하고 미술도 하고, 공부만 빼고 다 하고 있죠.
근데 이번에는 아예 학교를 자퇴하겠답니다."

"고뤠? 이제 미술까지 한다고? 잘나가네.
그럼 고마 자퇴하라 케라."

"네? 말도 안 됩니다.
어떻게 고등학교를 그만두게 내버려 둬요?"

잠시 대화가 끊겼다.
한 10초 정도?
그래도 이런 상황에서 10초는 꽤 길게 느껴진다.

"지 싫다는 핵교 억지로 댕겨서 머 하개?"

"고등학교는 졸업시켜야죠. 그래도."

"그려? 그럼 고등핵교 졸업시켜서 머 하개?"

"그래도 최소한 어디 대학교라도 나와야 취업이라도 시킬 거 아닙니까."

"그려? 취업시켜서 머 하개?"

"네? 그래도 사람 구실하려면 어디라도 들어가서 돈은 벌어야죠."

"그려?

그려서 니는?

니는 대학 졸업혀서, 회사 취직혀서, 평생 이러고 월급쟁이 허니 좋나?"

다시 대화가 끊겼다.

이번에도 10초 정도?

그런데 이번에는 체감상 1분은 지난 것 같다.

거의 동시에 소주 한 잔씩 꺾더니 테이블 위에 내려놓는 타이밍도 거의 동시이다.

"그려서 니 아가 니맨치로 남의 밑에서 평생 월급쟁이 하며 사는 기 좋은 기가?"

"아뇨…."

"근데 와 아 원하는 거 몬 하게 하노?"

…… 할 말이 없다. 이번에는 나만 혼자 꺾었다.

"지 하고 싶은 거 하라 케라.

월매나 대견하노.

요즘 아그들 치고 하고 싶은 거 있는 놈, 제대로 꿈 있는 놈 있으면 나와 보라 케라.

아무도 읎다.

요즘 아그들 하고 싶은 것도 읎고 꿈도 읎시 산다.
그래도 니 아는 음악도 하고 싶고, 디자인 장사도 하고 싶고, 대견한 거 아이가?
느그 아들래미 때는 우리 때랑은 다르다.
대학이랑 취업이 뭐 중요하노.
잘하는 거 있고, 하고 싶은 꿈이 있고, 그게 중요한 기라.
응원해 줘라. 니 하고 싶은 거 열심히 하라고."

큰 망치로 좌뇌, 우뇌를 동시에 두들겨 맞은 것 같은 충격이었다.
세상 보수적이고 융통성 없고 나보다 나이가 여섯, 일곱은 더 많은 본부장님이 지금 이 순간 나를 훌쩍 건너뛰고 나의 아들과 같은 생각을 하고 있는 게 아닌가.

이상하다고 생각했던 아들은 이 자리에서만큼은 지극히 정상이었다.
극히 정상이라고 생각했던 본부장님이 이상한 건가?
아니다.
지금 이상한 건 이 세상에서 나 혼자였다.

혼자 많이 생각해 보았다.
그런데 생각이 많아질수록 본부장님의 이야기가 하나도 틀린 게 없다.
그래, 나는 저 나이 때에 하고 싶은 게 있었을까? - 없었다.
잘하는 게 있었을까? - 없었다.
나는 오로지 공부 열심히 해서 좋은 대학 가는 게 나 하고 싶은 유일한 거였다.

아니, 나 하고 싶은 게 아니라 부모님이 원하는 거였을 뿐이다.

그마저도 잘하지도 못하였다.

다음 날 회식을 마치고 퇴근한 나는 아내에게 아들 자퇴시키라고 이야기하였다.

아내는 너무 놀란 나머지 내가 술에 취해 횡설수설하는 말로 오해하고 내일 다시 이야기하잔다.

그래서 다음 날 다시 아내에게 똑같이 이야기하였다.

"그대로 아들에게 전해.

너 하고 싶은 거 있으면 아빠는 반대하지 않겠다고.

열심히 할 자신 있다면 아빠는 뭐든지 허락하겠다고.

아빠가 응원할 테니 하고 싶은 거 하라고."

아내는 아들에게 나의 뜻을 전하였고, 딸아이까지 동참하여 나 빼고 세 사람이 아들의 진로에 대하여 진지한 대화를 하는 것 같았다.

그리고, 결국 아들은 자퇴를 하지 않기로 하였다.

대신 일본에 가고 싶다고 했다.

여기서는 좀 어려움이 있었고 한계를 느꼈는지, 일본에 가서 음악과 디자인 공부를 더 자유롭게 하고 싶다고 했다.

나와 아내는 아들의 뜻을 공감해 주었고 응원해 주었다.

그로부터 일 년 반 뒤, 아들은 일본 큐슈 지방에 있는 어느 대학교의 정보디자인학과에 합격하였다.

5

나의 아들, 컸을 적

나의 아들, 컸을 적

4월부터 시작되는 일본의 학사 일정에 맞춰 3월 중순, 사흘 정도 휴가를 내어 아들이 내딛는 유학 생활의 첫발에 아내와 함께 동행하였다.

여느 일본 소재 중소 규모 대학교처럼 기숙사가 따로 마련되어 있지는 않은지라, 아내가 미리 아들이 거주할 만한 원룸 오피스텔을 예약해 두어서 그리로 제일 먼저 향하였다.

시내 중심가에 위치한 학교에서 걸어서 이십 분 정도 떨어져 있는데, 지하철역에서도 가깝고 주위에 편의점 등 기반시설도 잘 갖추어져 있는 조용한 주택가에 자리하고 있었다.

엘리베이터가 갖추어져 있지 않고 복도가 외부로 나 있는 4층 나지막한 건물인데, 다행히 아들의 방은 2층, 복도를 따라 두 번째 방이었다.

나름대로 작은 발코니가 있어 환기가 잘될 것 같고, TV, 에어컨, 냉장고 등 가전제품이 기본으로 갖추어져 있어 혼자 자취하기에는 부족함이 없어 보였다.

덜렁 좌변기 하나만 놓여 있는 화장실과 세면대, 조그마한 욕조가 놓여 있는 욕실이 따로 구분되어 있는 것도 이채롭고, 월 임대료에 전기, 수도

요금뿐만 아니라 인터넷 사용료까지 모두 정액으로 포함되어 있는 것도 마음에 든다.

그렇지 않으면 용돈 타 쓰는 학생 입장에서 아껴 쓰느라 이마저도 스트레스겠지.

기대보다 꽤 쓸 만하게 시설이 갖추어져 있기는 하지만, 그렇더라도 외국에서 자취 생활을 처음 시작하는 입장에서 새로 갖추어야 할 것이 한두 가지가 아니었다.

우선 아내와 내가 가끔 방문하였을 때 잘 수 있는 삼단 접이식 매트리스 겸 소파가 필요해 보였고, 알람 기능이 있는 탁상시계, 침대 머리맡에 둘 만한 스탠드 조명, 그 외에 주방용품 몇 가지도 새로 구입해야 했다.

그런데 무엇보다 가장 시급한 건 오피스텔 바닥이었다.

층간 소음을 막기 위해서인지는 몰라도 이 오피스텔은 모든 객실 바닥에 직물 카펫이 깔려 있는 것이었다.

직물 카펫은 우리 가족이 제일 극혐하는 것 중의 하나, 더구나 아들은 어릴 적 잠시 살았던 신축아파트에서 아토피를 앓았던 경험이 있는지라 가장 피해야 할 '공공의 적'이었던 것이다.

셋이 함께 인근 쇼핑센터를 방문하여 나는 두어 걸음 뒤에서 카트를 끌고, 아내와 아들은 앞장 서 걸으며 뭐가 그리 신나고 재미있는지 속닥속닥 웃어 가며 필요한 물건들을 골라 카트에 담았다.

이따금 가격이 제법 나가는 살림살이를 고를 때에는 뒤따라오는 나에게 동시에 애교 섞인 눈빛으로 동의를 구하곤 하였다.

잠시 후 나는 혼자 위층, 아래층 열심히 돌아다닌 끝에 바닥 카펫을 완벽하게 커버해 줄 만한 바닥재를 구입하여 계산대로 돌아왔다.

제법 한가득 카트에 물건을 싣고 계산대에 섰을 때, 놀랍게도 아들은 전혀 막힘없는 능숙한 일본어로 현지 직원과 대화를 하며 계산을 척척 해 나가고 있었다.

마치 이곳이 한국인지 일본인지 구별도 못 할 정도로.

'저 녀석이 그래도 나름대로 준비를 잘하고 왔구나….'

최근 들어서 이토록 아들이 대견해 보인 적이 없었던 것 같다.

뒤통수가 따가웠던지 아들은 우리를 돌아보고는,

"누나랑은 비교하지 마세요. 저는 이제 시작이잖아요."

하며 겸연쩍게 웃어 보인다.

당시 딸아이는 프랑스에서 대학원을 다니고 있었는데, 학부에서 불어를 전공하였고, 게다가 1년간 프랑스 현지에서 교환학생을 다녀온 경험이 있어 프랑스어는 거의 네이티브 수준이었다.

얼마 전 딸아이를 만나러 파리에 갔을 때, 식당에서, 쇼핑센터에서, 딸아이의 능숙한 프랑스어 실력에 우리 모두 감탄했던 기억이 아직도 선하다.

당시 아들은 일본 유학을 결심하고 이제 막 일본어를 배우기 시작하던 시기였기 때문에 누나의 유창한 프랑스어 실력이 부러우면서도 꽤 부담스러운 모양이었다.

"아빠, 저한테는 누나만큼 기대하지 마세요."

그때도 지금과 거의 똑같은 말을 하며 기가 푹 죽어 투덜거렸던 생각이 난다.

그런데, 기대를 안 했기 때문에 더욱 놀라웠고 더욱 대견스러웠던 게 사실이었다.

나는 머릿속으로만 칭찬할 뿐, 말이나 행동이 따르지 않는 스타일인데, 매사 표현력이 Too Much한 아내는 아들의 팔짱을 끼고 엉덩이를 툭툭 치며 대견함을 적극적으로 표현하고 칭찬해 주었다.

오피스텔로 돌아오자마자 새로 사 온 바닥재 포장 박스를 열고 작업을 시작하였다.

아내가 돕겠다고 하였으나 나는 쓸데없는 고집을 발휘하며 혼자 다 하였다.

직물 카펫을 마음대로 걷어 낼 수는 없는지라 그 위를 덮어 깔았는데, 마치 새로 바닥 공사를 한 것처럼 깔끔하고 보기 좋았다.

그리고 그 위에 접이식 매트리스 겸 소파를 놓고 탁상시계와 스탠드 조명도 올려놓으니 마치 신혼집 같은 아늑한 분위기로 변신하였다.

다음 날 아침, 아들이 다니게 될 학교를 방문하여 입학을 위한 몇 가지 행정 처리를 하고는, 라멘, 우동 등 간단한 현지 음식으로 점심 식사를 하였다.

오후에는 몇몇 유명하다는 관광지와 쇼핑센터 등지에서 여유로운 시간을 보내고 해질 무렵 오피스텔로 돌아오는 길에 인근 편의점에 들러 튀김, 어묵 등 일본 특유의 아기자기한 먹거리를 사다가 캔 맥주, 도수 낮은 칵테일을 곁들이며 늦은 시각까지 일본에서의 밤을 즐겼다.

이십 년 가까이 아들 키워 오면서 이런 적이 또 있었나?

물론 여행을 좋아하는 우리 네 식구는 아이들 어렸을 적부터 국내로 혹은 해외로 자주 여행을 다녀 보았기 때문에, 이런 낯선 도시, 비좁은 공간에 둘러앉아 적당한 음주와 야식을 하며 마치 밤을 꼴딱 새울 기세로 웃고 떠드는 게 매우 익숙하였다.

하지만, 오늘처럼 아들이 주인공이었던 적은 없었던 것 같다.

항상 내가 주인공이거나 딸아이가 주인공이었었다.

아빠가 '워라벨'에 관심이 많고, 무엇보다도 돈을 잘 벌어 줘서 여행을 자주 갈 수 있다며 아내와 아이들은 자주 나를 주인공으로 만들어 주었고, 항상 공부도 잘하고 주위로부터 칭찬만 듣는 딸아이도 어느 여행에서든 주인공이 되는 게 자연스러웠다.

하지만, 이번 일본 여행 사나흘만큼은 철저하게 아들이 주인공이었다.

아내는 이틀 더 아들과 함께 머물며 자취 생활에 필요한 것들을 챙겨주겠다고 하여 나 먼저 귀국하였다.

난생처음으로 혼자 국제선을 타려니 출국, 입국 수속이 여간 힘든 게 아니었다.

아내의 소중함이 온 천지에 묻어 있다.

언제부터인가 집 밖을 나섰을 때 아내가 옆에 없으면 몹시 불안하다.

혼자 할 수 있는 가짓수가 점점 줄어드는 것을 느낀다.

다행히 별 탈 없이 늦은 시각 혼자 집으로 돌아오면서 많은 생각을 하였다.

물론 그 생각의 주인공은 온통 아들이었고, 대체로 밝은 생각들이었다.

다시 나의 스케이트 잘 타는 아들, 야구 잘하는 아들로 돌아와 준 이 녀석이 너무 고맙고 감격스러웠다.

혼자 헤쳐 나가야 하는 외국 생활이 그리 쉽지만은 않았을 것이다.

아내가 하나부터 열까지 다 챙겨 주며 지금까지 살아왔기 때문에 저 혼자서는 할 수 있는 게 몇 안 된다고 생각했다.

더구나 아는 사람 하나 없는 곳에서, 언어마저 제 편이 아닐 텐데.

그래도 아들은 우려했던 것보다 훨씬 일본 생활에 잘 적응해 나갔고, 그로부터 일 년 반 뒤 2학년 1학기를 마치고 귀국하였다.

물론 그 사이에도 방학 때마다 오곤 하였지만, 이번에는 군 복무를 위해 학교를 휴학하고 제대로 귀국한 것이다.

올해 초부터 '코로나19'로 인하여 지구상 모든 나라, 모든 시스템이 멈춰 서고 말았고, 아들이 다니던 학교도 예외는 아니었다.

당초 아들은 2학년까지 마치고 군에 입대할 예정이었다.

하지만 학사 일정이 점점 꼬이고, 학교뿐만 아니라 공공장소 어디든 마음대로 갈 수도 없는, 아들 입장에서는 숙소에서 하루 종일 혼자 갇혀 지내야 하는 상황이 견디기 힘든 고역이었을 것 같다.

그래서 아들은 아내와 상의 끝에 당초 계획보다 일찍 들어와서 군대를 가기로 한 것이다.

당시에는 입대 희망을 하여도 수개월을 기다려야만 했다.

군대를 좋아서 가는 사람이 어디 있겠냐만은, 그 와중에 스스로 군대를 가겠다고 손을 들어도 내 맘대로 군대도 가기 힘든 믿기 어려운 상황이었던 것이다. 그 당시에는.

아들 역시 기약 없이 입대 날짜를 기다려야만 하는 처지가 되었는데, 자칫 입대가 너무 늦어지면 제대 후 2학기 복학이 제때 어려워질 수도 있는 노릇이었다.

옆에서 보고만 있자니 답답했던지, 나는 아내가 시키지도 않았는데 혹시나 하는 마음에 병무청에 전화를 걸어 보았다.

국가기관 민원실, 게다가 전화한 곳은 다름 아닌 무시무시한 병무청.

그런데 놀랍게도 내가 경험해 본 민원 전화 가운데 최고로 친절하였다.

“충성! 통신보안!” 씩씩한 군인 아저씨가 이렇게 전화를 받을 줄 알았는데, 의외로 수화기 너머에는 노련한 듯하면서도 상냥한 어느 여사님이 자리하고 계셨다.

"외국 유학 중인 아들이 입대를 빨리 하고 싶어서 귀국을 하였다.
그런데 제대 후 학사 일정을 고려하면 늦어도 올해 중에는 입대를 해야 한다.
외국 유학 중임에도 불구하고 자발적으로 입대를 하려 하는 충성심을 감안하여 빨리 입대할 수 있도록 선처해 주기 바란다."

뭐 이런 취지의 이야기를 하였고, 여사님은 나의 민원을 끝까지 들어 주시고는,

"요즘 같은 세상에 외국 살면서도 자발적으로 군 복무를 하고자 하는 아드님과 아버님의 나라 사랑하는 마음에 깊이 감사를 드립니다."

라는 닭살 돋는 멘트까지 해 주셨다.

그리고는 상부에 보고하여 빠른 시일 내에 입대할 수 있도록 노력하겠노라는 답변을 들을 수 있었다.
하지만 '노력해 보겠다….'만큼 애매모호한 답변이 또 어디 있을까.
내가 은행 지점장일 때에도 고객의 민원성 전화를 받으면 항상 노력해 보겠노라고 답변했던 걸 생각해 보면 큰 기대는 하지 않는 게 정신 건강에 좋을 것 같다는 생각이 들었다.

그런데, 의외의 일이 벌어지고 말았다.
입영통지서. - 소위 말하는 '영장'이라는 게 날라 왔다, 단 일주일 만에.

세상에 이런 일이…….

아내는 나를 째려보며 말하였다.

"솔직히 말해 봐. 당신이 어디다가 힘을 쓴 거지?

그러지 않고서는 몇 달을 대기해야 한다는 데 어떻게 일주일 만에 영장이 나오냐고?"

귀신이 곡할 노릇이다.

아니, 병무청 여사님께서 도대체 어떻게 해 주신거야?

"아냐, 아냐. 은행 다니는 사람이 군대 뭘 안다고 그래?

아는 사람이 어디 있다고 힘을 써?

나도 모르는 일이야."

결과적으로 아내와 아들 모두 걱정했던 것보다 빨리 입대를 할 수 있게 되어 다행스럽게 생각한 건 사실이었다.

단지 아들은 다른 친구들처럼 입대하기 전까지 신나게 놀아 보려던 계획에 차질이 생긴 게 못내 아쉬웠던 모양이다.

더구나 외국에서 오래 생활하다 보니 하고 싶은 것도 많고 만나고 싶은 사람도 많았을 테니까.

아들은 11월 중순, 극한 추위로 유명한 강원도 화천으로 입대하였다.

입대하던 날 아침, 집 근처 유명한 삼계탕 집에서 아들 먹고 싶다던 삼계탕으로 민간인으로서의 마지막 식사를 한 후 화천 모 부대 신병교육대로 데려다 주었다.

드라마나 영화 같은 데 보면 신병교육대 정문 앞에서 부모가 자식을 한 번 끌어안아 주며 잘 다녀오라고 격려해 주는 장면이 나온다.

분명 나에게도 곧 닥칠 상황인데 운전 중에 아무리 생각해 보아도 딱히 할 말이 떠오르지 않는다.

안아 주는 것도 영 어색하고 그냥 악수 한 번 하고 들여보낼 게 뻔하다.

하지만 웬걸, 우리 차량이 신병교육대 주차장으로 들어서자마자 완장을 찬 현역군인 두 명이 마스크를 쓴 채 우리 차량을 황급히 세우고는 커다란 안내판을 운전석 앞 유리를 통해 들어 보였다.

창문 절대 열지 마시오.
보호자는 절대 하차하지 마시오.
입영 대상자만 즉시 하차하시오.

이게 무슨 상황인가 싶은데, 장소가 장소이니만큼 아들은 물론 우리 부부 역시 군기가 바짝 들어 시키는 대로 할 수밖에 없었다.

뒷자리에 앉아 있던 아들이 작은 배낭을 챙겨 차에서 내리자, 대기하고 있던 군인 두 명이 양쪽에서 아들을 낚아채더니 쏜살같이 위병소를 지나 정문 안으로 사라지고 마는 것이 아닌가?

불과 5초만의 일이었다.

끌려가던 아들은 연신 뒤를 돌아보며 '구해 주세요.'라는 간절한 눈빛을 보내는 것 같았지만 나와 아내는 아들을 구해 줄 힘이 없었다.

사지로 끌려가는 아들을 멍하니 바라볼 수밖에.

별로 할 말은 없었다만, 그래도 한 번 안아라도 주고 들여보내고 싶었는데, 그렇게 코로나19 시절의 신병교육대 앞 생이별 장면은 드라마나 영화에서 보던 것과는 달리 너무 허무하게 끝나고 말았다.

딸아이도 없는데 아들까지 입대하고 나니 방 세 칸짜리 아파트가 새삼 대궐처럼 느껴졌다.

2.6킬로그램짜리 자그마한 앤 야옹이의 울음소리가 메아리져 올 정도로 집 안이 텅 비고 썰렁해짐을 느꼈다.

한 달여 시간이 지났다.

그런데 언제부터인가 아내가 저녁 시간마다 군부대 관계자와 전화 통화를 하는 게 자주 눈에 띄었다.

내가 무슨 전화냐고 물어보면,

"얘 훈련소 중대장님이에요.

군 생활 잘하고 있다고, 뭐 그런 안부 전화예요.

요즘 군대 참 좋아졌어요. 그쵸?

걱정 말래요. 아들 잘 지내고 있대요."

한두 달 동안 아내의 대답은 늘 같은 내용이었다.

그런데, 자대 배치 이후부터는 통화 시간도 길어지고, 어떤 날은 한 시간 가까이 통화를 하는 것 같았다.

통화하는 내내 표정이 굳어 있고, 전화를 끊은 이후에는 나의 물음에 대답을 피하기도 하였다.

내가 모르는, 뭔가 심각한 일이 벌어지고 있는 게 분명하였다.

"당신에게 이야기 안 한 게 있어요.

사실은 아들이 오래전부터 약을 먹고 있었어요.

일본 보내기 전부터 우울증, 공황장애 같은 증상이 있어서 병원을 다니고 있었거든요.

약을 끊으면 아이가 난폭해지기도 하고 손발을 심하게 떨기도 해서 일본에서도 약을 계속 먹게 했어요.

근데 아무래도 외국 생활이라는 게 좀 힘들기도 하고, 외롭기도 하고 하다 보니 몸 상태가 예전보다 많이 안 좋아져서 들어온 것 같아요.

군대 보낸 다음에도 훈련소에 부탁해서 약을 계속 먹을 수 있게 했는데, 아무래도 최근에 자대 배치된 다음부터 몸이 더 안 좋아진 것 같아요.

좋지 않은 증상이 자주 나온다고 해요. 부대에서."

갑자기 가슴이 꽉 막힌 듯 답답해져 왔다.

이 심각하고 중요한 문제를 아내는 왜 지금까지 혼자서만 짊어진 채 끙끙 앓고 있었을까.

아무리 내가 도움 안 되는 인간이라고 해도, 가장이고 아이의 아빠인데, 최소한 나에게는 이야기를 하고, 상의도 하고, 같이 안고 가야 할 문제 아닌가.

아내에게 호통을 쳤다.

하지만 눈 깜빡임도 잊은 채 허공의 어느 지점을 초점 없이 바라보고 있는 아내에게는 나의 호통이 들리지 않는 것 같았다.

약기운으로 인한 멍한 눈빛과 간헐적으로 나오는 이상 행동, 심한 손 떨림으로 인하여 아들은 정상적인 병영 생활을 할 수 없었고, 이로 인한 상급자, 동료들의 소위 따돌림 현상은 아들을 더욱 힘들게 하고 있었던 것 같다.

전방부대에는 별도로 의료시설이 없어서인지, 아들은 따로 마련된 내무반으로 옮겨 혼자 생활을 하고 있었다.

어떻게 해야 하나?

얼른 집으로 데리고 와야 되나?

그렇다고 무작정 귀가시키는 것도 정답은 아닌 것 같다.

원한다고 해서 될 일도 아니고.

다음 주에 서울에 있는 큰 군 병원에서 종합검사를 하게 되었다고 연락이 왔다.

부대 측에서도 할 수 있는 다방면의 노력을 기울여 주는 듯했고, 우리 부부는 믿고 기다리는 것 외에는 다른 도리가 없었다.

그렇게 조금 더 시간이 흘러 4월 초.

입대한 지 4개월여가 지난 무렵 부대에서 전화가 왔고, 더 이상 군 생활을 계속하는 게 부적절하다는 최종 결정이 나왔다며 내일 아침 화천으로 아들을 데리러 오라고 한다.

남은 의무 복무 기간도 모두 면제된다고도 한다.

'아들의 상태가 많이 좋지 않구나….'라는 가슴 한편의 무너짐도 있었으나, 그보다는, '내일이면 아들을 볼 수 있겠구나. 그리고 집으로 데려와 푹 재우고 몸에 좋고 맛있는 음식을 실컷 먹일 수 있겠구나….'라는 반가움과 안도감이 더 컸던 게 사실이다.

아마 아내의 심정도 나와 다르지 않았을 것 같다.

아직 한기가 채 가시지 않은 4월 초순 어느 날, 강원도 화천.

아침 일곱 시까지, 그것도 군부대 면회실이나 공공장소도 아니고, 파로호 다 와 가는 북한강 강변의 어느 조그만 공용주차장으로 오란다.

무슨 놈의 007 작전하는 것도 아니고, 아들 건강이 안 좋아 데리고 나오는 게 무슨 죄 짓는 일도 아닌데, 왜 이렇게까지 은밀하게 와야 하는 건지 모르겠다.

아내와 함께 30분 정도 일찍 약속 장소에 도착하였다.

서울은 이제 완연한 봄 날씨인데 이곳은 아직도 한겨울인 듯하다.

한편으로는 걱정도 되고 한편으로는 설레기도 하여, 차 밖으로 나가 낯설 만큼 차가우면서도 신선한 아침 공기를 원 없이 흡입하고 있었다.

이따금 군 트럭 행렬이 우리 앞 2차선 도로를 쌩 하고 지나간다.

멀어지는 뒷모습을 돌아보니 짐칸에는 방한복을 입은 군인들이 양쪽으로 스무 명 정도 앉아 있다.

새벽같이 어디론가 야외 훈련을 나가나 보다.

아들 또래, 어쩌면 아들과 같은 부대 같은 동기일지도 모른다고 생각하니 남일 같지가 않다.

일곱 시 정각.

이번에는 군 지프 한 대가 주차장으로 들어오더니 저만치 섰다.

나도 모르게 침을 꿀꺽 삼켰다.

아내도 몹시 상기되어 있다.

양쪽 문이 동시에 열리더니 상사, 중사급으로 보이는 군 간부 두 사람이 내려 우리에게 다가왔다.

그리고 그 뒤로 삐쩍 마른 일등병 하나가 어정쩡하게 차에서 내리는 모습이 보였다.

아들이었다.

하지만 우리는 아들에게 달려갈 수 없었고, 아들도 차에서 내린 그 자리에 그대로 서 있었다.

절대 흥분하면 안 되고, 화를 내서도 안 되고, 울어서도 안 된다.

우리 앞 3미터 앞까지 걸어와 멈춰 선 군 간부는 깍듯이 거수경례를 한 후,

"오시느라 고생 많으셨습니다.
아드님의 건강 상태로 인하여 부득이 귀가 조치시킵니다.
여기 사인해 주십시요."

통보? 요청? 지시?
모르겠다.
모르겠지만 난 이들 앞에서 최대한 당당해야 한다.
너희들이 더 망가뜨려 놓은 내 자식을 데려가겠다는데, 애비인 내가 큰 소리는 못 칠망정 절대 위축되어서는 안 된다.

나는 군 간부가 건네는 모나미 볼펜 대신 내 재킷 속주머니에서 파카 만년필을 꺼내어, 차가운 날씨 탓에 조금 떨릴 뿐이라는 증거로 펜 쥔 손을 입에 대고 호… 하고 따뜻한 입김을 한 번 불어넣은 후 간부가 건넨 누런 서류 용지 하단에 큼지막하고 자신감 있게 사인을 갈겼다.

"이 일병. 뭐 해! 어서 와서 부모님께 인사드려야지!"

군 간부가 뒤돌아보며 군인 특유의 근엄하고 묵직한 목소리로 말하자, 아들은 빠른 걸음으로 우리에게로 다가와 2미터 앞에 섰다.
그리고는 "충성!" 거수경례를 한다.
경례한 손이 아직 제 오른쪽 눈썹 옆에 붙어 있는데 아들 눈에 눈물이 가득 고여 오는 게 보였다.

아마도 아들은 군 간부들에게 눈물을 보이기 싫어서 1미터 더 우리에게 가까이 다가와 간부들과 우리 중간 지점에 멈춰 선 모양이었다.

아내도 어설픈 동작으로 아들에게 거수경례를 해 준다.

그리고는 다가가 아들의 눈물을 닦아 주더니,

"고생 많았지. 우리 아들. 이제 엄마랑 같이 집에 가자."

하며 등을 토닥여 준다.

군 간부들은 우리에게 다시 한번 거수경례를 한 뒤 쏜살같이 차를 돌려 왔던 길을 되돌아갔다.

신상 수준의 깔끔한 전투복과 베레모, 전투화를 신은 아들의 모습은 그리 낯설지는 않았지만, - 훈련소에서 자주 사진을 보내 와서 그런 것 같다.

군복 속의 삐쩍 마른 아들의 모습은 정말 낯설고…. 뭐랄까, 내가 기억하는 아들의 모습 가운데 최악이었던 것 같다.

돌아오는 차 안, 나는 운전석에, 아내는 내 옆에, 그리고 아들은 아내 뒤에 앉았는데, 한 시간 반 내내 아내는 전혀 눈물을 보이지 않았다.

"남들 18개월 하는데, 너는 넉 달 만에 제대했으니 로또 맞은 거 아냐?"

"오늘 점심 뭐 먹고 싶어? 이제 하루에 하나씩 먹고 싶은 거 얘기해. 다

해 줄게."

아내의 수다는 정말 자연스럽다.

극한 슬픔을 상쇄하기 위한 극한 몸부림으로 보인다.

힐끔 곁눈질로 본 아내의 눈 흰자위에 살짝 핏발이 서 있다.

너무 긴 시간 동안 눈물을 참으려고 눈에 힘을 주고 있어 그런 것 같다.

6

Nadry

Nadry

아들은 집에 돌아온 그날부터 하루에 열두 시간 이상을 잤다.

조금 더 강한 약을 처방받아서인지 깨어 있는 시간에도 늘 졸고 있는 듯했고, 눈 밑 다크서클이 심하여 누가 봐도 병색이 완연해 보였다.

그러나 이렇게 눈에 보이는 것보다 아들에게는 군 복무를 다 마치지 못하고 쫓겨났다…라는 자괴감, 자격지심이 더 큰 스트레스였던 것 같았다.

내 눈도 잘 맞추지 못하고, 목소리에 힘이 하나도 없다.

외출을 극도로 꺼리고 억지로라도 나가게 되면 너무 조심스러워 하고 어색해하였다.

아무것도 아닌 일에 "감사합니다.", "죄송합니다." 하고 아무에게나 연신 머리를 조아리곤 했다.

좋게 말하면 예의 바른 거고, 나쁘게 말하면 너무 약하고 비굴한 모습…….

군대에서의 트라우마가 너무 강하게 이 아이를 짓누르고 있는 것 같았다.

그러지 말라고 이야기하고 싶지만, 아내는 한사코 아무 말 하지 말라고 했다.

일주일에 한 번씩 대학병원 신경정신과에 다니고 있는데, 항상 평일에 가다 보니 내가 동행할 수는 없는 노릇이기도 하였지만, 아내는 이상하리만큼 아들의 건강 문제에 있어서만큼은 나와 공유를 하려 하지 않는 것 같았다.

아무래도 나를 통해 시댁 등 주위 사람들 사이에 아들의 건강 문제가 회자되는 것을 극도로 꺼렸던 것 같았다.

아들이 일찍 제대하고 나온 것에 관하여 주위에서 이야기가 나오면, 애기 때부터 앓아 온 아토피 같은 피부질환이 갑자기 심해져서 치료차 일시적으로 집에 와 있다고 얼버무리고 있었다.

4월 중순, 긴팔과 반팔 티셔츠를 나란히 꺼내 놓고 고민해야 할 만큼 봄기운이 완연한 아침이다.

이른 시각임에도 해가 길어져 중천에 떠 있는데도 여전히 우리 집 거실에는 짙은 색 커튼이 드리워져 아직도 컴컴하다.

어제 이른 저녁부터 내내 제 방에서 자고 있는 아들을 깨워 보았다.

"아침부터 날씨가 끝내주네.

엄마 아빠 어디 놀러 가려고 하는데, 같이 갈래?"

아내는 왜 깨우냐며 곁눈질하고 있지만, 아들은 의외로 흔쾌히 따라나섰다.

아침에 급히 검색하여 찾아낸 가까운 나들이 장소, 포천 아트밸리.

적당히 풍광도 좋았고, 적당히 놀거리, 볼거리도 있었고, 적당히 사람도 많았다.

밝은 햇볕 아래에서 보니 아직은 까까머리인 아들의 얼굴이 집안 인공조명 아래에서보다 훨씬 좋아 보였다.

막 군에서 제대했다고는 믿을 수 없을 만큼 창백한 얼굴도 적당히 햇볕을 받아 때깔이 좋아 보였고, 덕분에 다크서클도 잠깐의 착시현상일지는 모르나 확연히 희미해진 느낌이다.

소리 내어 웃기도 하고, 먼저 뭘 하자고 제안도 한다.

다녀와서 함께 저녁 식사를 하는 와중에도 오늘 다녀왔던 이야기를 내내 떠들고 있다.

전혀 준비도 없이 즉흥적으로 나섰던 아들과의 첫 주말 나들이는 이렇게 우리 가족 모두를 기쁘게 해 주었다.

아내로부터 오랜만에 칭찬도 받았다.

내 경험상, 우리 네 식구에게는 여행만큼 좋은 보약도 없는 것 같다.

평소에 하지 못하던 온갖 수다, 재미난 이야기들, 좁디좁은 방에 네 사람이 한데 뭉쳐 뒹굴다 보니 밤새도록 작렬하는 스킨십. - 여행을 한 번 다녀오고 나면 일 년을 부대끼며 살아 온 것마냥 모든 게 정겹다.

하지만 당시 우리를 둘러싼 여행 환경에는 평소와는 확연히 다른 두 가지 제약 조건이 있었다.

하나는 당연히 코로나19이다.

해외여행은 엄두도 낼 수 없고, 가까운 국내 여행조차 매우 조심스러운 분위기였다.

설령 용기 내어 가더라도 많은 불편과 눈치를 감수해야 하는 시기였다.

그러나, 이보다 더 큰 두 번째 제약 조건은 다름 아닌 딸아이의 부재였다.

딸아이는 애기 때부터 항상 예쁜 짓, 예쁜 말만 골라 하면서 가족들과 주위 사람들을 기쁘고 즐겁게 해 주었다.

또한 아빠, 엄마, 제 동생 누구와도 제일 친한 존재였고, 누구와도 이야기를 많이 하며 살아온 아이였다.

하루 종일 말도 참 많았는데, 단 한 번도 딸의 수다가 귀찮았던 적이 없었던 것 같다.

오히려 딸아이가 없으면 허전하고 심심했고, 결론적으로 우리 부부는 딸아이 없이는 어디든 가 본 적이 한 번도 없었던 것 같다.

지금이 그렇다.

딸아이 없이 무뚝뚝하고 재미도 없는 아들만 데리고 여행 다니는 게 처음에는 영 내키지 않았다.

딱히 재미나지도 않을 것 같고, 여행 내내 별로 할 말도 없을 것 같았다.

그런데, 포천으로의 첫 나들이는 이런 생각을 하고 있는 나에게 계속 아들과의 동행을 재촉하는 결과가 되어 주었다.

한 번도 가 보지 않았던 새로운 장소로의 여행, 한 번도 해 보지 않았던 놀이, 깜짝 이벤트를 통한 신선한 놀라움, 처음 먹어 보는 지역 먹거리,

그리고 이를 통해 끊임없이 부모와 대화를 나누는 하루, 당시 아들에게 이보다 더 확실한 치유 방법은 없을 것이라는 확신이 들었기 때문이다.

얼마 뒤, 이번에는 회사에 휴가를 내고 3박 4일 경주 여행을 다녀왔다.

딸아이 없이 자고 오는 여행은 처음인지라 처음에는 조금 우려도 되었지만, 아들의 치유에 도움이 되고 아들과의 그동안 서먹했던 분위기를 개선하는 데 도움이 된다면 무엇이든 하고 싶었다.

결과적으로, 경주 여행은 우리 부부에게 그리고 아들에게 완벽한 치유와 관계 개선의 기회가 되어 주었다.

일부 실망스러운 먹거리만 제외하고는.

도착하자마자 제일 먼저 들린 유명한 밀면집은 무려 삼십 분이나 웨이팅을 하였음에도 불구하고 솔직히 너무 맛이 없었다.

표현이 어려울 만큼 우리 식구들에게는 너무 낯설고 어색한 맛이어서 메뉴 선택을 한 장본인이었던 나만 억지로 다 먹었을 뿐 아내는 절반, 아들은 대부분을 남기고 말았다.

TV에도 다수 출연했다는 유명한 칼국수집에서는, 맛도 맛이지만, 동시에 우리 세 사람의 눈에 띈 주인 할머니의 신공 - 돈 계산과 김밥 말이를 동시에 하고 있는 모습, 위생장갑도 끼지 않은 맨손으로. - 으로 인하여 맛은 평가 불가, 위생은 낙제점, 이렇게 평가를 하고 나왔다.

둘째 날 저녁, 전통시장에서 이것저것 먹거리를 사 와 숙소에서 저녁 식사를 하였는데, 인터넷 맛집으로 소문난 가게에서 사 온 순대는 너무 퍽퍽하여 역대급으로 맛이 없었고, 아내가 먹고 싶다고 해서 잘하는 집을 물어물어 사 온 문어숙회는 분명 쪄낸 지 오래된 듯 너무 딱딱하여 절반도 먹지 못하였다.

그래도 경주의 모든 것을 용서할 수 있었던 것은 바로, 마지막 날 저녁 인근 감포항에서 떠 온 자연산 광어 한 마리.

평소 자연산, 양식 구별도 할 줄 몰랐던 우리는 - 항상 양식만 먹었으니 구별해 볼 기회도 없었던 것 같다. - '이게 진정한 자연산이구나!'라고 난생처음 깨달음을 얻었다.

처음 느껴 보는 생소한 찰지고 쫀득한 맛과 식감에, 그동안 평생을 즐겨 먹었던 광어는 분명 죄다 양식이었구나라는 확신이 들었다.

교과서에서만 보아 왔던 희귀한 국보 유물도 많이 구경하고, 경주의 핫플레이스라는 황리단길에서 군것질도 하고 쇼핑도 하였다.

아침저녁으로는 근사하게 가꾸어 놓은 콘도 정원에서 산책도 하는 등 당일치기 여행에서는 경험할 수 없는 풍요로운 여유도 마음껏 누릴 수 있었다.

코로나19 초기 증상에 가장 효과가 좋다고 알려진 해열진통제 'T'약이 서울에서는 품귀로 인하여 구할 수조차 없었는데, 이곳에서는 약국에서 1인 1박스 한정으로 판매를 하고 있었다.

우리는 교대로 한 명씩 들어가 세 박스를 구매한 것도 모자라, 차 안에서 기다리고 있다가 30분 간격으로 한 번씩 더 들어가 총 여섯 박스를 구매하여 서울로 올라와서 지인들에게 후한 인심을 베풀었다.

그렇게 3박 4일긴의 두 번째 나들이를 행복하게 다녀왔다.

코로나19 시국에도 이렇게 재미있게 놀 수 있구나.

딸아이 없이도 이렇게 대화를 많이 할 수 있구나.

망설여졌던 시도였지만, 결과적으로 나에게는 놀랍도록 새로웠던 가족 여행이 되었다.

세 번째(7/11)로는 강원도 동해를 다녀왔는데, 오늘 우리의 목표는 단 하나, 전국에서 제일 무섭다는 액티비티 놀이기구에 도전하는 것이었다.

우선 아침 일찍 도착하자마자 시내 유명한 분식집을 찾았는데, 이곳의 잔치국수는 일인분이 무려 '일천 원'인 것으로 유명하다.

맛도 훌륭하고 양도 푸짐한데 세 명이서 배불리 먹고 삼천 원을 내고 나오려니 너무 낯이 뜨거울 것 같아 억지로 오뎅과 삶은 달걀까지 추가하였음에도 불구하고 오천 원밖에 채우지 못하고 나왔다.

이럴 때는 상도의상 무조건 현금으로 결재해야 한다.

그다음으로 찾아간 무릉별유천지, 오랫동안 석회석을 채광하던 광산이었던 곳을 다양한 체험 공간과 호수공원으로 탈바꿈시킨 곳인데, 이곳에 있는 무시무시한 액티비티 시설이 바로 오늘 우리의 목적지이다.

'스카이글라이더' - 집라인과 비슷하게 생긴 구조로 거대한 독수리 모양의 기구 밑으로 네 명이 동시에 매달려 높은 채광산 언덕 위를 왕복하는 놀이기구인데, 속도가 워낙 빨라 안경까지 벗고 타야 하는지라 나는 다행히 시력의 절반은 잃은 채 무아지경으로 타서 다행이었지 제정신에 뜬 눈으로 탔으면 정말 큰일 날 뻔했다.

더구나 엄청난 높이에서 광활한 호수 위를 가로지르는지라 심장이 뛰다 못해 멎는 줄 알았고, 실제 아들은 내내 비명을 지르다가 절반은 실신 상태로 비행을 마쳤다.

제일 작은 체구의 아내만이 웃으면서 독수리 기구에서 내리고 덩치 큰 사내 둘은 다리에 힘이 풀려 다리를 바닥에 계속 헛디디자 여럿 안전요원 아저씨들이 박장대소하고 말았다.

이따금 느끼게 되는 아내의 반전 강심장이 정말 경이롭기만 하다.

○ 네 번째 (7/18) 충북 청주

아침 일찍 출발하여 청주의 유명한 육거리시장 안에 있는 설렁탕집에서 아침 식사를 하였다.

나 포함 우리 식구들은 평소 아침 식사를 거의 하지 않다 보니 이른 시각의 거한 식사가 생소하면서도 기분 좋은 포만감을 느끼게 해 주었다.

국립 현대미술관과 국립청주박물관을 둘러보았다.

청주는 생소한 도시이기는 하였지만, 문화와 예술이 풍요로운 도시임에 분명한 것 같다.

우리나라에 세 군데밖에 없는 국립현대미술관이 청주에 있고, 국립박물관 역시 청주에 있지 않은가.

현대미술관은 아내가 가고 싶어 했던 곳이고, 박물관은 내가 가자고 하였다.

예전부터 나는 '전국의 모든 국보를 섭렵하겠다….'라는 조금은 허황된 일념이 있었고, 실제 딸아이와 아들이 모두 외국에 나가 있을 때에 아내와 둘이서 박물관이나 지방 사찰들을 제법 많이 돌아다니며 전국에 소재한 삼백여 국보급 문화재 가운데 1/3 정도는 이미 둘러보았던 것 같다.

마침 이곳에도 지방 박물관 치고는 국보가 두 점이나 전시되어 있어서 나에게는 좋은 공부가 되었다.

덕분에 아들에게는 꽤나 지루한 나들이가 되었을지도 모르겠지만.

대신 돌아오는 길의 늦은 점심 식사로는 이 지역에서 제일 유명하다는 돌판 짜장면을 먹었는데, 아들의 만족도가 지루한 미술관, 박물관을 얼른 잊게 할 정도여서 다행스럽다.

○ 다섯 번째 (7/31) 인천 강화도

국내에서는 드물게 언덕 위에 한옥으로 지어진 멋진 성당을 구경하고, 최근 들어 젊은이들에게 핫플로 각광받고 있는 '조○○○카페'에 들러 시원한 음료를 마시며 더위를 식히고 사진을 백 장도 넘게 찍었다.

커피를 썩 즐기지도 않거니와 카페 물가가 웬만한 식사 한 끼 값에 버금갈 만큼 사악하기도 하여 우리 식구들은 여행을 다닐 때 카페를 가는 일이 거의 없었는데, 이곳에 와 보고는 문화적 충격까지 느끼게 되었다.

내가 익히 알고 있는 '카페'라는 곳은 친구끼리 혹은 연인끼리 테이블에 조용히 앉아 커피나 차를 마시면서 대화를 나누는 장소인데, 이곳은 그야말로 놀이동산 같기도 하고 장터 같기도 하고 대학 캠퍼스 같기도 했다.

실내뿐만 아니라 넓은 정원에까지 예쁜 소품과 아기자기한 장식물들이 끝도 없이 설치되어 있어 많은 젊은이들이 정해진 테이블 없이 음료를 들고 돌아다니며 사진도 찍고 게임도 하며 노는 것이었다.

'아, 요즘 젊은이들에게 카페라는 곳은 마시는 곳이 아니라 노는 곳이구나.' 새삼 세대 차이를 느끼게 하는 곳이었다.

이날도 돌아오는 길에 가까이에 있는 외포항에 들려 광어와 멍게를 사와서 저녁 식사를 하였는데, 경주 나들이 때의 광어와는 찰진 맛이 영 차이가 났다.

자연산이라고 해서 샀는데 속은 것 같다.

○ 여섯 번째 (8/7) 강원도 원주

최근 TV에 많이 소개되곤 했던 안도 타다오라는 유명한 건축가가 설계한 '뮤지엄 산'에 다녀왔다.

산(SAN)이 '마운틴'인 줄 알았는데, Space, Art, Nature의 약자란다.

입장료가 비싼 만큼 볼거리도 많았고 특히 사진을 찍을 만한 스팟이 매우 많았다.

아들은 고등학생 시절부터 디자인 방면에 관심이 많아 사진 찍는 걸 매우 좋아하였다.

그래서 가족 전담 사진기사인 나는 더더욱 스마트폰으로 사진 찍을 때 진심과 전력을 다해야만 했다.

인물과 배경은 나무랄 데 없는데 사진기사가 시원찮다는 원성이 자주 들려왔기 때문이다.

뮤지엄을 나와 원주중앙시장의 유명한 'S 분식집'에 들려 시그니처 메뉴인 김치볶음밥과 돈가스를 먹고 돌아왔다.

이제 하루하루 쌓여 가는 우리 셋의 나들이가 조금씩 틀을 갖춰 우리만의 독창적인 놀이 문화로 자리 잡기 시작하였다.

첫째, 우리의 나들이는 'Nadry(네이드뤼)'라는 정체불명의 콩글리쉬로 고유명사화되어 우리만의 암호처럼 통용되기 시작하였다.

이따금 딸아이와 통화할 때,

"우리 어제 어디어디로 네이드뤼 다녀왔는데……." 그러면,

"뭐? 뭐라고? 네이 뭐?" 하고 기가 찬 듯 되묻곤 했다.

아무도 알아듣지 못하는, 우리 세 사람만의 비밀 암호 '네이드뤼'가 되었다.

둘째, 자주 Nadry를 다니려면 비용도 만만치 않게 든다.

금전적 부담이 우리 가족의 건전한 Nadry 기본 사상을 망치고 자칫 이로 인해 횟수가 줄어서는 안 되므로 가장 비중이 큰 지출 요소인 식사만큼은 최대한 저렴하게 때우기로 하였다.

그 결과, 칼국수와 메밀국수, 떡볶이가 우리가 제일 자주 찾는 Nadry 공식 메뉴 순위 1등, 2등, 3등이었다.

이 또한 마땅치 않을 때에는 한 꼬치에 천 원 정도 하는 꼬치오뎅만 먹고 오는 날도 많았는데, 주로 나는 두 꼬치, 아내와 아들은 한 꼬치씩 먹었던 것 같다.

거기에 뜨끈한 오뎅 국물을 1인 1종이컵씩 하고 나면 어지간한 식사만큼이나 배가 부르다.

그 대가로 현금 사천 원을 지불하면 된다.

셋째, 목적지가 멀다고 하여 매번 자고 올 수는 없는 노릇이니, 최대한 아침 일찍 출발하여 저녁 식사는 반드시 집에 와서 편하게 거실에 상 펴고 먹는 걸 원칙으로 하였다.

그래서 이때부터 우리의 출발 시각은 새벽 다섯 시가 되기도 하고 새벽 네 시가 될 때도 있었다.

평소 우리 가족에게는 서로 닮은, 그리고 흔하지 않은 공통점 두 가지가 있다.

첫 번째 공통점은 네 사람 모두 비정상적일 만큼 부지런하다는 것이다.

주말 아침에 가끔은 침대 위에서 뒹굴뒹굴하며 해가 중천에 떠오를 때까지 꿀잠을 잘 법도 한데 우리 식구들은 그런 일이 전혀 없다.

눈을 뜨면 무조건 발딱 일어나 각자 이부자리를 정돈하고 거실로 모인다.

이런 모습은 마치 군대에서의 아침 점호 시간과 분위기가 비슷할 듯하다.

이따금은 주말 오후에 낮잠을 즐길 법도 한데 우리 가족 사전에 '낮잠'이라는 단어는 없다.

침대는 밤에만 눕는 '가구'이다.

낮에도 누우라고 발명된 '과학'이 아니라고 생각한다. 우리 모두.

'내일 Nadry는 좀 머니까 새벽 다섯 시에 출발하자.'라고 해도 누구 하나 불만을 제기하는 사람이 없고, 간혹 누군가는 '더 일찍 출발하는 게 어때요?' 한다.

즐거운 Nadry를 위해, 그리고 저녁때 집에 돌아와 펼쳐지는 맛있는 만찬과 뒤풀이를 위해서라면 그까짓 새벽잠 정도는 기꺼이 포기할 수 있는 사람들이다. 우리는.

두 번째 공통점, 시간 약속에 엄격하다는 거다.

그리 특별한 건 아니지만, 엄격해도 너무 엄격해서 하는 말이다.

어렸을 때부터 나는 아이들에게 이렇게 이야기하곤 하였다.

"아빠는 회사에서 자주 회의를 하는데, 사람들이 잘못 알고 있는 게 있어.

오후 세 시에 회의가 있다라고 하면, 정확히 세 시 정각에 회의가 시작된다는 의미이지 세 시까지 회의 장소에 오라는 이야기가 아니거든.

당연히 시작 5분 전까지는 자리에 앉아 회의 준비가 되어 있어야 할 것이고, 참석자들과 인사라도 나누려면 늦어도 10분 전에는 도착을 해야 하지.

그런데 사람들은 세 시 정각에 도착해서는 안 늦었다라고 이야기들 해.

그런 사람들 때문에 인사 나누느라 몇 분, 자리에 앉아서 회의 준비하느라 몇 분, 그래서 결국 회의가 10분 늦게 시작되는데 모두들 이걸 당연하다고 생각하고 있어.

생각해 봐.

10명 참석하는 회의가 10분씩 늦어지면 우리는 100분을 손해 보는 거거든."

나도 참 피곤한 사람임에는 분명하다.

하지만 나는 살아오면서 업무적인 회의는 물론 개인적인 어떤 시간 약속에도 늦어 본 일이 한 번도 없었다고 자부하는 사람이다.

나도 어렸을 때부터 아버지로부터 그렇게 배워 왔고, 우리 아이들 역시 시간관념만큼은 나에게 배운 대로 칼 같다.

23년을 달리 살아온 아내가 이따금 위태로웠던 적이 몇 번 있었을 뿐이다.

너무 피곤하게 사는 것 같지만 습관이 되면 이보다 더 좋을 수가 없다.

부지런하고 시간 약속 잘 지키면 남들보다 하루에 두 시간 정도는 더 버는 것 같다.

우리 식구들에게는 하루가 '26시간'인 셈이다.

부지런한 습관은 거의 아내가 심어 놓은 듯하고, 시간 약속 잘 지키는 습관은 확실히 내가 심어 놓은 것 같다.

그래서 부부는 닮았다고 하는가 보다.

○ 일곱 번째 (8/15) 강원도 영월

이날도 새벽 다섯 시에 출발하였다.

해가 긴 한여름 일출 시각에 맞춰 동쪽으로 이동하는 건 매우 힘들고 불편한 여정이다.

따갑고 눈부신 햇살을 정면으로 맞으며 운전을 해야 하기 때문이다.

옆자리에 앉은 아내가 연신 운전석 위 햇빛 가리개를 접었다 폈다 해준다.

아내는 키가 작아 본인 것은 접든 펴든 무용지물이라는 걸 알고 있는 모양이다.

이른 시각에 요선암 돌개구멍이라는 곳을 다녀온 후, '영월'을 희한하게 풀어 작명한 듯한 '젊은 달(Young 月) 와이파크'라는 복합문화공간에서 사진을 찍으며 놀고, 동치미국수를 점심으로 먹은 후 영월서부시장에서 제일 유명한 닭강정을 사 가지고 돌아왔다.

한여름 휴가철이라 그런지 차가 많이 막혀 왕복 여섯 시간이 걸렸지만, 오늘도 어김없이 저녁 여섯 시경 집에 도착하여 거실에 상을 펴고 즐겁게 뒤풀이를 하였다.

○ 여덟 번째 (8/17) 경기도 남양주

이날만큼은 거리가 워낙 가까워서 느지막이 출발한 뒤, 오래 전 폐쇄되어 지금은 기차가 다니지 않는 경춘선 간이역, 능내역을 가 보았다.

드라마나 뮤직비디오에도 많이 등장하였다는 아주 낭만적이고 멋진 교외 간이역이었다.

그곳에서 조금 걷다 보면 연꽃이 만개하여 장관을 이룬 다산길 연꽃호수가 나오는데, 연꽃이 이렇게 크고 예쁜 줄 처음 알았다.

다음으로는 인근 조용한 천주교 마재성지를 둘러보았는데, 성당 입구 미사 예물함을 떡하니 지키고 앉아 있던 고양이를 잊을 수가 없다.

마치 성당지기라도 된 양 도도하게 예물함을 지키고 있었는데, 사람 손을 많이 타서인지 쓰다듬는 손길을 피하지 않고 즐기는 듯하였다.

우리 식구들도 예쁜 앤 야옹이와 동거 중이기 때문에 어디서든 고양이를 만나면 절대 그냥 지나치지 않는 것 같다.

8월 한여름 최고 음식인 시원한 초계국수로 점심을 먹고, 오후에는 사설 미술관을 한 군데를 둘러보았고, 집으로 돌아오는 길에 자꾸 이상한 길로 돌아서 가자는 아들의 꼬임에 넘어가 아울렛 쇼핑몰에 들려 미리 점찍어 놓았던 옷을 한 벌 사 주었다.

○ 아홉 번째 (8/28) 강원도 속초

역시 거리가 좀 있는지라 새벽 이른 시각에 출발하였는데, 너무 일찍 도착하는 바람에 마치 현지 동네 사람인 양 속초해수욕장에서 늦여름 아침 바닷가 산책을 즐기고, 젊은 주인아주머니의 극강 미모와 친절로 소문난 막국수집에서 아침 겸 점심 식사를 하였다.

폐조선소를 개조하여 만든 전망 좋은 카페에서 시원한 아이스 아메리카노로 땡볕 더위를 잠시 피한 뒤, 감성 있는 시내 서점도 구경하고 마지막으로 방문한 곳이 속초관광수산시장.

휴가철 대표적인 관광 도시여서 그런지 다녀 본 지방 전통시장 가운데 사람이 제일 많았다.

대부분의 사람들은 맛있는 먹거리를 사다가 저마다의 숙소로 돌아가는 모양이었지만, 우리는 바로 서울로 올라왔다. 전국 히트 상품인 'M닭강정'을 사 가지고.

○ 열 번째 (9/5) 경기도 화성

오늘도 나의 국보 사랑은 계속된다. - 마침 이곳 용주사에 국보 120호인 동종이 있어 방문하였다.

나라 보물에 전혀 관심을 보이지 않던 아내와 아들도 이제 어느 정도 나의 관심사에 동화가 된 듯, 안내문도 꼼꼼히 읽어 보고 사진도 찍곤 한다.

다음으로, 옛 공중목욕탕을 개조하여 만든 사설 미술관과 젊은 감성의 베이커리 카페에 들려 점심 식사를 한 후, 마지막으로 붉은색 쌍둥이 굴뚝 모양 기둥의 웅장한 외관으로 유명한 남양성모성지를 들렸다.

천주교 성지를 다녀오면 항상 가슴이 따뜻해져서 좋다.

그래서 억지로 찾아가지는 않더라도 그 지역에 있다면 빠뜨리지 않고 들리는 편이다.

○ 열한 번째 (9/11~12) 인천 영종도

오랜만의 1박 2일, 그리고 두 가지의 새로운 시도를 하였던 의미 있는 Nadry였다.

첫 번째 시도는 바로 카라반 캠핑.

아이들은 보통 부모로부터 영향을 많이 받고 자라는데, 나는 어렸을 적 부모님과 캠핑을 가 본 적이 한 번도 없다 보니 그 즐거움을 모르고 자랐다.

아내는 나와 반대로 어렸을 적 부모님과 캠핑을 많이 다녀 보았으나, 그때마다 불편하고 재미 하나도 없다는 기억만 가지고 돌아왔다고 한다.

경험은 반대이나 결론은 똑같은 우리 부부 밑에서 자라서인지 아이들 역시 캠핑을 한 번도 가 본 적이 없다.

가끔 캠핑 이야기가 나올 때마다 나는 중립이지만 아내는 극구 반대를 하여 왔다.

일단 습도 높은 날씨를 싫어하고, 울퉁불퉁한 흙바닥을 싫어한다.

야외 뜨거운 불 앞에서 식사 준비를 해야 하는 것도 끔찍스럽게 생각하고, 무엇보다 캠핑을 다녀온 후 텐트며 여러 가지 캠핑 장비를 씻고 말리고 뒷정리를 해야 한다는 사실이 몸서리쳐질 정도로 싫은 모양이다.

그래서 생각해 낸 것이 카라반에서의 하룻밤, 실내 숙박과 야외 캠핑의 중간 절충점이었나.

또 하나 처음 시도한 것은, 우리 집 막내 귀염둥이 앤 야옹이를 처음으로 우리 Nadry에 데리고 간 것이다.

집고양이라는 생명체 자체가 태생적으로 외출을 싫어한다.

자신의 체취가 묻어 있는 자신의 영역에서만 생활하려고 하다 보니, 동물병원에라도 한 번 데리고 가려면 사생결단을 하는 것처럼 저항이 심하다.

그래서 가족들끼리 멀리 여행을 떠날 때에는 어쩔 수 없이 처가에 며칠 맡겨야 했는데, 다행히 장인, 장모님 모두 고양이를 오랫동안 키워 본 경험도 있고 앤 야옹이를 워낙 예뻐하셔서 그럴 때마다 반가이 맡아 주셨다.

그럼에도 불구하고, 앞으로 우리와 함께 살날이 한참 남았는데 이렇게라도 여행 좋아하는 식구들 취향에 빨리 적응하는 게 좋겠다라는 '인간' 중심의 이기적인 생각으로 데리고 나와 보았다.

오전 신시도모(신도 + 시도 + 모도)를 차례로 둘러본 후 오후에 캠핑장에 도착, 난생 처음으로 카라반에서 바비큐도 해 먹고 신기하면서도 즐거운 하룻밤을 보냈다.

다행히 카라반 내부에 샤워실이 설치되어 있었지만, 세 사람 모두 샤워하는 내내 물이 떨어질까 봐 노심초사할 수밖에 없었다.

서로 마지막에 안 하려고 해서 결국 내가 마지막에 하였는데, 금방이라도 물이 떨어질 듯하여 비누칠도 못 하고 얼른 찬물만 끼얹고 나왔다.

다음 날에야 알게 된 사실이었는데, 수도관이 모두 관리실 건물에서 연결되어 있어 물 공급이 무제한이었다고 한다.

두 명이 누울 수 있는 침대가 하나밖에 없어 어쩔 수 없이 세 사람과 한 마리가 비좁게 자야 할 것 같았지만, 나만 아는 사실. - 식탁용 테이블을 낮추고 의자 등받이를 바닥에 깔면 감쪽같이 더블침대 하나가 완성되어 모두를 기쁘게 해 주었다.

코골이 딱 한 사람만이라도 따로 자는 게 모든 이들에게 큰 행복이었던 것이다.

분명 아내와 아들은 1박 2일간의 카라반 캠핑이 재미있었다고 하였으나, 그 이후로는 단 한 번도 카라반 혹은 캠핑 여행을 가려 하지 않았다.

○ 열두 번째 (9/18) 경기도 가평

'이탈리아 마을'에 다녀왔다.

피노키오와 레오나르도 다빈치를 주제로 한 많은 볼거리, 놀거리, 사진 찍을 거리가 있었다.

그리고, 앞으로 오랫동안 우리 가족의 인생 맛집이 되어 준 'N막국수'에서 점심 식사를 하였다.

오후에는 감성 넘치는 카페에서 커피를 마신 뒤, 카페에서 무료로 대여해 주는 자전거 - 나와 아내는 2인용, 아들은 1인용. - 를 타고 초가을 풍광 좋은 시골길을 오랜만에 페달 밟고 달렸던 기억이 오래 남는다.

셋이서 뮤직비디오 한 편 찍고 온 듯 즐거운 시간이었는데, 2인용 자전거를 앞에서 끄느라 다음 날 아침 나만 허벅지에 알이 배었다.

○ **열세 번째 (9/22) 경기도 용인**

처음으로 목적지를 아들이 정하고 다녀온 Nadry였다. - 용인에 있는 백남준 아트센터.

평소 아들은 백남준 선생님의 비디오 아트 작품을 매우 좋아했는데, 여행을 다니다 보니 전국에 비슷비슷한 작품 혹은 유사한 짝퉁 작품이 너무 많아서 이날을 기점으로 감정의 변화가 좀 생긴 듯싶다.

전시된 작품들은 그다지 큰 감동이 없었으나, 아트센터를 둘러싸고 있는 푸르른 잔디밭과 정원은 아주 인상 깊었다.

오후에는 인근 천주교 은이성지를 둘러보았는데, '청년 김대건 길'이라고 이름 붙여진 천주교 순례길의 종착점인 모양이었다.

순례길 전체 길이가 48.3킬로미터에 달하는데, 아내가 이 정도 거리를 걸으려면 얼마나 힘들까 묻길래 퍼뜩 군대 있을 때 50킬로미터 야간 행군 갔던 기억이 떠올라 거의 반죽음이라고 대답해 주었다.

○ 열네 번째 (9/25) 대전

시립미술관에서 열린 퓰리처상 사진전이 아주 감동적이었다.

911테러 당시 건물이 무너지는 사진, 소방대원의 눈물겨운 인명구조 사진, 전쟁터에서 부상당해 쓰러진 군인 사진 등이 많은 이들의 발길을 붙잡아 놓고 있었다.

하지만 아들과 나는 불만이 많았다. - '사진 촬영 금지'였기 때문이다.

사진 찍기를 좋아하는 우리 두 사람에게는 용서할 수 없는 주최 측의 만행이라고 생각하였다.

전국 최고로 유명하다는 S빵집에서 점심 식사를 하고, 대전 시내 한복판의 대동벽화마을과 언덕 위에 예쁜 풍차가 놓인 대동하늘공원까지 올라가 보았다.

아내가 미술관에서나 어울릴 법한 높은 구두를 신고 오는 바람에 하늘공원 언덕길에서 고생을 좀 하였다.

○ 열다섯 번째 (10/3~5) 충남 태안

이번에는 2박 3일이다.

여름 성수기가 훌쩍 지나 숙소 가격이 저렴해진 김에 조금은 오버해서 풀빌라를 예약하였는데 나같이 순진한 사람만 이런 짓을 하나 싶었다.

풀빌라의 유일한 장점인 단독 수영장은 차가워진 날씨 탓에 아예 이용할 수가 없었다.

이럴 거면 뭐 하러 풀빌라를 예약했을까?

대신 멋들어진 바깥 풍경이 훤히 내다보이는 실내 욕실에서 커다란 조적 욕조에 뜨거운 물을 받아 놓고 실컷 입욕을 즐겼다.

아내가 때 끼어서 청소하기 힘들다며 몇 년 전 멀쩡한 화장실 욕조를 때려 부수고 샤워룸으로 바꿔 버리는 바람에 나의 몇 안 되는 인생 즐거움 중 하나가 사라졌었다.

외관이 예쁘기로 유명한 태안성당을 배경으로 가족사진을 한 장 찍고 예배당에 들어가려다가 직원에게 제재를 당하였다.

코로나19 시국이라 사전 등록된 신자들만 들어올 수 있다고.

아내와 아들 앞에서 민망한 모습을 보이자니 화가 나서, 같은 천주교 신자끼리 너무하는 것 아니냐고 큰소리를 치고 나왔는데, 아들은 이게 아주 통쾌하였나 보다.

첫날 저녁은 오랜만에 바비큐 파티를 하였다.

벌써 10월, 해가 지고 나니 카디건이라도 걸쳐야 할 만큼 바깥 공기가 싸늘하였는데, 다행히 실내에 고기 굽는 시설이 잘 갖추어져 있었다.

다음 날 아침 여유 있게 꾸지해수욕장에서 산책도 하고, 오후에는 파도리 해식동굴에 가서 동굴 인생샷을 여러 장 찍고 왔다.

역시 여행은 2박 3일은 되어야 여유롭다.

○ 열여섯 번째 (10/10) 경기도 대부도

어렸을 적 부모님과 한 번 와 본 것 같은데 전혀 기억에 없다.

그래서 아내, 아들과 함께 오니 더 새롭다.

유리섬 박물관에서 하루 종일 시간을 보내고, 돌아오는 길에 작고 예쁜 대부도성당과 방아머리 해수욕장을 들렀다.

갑자기 쏟아지는 비를 피하려 해변 근처에 있는 칼국수 집을 들렀는데, 역시 인생 맛집이었다.

○ 열일곱 번째 (10/17) 충북 충주

'활옥동굴' - 국내에서는 드물게 백옥, 활석을 캐던 광산이었는데, 그 길이만 무려 50여 킬로미터, 지하 수직고가 700여 미터나 되는 동양에서 가장 큰 규모라고 한다.

얼마나 그 규모가 큰지 동굴 안에 초록빛 예쁜 호수가 있어 카약을 타고 즐길 수도 있을 정도이다.

주말에는 관광객이 많아 카약은 물론 입장도 어려울 수 있다고 하여 항상 그랬듯이 새벽에 출발, 오픈런으로 여유롭게 즐길 수 있었다.

오후에는 떡볶이로 점심 식사를 한 후, 지역 재래시장인 자유시장 구경을 하고, 역시 나의 취향, 국보를 감상할 수 있는 충주 고구려비 전시관을 들렀다.

○ 열여덟 번째 (10/30) 경기도 평택

가을의 정취가 물씬 풍기는 평택 바람새마을에 분홍빛 핑크뮬리가 절정에 달하였다는 뉴스를 보고 달려 왔다.

항상 우리 Nadry 여행지 선정 기준의 1순위가 아들 취향, 2순위가 내 취향이었는데, 오늘만큼은 아내의 취향을 적극 고려하여 이곳으로 왔다.

오랜만에 사진의 절반 이상이 아내 독사진이었고, 아내의 분홍 카디건이 핑크뮬리와 함께 아름다운 장면을 연출해 주었다. - 물론 다분히 의도된 의상 선택이었겠지만.

역시 송탄 하면 제일 유명한 부대찌개로 점심 식사를 맛있게 하고, 평택항이 한눈에 내려다보이는 매머드급 'M카페', 뉴욕 브로드웨이를 그대로 옮겨 놓은 듯한 멋진 카페에서 밀크쉐이크와 아이스 라떼를 먹고 서울로 출발하였다.

○ 열아홉 번째 (11/26~27) 전북 군산

딸아이가 일주일 휴가를 내고 귀국하여 처음으로 네 사람, 완전체가 함께 떠난 1박 2일 Nadry였다.

코로나19로 인하여 딸아이는 거의 일 년 반 만에 가족 곁으로 돌아온 것이었다.

이번이 Nadry 첫 합류이다 보니 아들은 군산으로 내려가는 차 안에서

초보자인 제 누나에게 우리만의 Nadry 문화와 유의사항에 관하여 일장 연설을 해 주었다.

항상 그래 왔듯이 새벽 다섯 시에 출발하여 군산에서 제일 유명하다는 중국집에서 아침 식사를 하였다.

다음으로 경암동 철길마을, 근대역사박물관, 〈8월의 크리스마스〉 영화 배경지인 '초원사진관'을 차례로 둘러보고, 전국 3대 빵집 'ESD'에서 맛있는 점심 식사를 하였다.

항상 네 명이 여행을 가면 숙소 구조가 온돌방 아니면 더블침대가 두 개인 구조였는데, 이날은 운이 좋게도 숙소에 싱글침대가 4개, 인원수만큼 갖추어져 있어 너무 편했다.

그리고 놀라운 사실 또 하나, 무료로 조식을 제공해 준다는 것이다.

Nadry를 포함 우리 가족 모든 여행을 통틀어 '무료 조식 제공'은 처음 경험해 본다.

당연히 오픈런, 일곱 시에 내려가니 우리 식구 말고는 아무도 없다.

학교 급식마냥 하얀 식판에 1식 1국 3찬이 나오는데, 직접 아주머니가 달걀 프라이까지 해 주셔서 감동적이었다.

다음 날 새만금과 선유도를 들린 뒤, 간장게장으로 점심 식사를 하고 비교적 이른 시각에 서울로 올라왔다.

○ 스무 번째 (12/11) 경북 봉화

딸아이는 그렇게 딱 한 번 우리와 함께 Nadry를 다녀온 뒤 프랑스로 돌아갔다.

이제 한 해가 저무는 12월이 되었고, 아침에 일어나니 한기가 확 느껴졌다.

오늘의 목적지는 경상북도 봉화. - 한 달 전부터 심혈을 기울여 준비한 비장의 히든카드 Nadry 일정이었다.

봉화 읍내에서도 한참 떨어진 시골 마을 분천역에 도착할 때 까지도 아내와 아들은 내가 왜 자신들을 이리로 데리고 왔는지 눈치채지 못하고 있었다.

다름 아닌 백두대간 협곡열차!

그동안 코로나19로 인해 운행이 중단되었다가 한 달 전 재개되었는데, 특히 주말에는 워낙 인기가 많아 한 달 전 겨우 예약을 할 수 있었다.

백두대간을 가로질러 달리는 관광열차, 이 얼마나 낭만적이고 아름다운가?

연말을 앞둔 초겨울 스산한 날씨에도 딱 어울리지 않는가?

분천역에서 출발하여 강원도 태백에 위치한 철암역까지 왕복하는 코스인데, 중간에 두 군데 시골 역에 잠시 정차하며 두 시간 넘게 달린다.

가는 내내 기차 안에서 바라본 초겨울 백두대간의 모습은 그야말로 장관이었다.

아슬아슬 뻗어 있는 협곡 사이로 계곡이 이어져 있고, 그 계곡 가장 밑으로는 물살이 제법 빠른 계곡물이 기찻길과 평행하게 흐르고 있으며, 험난한 지형을 내내 통과하다 보니 터널과 교량이 정신없이 반복된다.

기차는 일부러 엔틱하고 클래식한 분위기로 예스럽게 꾸민 듯한데, 그에 반해 중간중간 정차하는 양원역, 승부역은 최소한 50년 전 자연 그대로의 고풍스러운 모습들이었다.

잠시 기차가 서면 동네 할머니들이 산나물이며 오뎅이며 정겨운 반찬거리와 간식거리를 팔고 계시기도 하다.

태백으로 향할 때에는 바깥 경치에 취하여 시간 가는 줄 몰랐고, 봉화로 돌아올 때에는 함께 이야기를 나누고 떠드느라 시간 가는 줄 몰랐다.

아내와 아들 모두 역대 최고의 Nadry였다고 이야기한다.

이 맛에 산다. - 한 달 전부터 예약하느라 고생했던 걸 다 보상받고 돌아왔다.

*

*

*

○ 서른 번째 (2022/2/5) 강원도 강릉

국내에서 제일 규모가 큰 미디어아트 전시관이 강릉에 생겼다고 하여 아내가 일찌감치 입장권을 예매해 놓았다.

통상 이런 기획전시관은 일찌감치 표를 예매하면 상당히 싸게 구입할 수가 있는 모양이다.

그리고 가는 길에 강릉에서 제일 유명하다는 짬뽕순두부로 아침 식사를 하기로 하여 새벽같이 출발하였다.

아침 여덟 시에 식당 오픈이지만 오픈런을 하겠다는 일념으로 쏜살같이 달려갔음에도 불구하고 우리 앞에 대기 손님이 100명이 넘었다.

같은 음식을 파는 식당들이 좌우로 열 군데가 넘어 보이는데 그리고 그 식당들은 손님이 한 명도 없는데, 아내와 아들은 무조건 '원조'에서 밥을 먹고 인증 사진도 찍어야 한단다.

나도 못 이기는 척 거의 한 시간을 기다려 겨우 식당에 들어갔지만, 이 짬뽕순두부라는 음식이 우리 식구들에게는 먹을 것이 못 되었다.

딸아이 포함 우리 가족 모두 매운 음식이라면 거의 유치원생 수준이어서 비빔냉면이나 아귀찜이 인생 최고 매운 음식인데, 우리가 지금 시켜 놓은 이 음식은 그 수준을 훨씬 넘어서고 있었다.

결국 나와 아들은 절반도 먹지 못하였고, 아내 혼자만 안 매운 척,

"이 정도면 별로 맵지도 않은데 괜히 그래.

맛있기만 한데 뭐."

하면서 다 먹었다.

메뉴를 정한 장본인, 게다가 무려 한 시간씩이나 기다리게 했던 장본인이다 보니 아내는 땀을 뻘뻘 흘릴 정도로 매우면서도 무조건 맛있다고 해야 하는 상황이었다.

그래. 다행이다. 한 사람이라도 맛있게 먹어서.

미디어아트 전시관의 황홀한 작품들이 다행히 분노의 매운 맛을 빨리 잊게 해 주었다.

전통시장의 맛집에서 순하디순한 해물칼국수로 점심 식사 겸 속풀이를 한 뒤, 강릉 월화거리에서 쇼핑을 하고 놀다가, 오늘도 어김없이 주문진 수산시장에서 자연산 광어를 포장하여 돌아왔다.

그냥 자연산이라고 믿기로 했다.

*

*

*

○ 마흔 번째 (4/16) 강원도 춘천

춘천은 당일치기로는 최적의 여행지이다.

거리도 적당한데다가 예전 46번 국도로만 다니던 때와는 달리 이제는 양양까지 연결된 고속도로가 개통되어 서울에서 다녀오기에는 여간 수월한 게 아니다.

이렇게 접근성도 양호한데다가 볼거리, 먹거리가 넘쳐나는 관광의 명

소임에도 불구하고 우리는 이제야 춘천으로 Nadry를 오게 되었다.

그 이유는 바로, 우리가 예전에 춘천에 살았었기 때문이다.

그렇기 때문에 별로 신비로울 것도 없고, 다양한 볼거리, 먹거리 모두 이미 익숙했기 때문이다.

입사한 지 일 년, 동시에 결혼한 지도 일 년 만에 나는 아무 연고도 없는 춘천으로 발령이 났다.

나야 하루 종일 회사에서 일을 하다 보니 지방 생활의 불편이나 외로움을 느낄 여유도 없었지만, 당시 아내는 아는 이 하나 없는 지방으로 내려와 갓난 아이 - 우리 첫째 딸아이 하나만 키우면서 하루 종일 집에만 있어야 했다.

그리고, 춘천에서의 마지막 해에 둘째 아이를 낳은 후 다시 서울로 발령을 받아 올라오게 되었는데, 사실은 첫째와 둘째 사이에 두 차례 유산을 한 적이 있어 아내에게는 더욱 춘천이라는 곳이 암울한 추억의 도시로 남았을 것이다.

그때가 아내 나이 스물넷에서 스물여덟 사이였다.

우리는 굳이 예전에 오래 살았던 춘천 시내까지는 가지 않았고, 가 본 적이 없는 춘천 초입의 '김유정마을'만 방문하고 돌아오는 길에 춘천의 영원한 먹거리인 닭갈비를 푸짐하게 포장하여 왔다.

*

*

*

○ 쉰 번째 (7/16) 충남 당진

당진에는 아내가 제일 좋아하는 곳이 있다.

바로 천주교 신리성지인데, 아들이 군 입대를 한 그해 겨울에 함께 왔었던 곳이다.

이곳은 주위를 아무리 둘러보아도 높은 건물이나 언덕이 하나도 보이지 않는, 그야말로 사방으로 지평선까지 내다보이는 넓디넓은 평야 지역인데, 우리가 갔을 때에는 싸라기눈과 서리가 그 대평야를 뒤덮고 있어 그 외로움과 황량함이 극에 달하였던 것으로 기억하고 있다.

드넓은 평야지대와 나지막한 고도를 같이하며 역시 평탄하고 평온한 대지 위에 자리 잡고 있는 이곳 신리성지는 눈과 서리 위에 발을 딛고, 찬 바람을 온몸으로 맞고 서 있어도 마음이 참 따뜻해지고 평화로워졌던 것으로 기억하여, 나중에 아이들과 함께 햇볕 좋은 계절에 다시 오겠노라고 마음먹었던 곳이기도 하다.

그해 겨울과 달리 지금은 파릇파릇한 잔디가 성지를 뒤덮고 있어 더 따뜻하고 평화롭다.

당시에는 아들을 군대에 보낸 직후여서 그랬는지 그 외로움과 황량함이 더 하였는데, 지금은 아들과 함께하니 그 따뜻함과 평화로움이 훨씬 더 한 듯하다.

당시에는 코로나19로 인하여 실내시설이 모두 폐쇄되이 들이가 보지 못하였는데, 지금은 다행히 모두 개방되어 아담한 성당 예배당과 천주교 순교자를 소재로 한 그림이 전시되어 있는 미술관을 둘러보았다.

두 번째로 방문해도 역시 아내는 우리나라에서 제일 아름다운 곳이라 하고, 아들도 엄마 영향 때문인지 이곳을 아주 마음에 들어 했다.

*

*

*

○ 예순 번째 (9/18) 서울 송파구

이따금은 서울 시내에도 훌륭한 Nadry 장소가 많아 자주 찾아 다녔다.

이날은 송파구 집중 탐구의 날.

가을을 재촉하는 코스모스 꽃이 만개한 올림픽공원을 찾았다.

가을을 사랑하는 사람, 꽃을 사랑하는 사람, 그리고 가족을 사랑하는 사람이 이렇게 많다는 걸 이곳에 와서 새삼 느낄 수 있었다.

이른 시각임에도 불구하고 많은 사람들이 가족들과 함께 가벼운 옷차림으로 올림픽공원을 찾았다.

이런 모습이 참 좋다.

어디든지 유명한 관광지를 가 보면 너 나 할 것 없이 모두들 최고급 아웃도어 브랜드의 등산복에 명품 선글라스를 착용한 채 고급 세단에서 내린다.

뉴욕 브로드웨이나 밀라노 패션 갤러리에서나 볼 법한 명품 향연이다.

산에도 안 가는데 무조건 등산복이고, 날씨가 흐려도 무조건 선글라스다. 참 우습다.

그런데 여기는 가족끼리 손을 잡고 횡단보도를 건너거나 지하철역 계단을 올라 공원에 들어서며, 복장도 집에서 입던 그대로인 것 같다.

이따금 잠옷 같기도 하고, 무릎 나온 추리닝도 보인다.

노랗게 만개한 코스모스 꽃들 사이에서 아내와 아들이 재미난 포즈를 취하고, 나는 열심히 사진을 찍어 주었다.

다음으로, 소마미술관에서 열리고 있는 고 이만익 화백의 전시회에 가 보았다.

미술전시회 구경하는 것을 참 좋아하는 아내가 오늘 일일 도슨트를 자처하여 화백 선생님의 파란만장한 일대기와 그의 작품세계에 대하여 설명을 해 주었다.

준비 많이 했구나. 우리 와이프.

다음으로는 20여 분을 걸어 잠실새내역 인근에 있는 대형 헌책방 겸 복합문화공간인 '서울책○○'에 들렀다.

어지간한 국내에서 발간된 책은 빠짐없이 다 진열되어 있는 듯해서 시간 가는 줄 모르고 책 구경의 삼매경에 빠졌다.

누구나 남자 내 나이 정도 되면 은퇴 후 인생 2막에 관하여 꿈을 꾸기 바련이다.

나 역시 세 가지 꿈이 있다. - 매우 소박한 꿈.

그 첫 번째가 단독주택에 살면서 나만의 차고를 갖는 것이다.

외국 드라마 같은 데 보면 '개러지'라고 하여 주인공인 중년 남성이 자주 시간을 보내는 자신만의 전용 주차장 겸 작업장 겸 창고로 쓰이는, 그런 공간이다.

점심 식사를 마치고 나른한 오후 시간이면 개러지 한쪽 구석에 있는 오래된 목재 책상에 두 다리를 올리고 앉아 한가롭게 라디오를 듣기도 하고, 주말 아침에는 차를 개러지 앞으로 빼 놓고 고무호스를 길게 연결하여 상쾌하게 세차하는 모습, 얼마나 근사한가.

아, 맞다. - 은퇴 후에는 주말이 따로 없지. 시도 때도 없이 해도 되겠다.

두 번째는 단독주택 정원에 작은 수영장을 만드는 것이다.

한여름을 포함하여 일 년에 넉 달 정도는 수영장에 물을 받아 수영을 즐길 수 있을 것이다.

이따금 자식들이 놀러 오면 수영장을 중심으로 모여 가든파티를 할 수도 있겠다.

아이들은 예쁜 튜브를 타고 물에 들어가 놀고, 어른들은 그 옆에서 바비큐도 하고 와인도 마시면서 해가 충분히 긴 여름 오후를 오랫동안 만끽

할 수 있을 것이다.

생각만 해도 아찔할 만큼 흥분된다.

마지막으로 세 번째, 나만의 전용 서재를 갖는 것이다.

품위 있는 서재를 만들려면 아무래도 품격 있는 책들이 필요하다.

한쪽 벽을 전부 서가로 만들어 품격 있는 책들을 나란히 꽂아 놓으면 바라면 보고 있어도 흐뭇할 듯하다.

그러기 위해서는 비싼 정가의 새 책까지는 필요 없고, 이렇게 깨끗한 중고 책이 많이 있으면 더 할 나위 없이 좋겠다.

그래서 여기 헌책방에서 보내는 시간이 나에게는 매우 의미 있고 유익한 것 같다.

*

*

*

○ 예순여섯 번째 (11/6) 강원도 인제

이때가 바로 ○○구청 금고은행 입찰을 마친 직후 가족과 함께 Nadry를 갔다가 복부 통증이 너무 심하여 배를 움켜쥐고 산을 내려올 수밖에 없었던 바로 그때이다.

바쁜 일정 끝나면 꼭 한번 가 보고 싶었던 인제 원대리 자작나무 숲. - 추운 지방에서만 자라기 때문에 어지간해서는 쉽게 볼 수 없는 나무인데,

이곳 인제 지역에서는 산 하나가 온통 자작나무로만 군락을 형성하고 있어, 그 특유의 바닐라 아이스크림 빛깔의 몸통과 줄기가 장관을 이루고 있었다.

자작나무 숲 깊숙한 곳까지 오르지 못하고 중간에 내려왔으나 그래도 멋진 사진 몇 장을 건져서 돌아왔고, 그다음 주 위궤양으로 입원하는 바람에 한 달 넘게 Nadry가 중단되고 말았다.

*

*

*

○ 일흔 번째 (2023/2/11) 경기 김포 교동도

아내와 아들의 전폭적인 지지와 성원 속에 해를 넘겨 1월 중순부터 다시 Nadry가 재개되었다.

그리고, 꼭 일흔 번째로 다녀온 곳이 김포 교동도, 강화도에서 연륙교로 연결되어 있는 작은 섬이다.

워낙 최북단에 속하는 지역이다 보니 연륙교 초입에서 군인아저씨들이 검문을 하고 임시 출입증을 나누어 준다.

그래도 짧긴 했지만 군 경험이 있는 아들은 의연히 신분증을 제시하며 검문에 응하였는데, 아내는 전혀 사전 정보가 없었던 터라 너무 놀라고 무서워한다.

얼른 차를 돌려 집으로 가자고…….

용기를 내어 검문소를 통과한 후 연륙교를 건너 교동도로 들어섰다.

이 섬에서 제일 높은 화개산으로 향하여 정상까지 운행하는 모노레일을 타고 전망대를 둘러 본 후 내려와 아직 공사가 완료되지 않아 임시 오픈 중인 화개정원도 둘러보았다.

이 지역은 아마도 솥뚜껑과 깊은 인연이 있어서인지, 정원 곳곳에 다양한 크기와 모양의 솥뚜껑이 설치되어 있었고, 그 솥뚜껑을 다 찾아내어 스탬프를 찍어 오면 김포 햅쌀 500그램씩을 선물로 준다는 것이었다.

"그래, 오늘 저녁은 김포 햅쌀로 지은 집밥이다!" 하고, 우리 셋은 기필코 언덕 꼭대기 바위 뒤에 몰래 숨어 있는 마지막 솥뚜껑까지 찾아내어 무려 김포 햅쌀 1.5킬로그램을 획득하여 집으로 돌아왔다.

*

*

*

○ 마지막, 일흔일곱 번째 (5/19) 경기도 가평 (두 번째)

결과적으로 이날이 우리의 마지막 Nadry가 되고 말았다.

이틀 후 입원, 나흘 후 수술이 줄줄이 예정되어 있었기 때문에 아마도 앞으로 꽤 오랫동안 Nadry를 갈 수 없을 거라고 예상은 하였지만, 그렇다고 이번이 마지막이 될 줄은 꿈에도 몰랐다.

오늘부터 나의 기나긴 휴가가 시작되었다.

낯선 두 글자가 붙어 있는 이상한 이름. - 인.병.휴.가.

직역하면 '병으로 말미암아 집에서 쉼'이라는 뜻?

5주간 휴가 예정인데, 이 역시 예정일 뿐 정확히 언제 휴가를 마치고 언제 회사로 복귀할 수 있을지는 아무도 모른다.

여느 때 같으면 휴가 전날 밤에는 설레어 잠도 설치고, 아침에는 새벽같이 깨기 마련인데, 오늘 아침은 그냥 멍하니 누워 있다. - 새벽같이 깨기는 하였지만.

오늘은 뭘 하지?

특별한 계획도 없고, 아마도 하루 종일 밖에 나가지 않고 집에만 있을 것 같다.

그런데 갑자기 아들이,

"아빠, 다음 주에 수술 받게 되면 한참 동안 Nadry 못 갈 텐데 오늘 가까운 데라도 다녀오면 어때요?"

하고 제안을 해 왔다.

그래, 아들 말이 맞다.

큰 수술 앞두고 있다는 이유로 계속 이렇게 집에만 있는 것도 너무 우울하다.

작년에도 입원을 한 후 한 달여 동안 Nadry를 못 갔던 걸 감안하면 이번에는 그 공백이 훨씬 더 길어질 것 같다.

그래 어디든지 가자.

결국 아들 덕분에 우리 Nadry 역사는 하루 더 이어질 수 있었다.

우리 세 사람은 목적지도 정하지 않은 채 옷부터 챙겨 입고, 우선 요 며칠 아내가 가고 싶다던 가평 'N막국수'로 향하였다.

2년 전 열두 번째 Nadry로 다녀온 뒤 우리 가족의 인생 맛집으로 임명된 곳이었다.

역시 막국수도 다 같은 막국수가 아니라는 확신이 오늘도 새삼 들었다.

식사를 마치고 다시 국도 방향으로 돌아 나오니 큼지막하게 '자라섬' 표지판이 나온다.

춘천에 오래 살면서도 30분이면 다다를 수 있는 자라섬을 한 번도 와본 적이 없다는 것도 희한한 일이었다.

마땅히 목적지를 정하고 출발한 것도 아니어서 자연스레 그리로 향하였는데, 자라섬이 가까워질수록 온통 거리에 울긋불긋한 플래카드가 걸려 있다.

'2023 가평 자라섬 꽃 페스타!' - 5월 20일, 내일부터 열린다는 것이다.

가만있어 보자, 꽃축제라면 입장료를 받고 손님을 맞을 만큼 꽃을 많이 심어 놓았다는 얘기인데…….

그런데 꽃이라는 게 공장에서 하루 만에 뚝딱 찍어 내는 것도 아니고, 꽤 오랫동안 심고 물 주고 관리도 해서 내일이 오픈이면 지금쯤은 꽃이 다 피지 않았을까?

뭐 이런 심정으로 큰 욕심 없이 꽃 페스타 축제장으로 향하였더니, 입장료가 7천 원인데 오늘은 정식 오픈이 아니니 무료로 들어가서 편하게 구경하라고 한다.

꽃은 이미 다 피어 있다고.

이게 무슨 횡재야?

아들 말만 듣고 무작정 나서서 표지판만 보고 여기까지 왔더니 팔자에도 없는 꽃구경을 실컷 하게 생겼네. 그것도 공짜로.

그 와중에 사람도 거의 없다.

축제 준비를 위해 작업하시는 분들이 왕왕 눈에 띌 뿐, 자라섬 그 드넓은 수십만 송이의 꽃 향연 속에 우리 셋의 그림자만 오후 내내 너울졌다.

불타오르는 강렬한 빛깔의 양귀비, 상큼발랄한 미니 백일홍, 빨간색 보라색으로 물결 짓는 버베나꽃, 흐드러지게 빨간 칸나꽃, 노릇노릇한 하늘바라기와 보랏빛 어울린 청유채, 수박만 하게 자라 마치 조화라는 착각이 드는 수국, 빨간색 노란색이 다채로운 백합…….

꽃이 이렇게 예쁘고 상큼하게 내 가슴에 다가온 적이 또 있었을까?

아내도 다채로운 꽃향기에 흠뻑 젖어 꽃밭에서 나올 줄 모른다.

사진 욕심이 많은 아들도 오늘만큼은 스마트폰을 손에서 놓은 채 눈으로만 때로는 가슴으로만 꽃을 보고 담아 놓고 있다.

섬 전체가 온통 수십만 꽃향기로 뒤덮여 있다.

형용할 수도 없을 만큼 진하고 버라이어티 한 향기들, 온통 푸르른 5월의 하늘 - '코발트블루'라고 아들이 그랬다. - 과 때 한 톨 묻지 않은 하얀 구름, 그리고 그 바로 밑에 우리 셋만 있다.

수십만 꽃송이만이 우리를 둘러싸고 있을 뿐, 그 외에는 아무 것도 없다.

오늘, 꽃 페스타의 주인공은 우리 세 사람이다.

결국 그날이 우리의 마지막 Nadry가 되고 말았다.

나의 위암 수술로 인하여 잠시 중단되는 정도로 생각했었는데, 결국 다른 이유로 영원히 중단되고 말았다.

첫 번째 Nadry가 재작년 4월 18일, 경기도 포천이었고,

마지막 일흔일곱 번째 Nadry가 오늘 - 두 해 넘어 5월 19일, 경기도 가평이니 우리 세 식구의 Nadry는 2년 한 달 하고도 하루 동안 이어졌다.

굳이 계산해 보면 딱 열흘에 한 번 꼴로 Nadry를 다녀온 셈이다.

더러는 가까운 경기도 인근을 갔었고, 더러는 강원도, 경상도 꽤 먼 곳도 갔으니 평균 천안 정도라고 치면, 일흔일곱 번 다녀온 거리만 일만사천 킬로미터 정도. - 하와이 왕복한 거리쯤 되는 것 같다.

처음에는 아들의 치유를 위해서 시작하였다.

그러다가 중간에 아내가 너무 즐거워하였다.

그래서 나도 행복했다.

우리의 Nadry를 돌이켜 생각해 보니 두 가지 사실이 놀랍다.

첫 번째는,

이 모든 Nadry를 오로지 나 혼자 준비하였다는 사실이다.

언제, 어디를 갈 것인지, 혹시 자고 오게 되면 숙소는 어디로 할지, 무엇을 먹을 건지, 가서 무엇을 할 건지,

하나부터 열까지 오로지 나 혼자 정하였다.

가족들과 상의해서 모두의 취향과 의견을 듣고 작은 것 하나라도 함께 정하는 게 제일 좋을 거다.

대부분의 가족들은 그렇게 하지 않을까?

하지만, 우리의 Nadry는 다른 가족들과는 달리 단순한 여행, 단순한 놀이가 아니었고, 아들의 치유가 최우선 목적이었다.

아무도 모르게 감쪽같이 옮겨 다니면서 다양한 이벤트, 깜짝 이벤트를 펼쳐 아들을 놀라게 해 주고 싶었고, 재미나서 웃고, 즐거워서 떠들고, 그렇게 행복한 걸 표현하게 해 주고 싶었다.

그래야만 치유의 효과가 극대화될 것 같았다.

그래서 항상 출발하는 당일 아침까지, 혹은 차를 타고 가면서까지 우리의 목적지를 비밀에 부치곤 하였다.

일흔일곱 번의 Nadry 가운데 아홉 번을 자고 왔다.

자고 오는 건 오히려 준비가 수월하다. - 숙소만 잘 정한다면 자고 오는 그 자체로 만족감이 높기 때문이다.

오히려 당일치기가 더 준비하기 힘들다.

당일로 다녀오려면 거리도 너무 멀어서는 안 될 것이고, 현지에 머무르는 시간이 짧다 보니 준비된 이벤트가 최대한 임팩트 있어야 하기 때문이다.

Nadry의 횟수가 더해질수록 자연스럽게 나의 선택지는 점점 줄어만 갔다.

그래서 출발 전날 밤에, 내일 어디 가서 무얼 할지 애 태우며 인터넷을 뒤지곤 했지만, 그 자체로도 나는 행복했다.

아빠, 엄마와 함께하는 주말 Nadry를 통해 아들이 몰라보게 회복되어 가는 모습을 지켜볼 수 있어서 눈물겹도록 행복했던 것이다.

놀라운 사실 두 번째,

나는 우리의 Nadry를 모두 사진에 담아 인화하였다.

한 번 다녀오면 서른 혹은 마흔 장 정도 사진을 찍어 오는데, 이를 깔끔한 A4 클리어파일에 일자별로 정리하여 안방 커다란 책장에 나란히 꽂아 두었다.

이번 일흔일곱 번의 Nadry뿐만이 아니라, 아이들 애기 때부터 다녀온 모든 여행을 이렇게 정리하여 책장에 보관하고 있다.

벌써 클리어파일이 예순 권이 넘는다.

그 가운데 1/3에 가까운 열아홉 권이 이번 이 년에 걸친 아들과의 Nadry이다.

아내도 가끔 물어본다.

"이 많은 사진들, 파일로 다 있는데 왜 굳이 인화를 해?"

맞는 말이다.

요즘 같은 디지털 세상에 굳이 아날로그 방식으로 사진을 인화하여 앨범에 보관하는 사람이 몇이나 될까?

비용도 만만치 않고, 일일이 A4 용지에 사진을 붙여 클리어파일에 끼워 넣는 일도 여간 힘든 중노동이 아니다.

그래도 나는 좋다.

사진을 인화하고 일자별로 정리하여 클리어파일에 꽂아 넣는 매 순간, 가족들과 한 번 더 여행을 가는 것 같아 기분 좋다.

그리고, 책장에 나란히 꽂혀 있는 클리어파일을 바라보는 그 자체로 너무 기분이 좋고 뿌듯하다.

시간을 거슬러 아이들 애기 시절부터 지금 이 순간, 그리고 먼 훗날까지, 책장 안에 우리의 여행 파일 앨범이 있는 한 우리 가족은 영원히 함께일 것 같아서다.

그래서 나는 훗날 단독주택에 살게 되면 내 서재를 만들어 이 클리어파일 앨범들을 한쪽 벽면에 죽 꽂아 놓은 다음, 혼자 바라보며 흐뭇하게 웃고 있을 것 같다.

생각만 해도 너무 기분이 좋다.

7

올해 4월, 가족 여행

올해 4월, 가족 여행

올해 초, 나와 딸아이는 둘만의 은밀한 계획을 모의하고 있었다.

딸아이와는 그동안 코로나19 시국으로 인해 겨우 일 년에 한 번 정도 휴가를 내어 얼굴을 볼 수 있을 정도였다.

이제 올해 들어 전 세계적으로 사뭇 빗장 분위기가 풀리고 있는 만큼, 월급쟁이인 나와 딸아이는 휴가 일정을 서로 맞춰 유럽 가족 여행을 하자는 원대한 계획을 세우고 있었던 것이다.

딸아이는 회사 사정상 연초는 매우 바빠 휴가를 내기가 힘들다고 하고, 나 역시 총무부장으로 새로 부임한 만큼 연초에 휴가를 가기에는 나 스스로 부담스럽다.

그래서 정한 것이 4월에서 5월 사이.

월급쟁이 두 사람의 원대한 합의가 이루어지고 난 뒤 아내와 아들까지 모여 의논한 결과, 4월 20일 아들 생일에 맞춰 열흘간 이탈리아 여행을 하기로 결정하였다.

'빵빵빵사이공' 바로 그날 출발이다.

이탈리아와는 여덟 시간 시차가 있으니, 아들은 그날 하루 무려 서른두 시간의 생일을 즐길 수 있는 일생일대의 호사를 누리게 되는 것이다.

아들에게 '세상에서 가장 긴 시간의 생일'을 선물하고 싶다는 아내의 반짝이는 아이디어가 만장일치로 채택된 것이다.

장소도 모두 마음에 들어 했다.

이탈리아는 아이들 어렸을 적에 영국, 프랑스, 스위스 등 서유럽 4개국을 돌아보는 단체 패키지여행 때 잠깐 스쳐 지나가듯 방문하였기 때문에 나 포함, 우리 네 식구의 기억에 전혀 남지 않지 않았다.

물론 책장 속의 클리어파일에는 어김없이 당시 여행 사진이 남아 있기는 하지만, 다시 찾아봐도 여전히 기억도 없고, 감동은 당연히 없다.

그래서 우리는 서울과 파리에서 각각 출발하여 로마에서 만나 가족 여행을 시작하기로 최종 결정을 하였다.

이제 여행의 큰 틀이 정해졌고, 지금부터 공은 아내에게로 넘어갔다.

'일 년의 절반은 여행 준비하는 즐거움으로, 나머지 절반은 여행 다녀온 여운으로 산다.'는 게 아내가 평소 여행을 대하는 철학이다.

일단 날짜와 장소만 정해지면 그다음부터 아내의 세부 계획 수립은 가히 여행사 전문 코디 수준이다.

우선, 항공권.

과거 살림살이가 팍팍할 때에는 항상 저렴한 항공권만 찾다 보니, 경유는 기본이고 타는 비행기마다 대부분 중동 비행기, 한번은 우즈베키스탄 비행기도 타 본 적이 있다.

'다양한 나라 비행기를 타 보는 것도 좋은 경험이야. 기내식도 다양하게 맛볼 수 있고, 경유지마다 다양한 면세점 구경도 할 수 있으니 얼마나 좋아.'라고 에둘러 갖다 붙이지만 결국 핵심은 '비용 절감'이었다.

그런데 몇 년 전부터 불행인지 다행인지, 아내는 일토당토않은 저가 비행기, 경유지에서 30시간이나 대기해야 하는 값싼 노선에는 눈길을 두지 않고 있다.

아마 이번에도 국적기까지는 아니라도 편하게 직항은 탈 수 있을 것 같다.

다음으로 중요한 숙소.

호텔, 아파트, 게스트하우스 등을 모두 후보 대상에 올려놓고 가격, 시설, 교통 접근성 등을 총망라하여 숙소를 정하는데, 최우선 고려 사항은 다름 아닌 취사 시설이었다.

역시 '비용 절감'의 문제인데, 우리는 어디를 가든 항상 아침과 저녁 식사는 숙소에서 해결하고 다녔다.

평소에도 아침을 잘 안 먹는 편인데, 외국까지 나가서 돈 주고 아침 식사를 사 먹는 건 좀 사치스러워 보였고, 저녁 식사로 외식이라도 할라 치면 최소한 네 명 기준 족히 20만 원은 예상해야 하기 때문에 열흘이면 저녁 밥값으로만 200만 원, 도저히 감당할 수 없는 비용이었다.

그래서 우리는 항상 햇반과 컵라면, 간단한 밑반찬을 준비하여 숙소에서 아침, 저녁을 해 먹고 다녔다.

최근에는 그렇게까지 궁색하게 다니지는 않지만, 그래도 '비용 절감'을 해야 자주 여행을 갈 수 있다라는 공감대는 언제나 유효하다.

마지막으로, 이렇게 준비된 모든 정보를 엑셀 도표 하나로 만들어 내는데, 이 안에는 날짜, 30분 단위의 시간, 장소, 이동 수단뿐만 아니라 소요 비용과 각종 참고사항 등이 총망라되어 있어 그야말로 우리 여행의 바이블이 되는 것이다.

이 바이블이 시키는 대로만 하면 하루 24시간을 한 치의 오차도 없이 완벽하게 여행을 할 수 있을 것 같다.

우리 식구들이 엄마의 능력을 무한 신뢰하는 이유가 바로, 실제로 가보면 모든 것이 엄마의 계획대로 되기 때문이다.

이렇게 아내와 나는 하나하나 여행 준비를 해 가면서도, 정말 갈 수는 있는 건지, 가도 되는 건지 확신이 서지 않고 있었다.

물론 예고도 없이 맞닥뜨리게 된 가장의 '암'이 제일 큰 걸림돌이었다.

여행이 불과 두 주 앞으로 다가왔는데, 치료받을 병원도 새로 옮기기로 하여 아직 담당 의사 선생님조차 한 번도 만나지 않은 상태였다.

치료를 어떻게 해야 할지, 수술을 정말 해야 하는 건지, 하면 언제 해야 하는지 아무것도 모른다.

정해진 게 아무것도 없다.

덜렁 '암' 진단만 받아 놓은 채 아무런 대책도 없이 열흘씩이나 해외여행을 간다는 건 누가 봐도 인생을 포기한 듯한, 너무나 무책임한 코미디 같다.

며칠 후 절친 이 지점장의 소개로 새로 옮기게 된 종합병원에서 담당 의사 선생님과의 첫 상담이 있었다.

나보다는 조금 젊어 보이는 듯한 담당 선생님은 처음 암 진단을 받았던 병원에서 발급받아 온 검사 기록지, 필름 등을 보시더니 조금도 망설임 없이 위암이 맞다고 결론 내린다.

뭐, 놀랍지도 않다. 예상했던 일이니까.

그리고 암세포 제거를 위한 위 절제 수술을 반드시 해야 하며 그 전에 수술 시행을 위한 정밀검사를 해야 한다고 한다.

이 역시 충분히 예상했던 일이다.

이제 병원 일정이 하나하나 세팅되어 갈 것이다.

당연히 지금으로서는 여행보다는 치료가 우선이다.

하지만, 병원 일정에 작은 '여지'만 남겨 놓을 수 있다면 다시 한번 아내와 여행에 관하여 상의를 해 볼 수도 있지 않을까 하는 생각도 들었다.

그래서 선생님께는 4월 20일부터 열흘간 중요한 회사 출장 일정이 있다고 말씀드리고 우리에게 과연 '여지'가 주어질지 기다려 보았다.

그러자 선생님은 바로 직원을 호출하더니,

"이 환자분 검사 일정 좀 잡아 주세요.

4월 19일 하루에 다 해야 하니까 일정 안 맞으면 새벽에 하든 저녁에 하든 무조건 그날로 다 잡으세요.

환자분도 4월 19일 하루는 아예 휴가를 내고 오세요, 아마 하루 종일 걸릴 거예요.

그리고 어차피 검사 결과 다 나오려면 열흘 정도 걸리니까, 어디 보자.

5월 1일 귀국한다고 그랬지요?
딱 맞네요. 5월 2일에 뵙도록 합시다."

이러시는 거다.
가족끼리 놀러가는 거라고 했어도 이렇게 배려해 주셨을까?
아마도 그러셨을 것 같다. 고마우신 선생님.

퇴근하고 아내에게는 일부러 아무 말도 하지 않았다.
내가 먼저,

"여보. 나 가족끼리 놀러 간다니까 병원에서 아주 실컷 잘 놀고 오라고 일정을 기가 막히게 잡아 줬어.
어때, 끝내주지?"

하고 말할 자신이 없다.
이 얼마나 속없는 철부지 신랑인가.
암에 걸려서 곧 수술을 받아야 할 사람이 이렇게 한심한 생각이나 하고 있으니.
그런데 아내는 아내대로 마음의 결정을 한 듯 먼저 말해 왔다.

"여보, 이번 여행, 계획대로 가는 게 어때요?
이제 아이들도 다 컸고, 당신 건강이나 나이도 그렇고, 이번 여행이 아이들이랑 함께하는 마지막 여행이 될 수도 있다는 생각이 들어요.

그리고 수술 날짜가 우리 생각대로 금방 잡히는 것도 아니고 한두 달 정도 기다려야 한다는데, 당신 그때까지 계속 우울하게 지내는 것도 좀 힘들어 보여요.

그냥 아이들 데리고 여행 가서 기분도 좀 풀고, 계획대로 다녀오면 좋겠어요."

역시 아내다운 결정이다.

삼십 년 가까이 같이 살면서 아내의 결정이 틀린 적을 한 번도 본 적이 없다.

아이들을 위한, 그리고 나를 위한 최선의 결정이었다.

그렇게 우리는 여행을 강행하기로 결정하였고, 출발 전날 하루 종일 암 수술을 위한 정밀 검사를 받았다.

그리고 다음 날인 4월 20일 오전 11시, 서울파 세 사람은 로마행 비행기에 몸을 실었다.

아직 나의 '암'을 모르고 있을 딸아이에게 어떻게 이야기를 꺼낼까 비행기 안에서 고민해 보았다.

딸아이의 휴가 일정이 조금 꼬이고 말았다.

회사 사정으로 휴가를 하루 늦출 수밖에 없는 상황이 벌어졌는데, 어쩔 수 없다.

이런 돌발 변수야 언제든 있을 수 있는 일이니까.

"아빠, 미안해. 어떡하지?"

"괜찮아, 고작 하루인데 뭐 어때?
딸 없으면 회사 안 돌아간다니까 아빠보다 낫네.
아빠는 없어도 회사에 아무 문제없나 봐.
직원들이 그냥 휴가 갔다가 오지 말래."

딸아이는 다음 날 퇴근 후 저녁 비행기로 오기로 하였고, 부득이 로마에서의 아들 생일파티 역시 하루 늦출 수밖에 없었다.

로마에서 5박. - 첫날은 딸아이가 없다 보니 급히 일정을 변경하여 오르비에토, 치비타라는 소도시를 다녀오기로 하고, 그다음 날부터는 딸아이와 함께 로마 시내에 계속 있을 예정이다.

다음 피렌체에서의 5박은 더욱 버라이어티하다.

우선 첫날은 로마에서의 이동 시간과 피렌체 숙소 체크인 시간을 고려하여 인근의 피사에 다녀오기로 하였고, 그다음 날은 기차를 타고 베니스 당일치기, 그다음 날도 마찬가지로 기차를 타고 밀라노에 다녀올 예정이다.

베니스와 밀라노 역시 매우 크고 아름다운 도시여서 당일치기로 다녀오기에는 아쉬움이 많이 남겠지만, 큰 트렁크를 끌고 매번 도시 간 이동을 하는 게 여간 힘든 일이 아닐 뿐만 아니라, 숙소 체크아웃, 체크인을 반복하다 보면 기본적으로 하루의 반나절은 까먹는다는 게 다년간의 여행 경험에서 나온 결론이었다.

그래서, 다소 아쉬움은 있으나 짐 없이 가벼운 차림으로 당일치기로 두 도시를 다녀오기로 하였다.

물론 우리나라의 KTX에 맞먹는 ITALO라는 고속열차가 있기에 가능한 일이다.

그리고 마지막 이틀은 온전히 피렌체에 머무르고, 마지막 날 다시 로마로 이동하여 출국하는 퍼펙트한 일정. – 여행시 전문 코디를 능가하는 자랑스러운 내 아내의 여행 설계 작품이다.

첫날, 딸아이 없이 셋이서 오르비에토, 치비타라는 작은 소도시를 다녀왔다.

우리나라로 치면, 서울에서 출발하여 기차 타고 강원도 영월 갔다가, 다시 시외버스 타고 경상북도 봉화 가는 코스 정도…….

초행길에 너무 무모한 듯한 여정이었지만 다행히 계획에서 크게 벗어나는 일 없이 잘 다녀왔고, 그날 밤 11시경, 딸아이도 저녁 비행기로 로마에 도착, 오랜만에 지구 반대편에서 가족 재회를 할 수 있었다.

간단히 케이크, 피자에 와인을 한 잔 곁들이며 아들의 '빵빵빵사이공' 생일파티를 한 뒤, 딸아이에게 '위암'을 이야기하였다.

우려했던 대로 많이 놀라고 슬퍼했지만, 현명하고 침착한 아내가 딸아이에게 설명을 잘해 주었다.

딸아이가 그윽한 눈빛으로 나를 바라보며 이렇게 말하고 있는 것 같았다.

'아빠, 왜 그런 병을 아빠가 걸려요?

아무렇지 않은 거 맞죠? 수술만 하면 다 낫는 거 맞죠?

아빠, 제발 아프지 말아요.'

딸아이는 항상 그랬다.
항상 나에게 예쁜 말만 하고 예쁜 웃음만 짓는 딸이다.

다음 날 아침 오픈런으로 로마의 랜드마크인 콜로세움을 방문하였고, 다음으로는 영화 〈로마의 휴일〉에 등장하여 전 세계인의 사랑을 받게 되었다는 '진실의 입'으로 향하였다.
바다의 신 트리톤의 입에 손을 넣고 사진을 찍고 나오는데 딸아이가,

"아빠. 이게 사실은 어느 수산물시장 바닥에 있던 하수도 맨홀 뚜껑이었대요."

하며 인터넷 검색창을 보여 준다.
아는 만큼 보인다고, 부지런히 검색해서 알려 준 딸아이가 고맙기는 하지만, 굳이 이런 정보는 혼자만 알고 넘어가도 될 법한데…….
아니면, 하수도 맨홀 구멍에 손 넣기 전에 말해 주던가…….

어젯밤 딸아이가 늦게 도착하는 바람에 아들 생일파티를 하느라고 새벽 두 시가 넘어서야 잠자리에 들었었다.
그리고 콜로세움을 오픈 시각에 맞춰 예약을 한지라 새벽같이 출발하였고, 또 사월임에도 불구하고 왜 그리 로마의 태양은 뜨겁던지, 반나절만에 우리 네 사람은 녹초가 되어 버렸다.

그래서 과감히 오후 일정을 다른 날로 연기하기로 하고, 대신 숙소로

돌아오는 길에 치킨과 피자, 와인을 사서 숙소 발코니에 한 상 차려 놓고 제대로 로마의 오후를 만끽하였다.

6층(우리 기준으로는 7층), 건물 제일 꼭대기 층이라 제법 넓은 발코니에는 네 명 앉기에 적당한 테이블과 차양막이 갖추어져 있었고, 바람도 선선하고 전망도 최고였다.

이따금 비둘기들이 날아와 바닥에 흩어진 우리 먹거리 잔재를 쪼아 먹기도 한다.

이렇게 이른 저녁 식사를 즐겁게 마치고 우리는 초저녁부터 깊은 잠에 빠졌다.

셋째 날 아침, 장장 열두 시간 동안 취침을 하였더니 컨디션이 이루 말할 수 없이 좋다.

오전에 스칼라산타성당 등 유명한 성당을 다녀왔고, 오후에는 로마 교외의 카스텔로마노 아울렛에 들려 아이들에게 옷 한 벌씩 사 주고 돌아왔다.

아내는 굳이 자기는 안 사 줘도 되니 아이들만 사 주라고 손사래를 쳤는데, 돌아오는 길에 들린 리나센트 백화점에서 기어이 득템을 하고 말았다.

이것저것 고르지도 않고 너무 쉽게 픽! 하는 걸로 봐서는 이미 아내에게 계획이 다 있었다는 생각이 들어 영 뒷맛이 찜찜했다.

넷째 날은 아침 일찍 바티칸으로 향하였는데, 박물관은 당연히 사람이 너무 많을 것 같아 과감히 패스, 성베드로대성당과 시스티나성당만 들어가 볼 생각이었다.

그런데 우리 여행 일정에는 두 가지, 우리가 간과하고 있던 악재가 있었다.

첫째는, 4월 하순이 유럽 대부분의 나라 학교들의 수학여행 시즌이라는 것이다.

그리고 로마는 학생들이 제일 선호하는 수학여행지이기도 하였다.

두 번째 악재는, 지금 이 순간이 바로 코로나19 글로벌 방역지침의 종료 시점이었던 것이다.

이 년간 갇혀 살아야 했던 전 세계 수많은 관광객들이 로마로 다 몰려온 듯하였다.

성바오로대성당에 입장하려는 행렬의 끝이 보이지를 않았다.

구렁이 똬리를 틀 듯 대기 줄이 광장을 뱅뱅 돌아 거의 일킬로미터에 달하는 것 같았다.

어제 진실의 입 앞에서도 엄청난 대기 행렬을 보고 엄두가 안 났지만, 아이들의 성화로 행렬에 끼어 기다리다 보니 생각보다 빨리 대기 줄이 줄어드는 것을 느낄 수 있었다.

그래서 오늘도 대기 줄 맨 뒤에 서 보았다.

그런데 성당 입구의 분위기를 염탐하고 돌아온 아들이 하는 말,

"아빠, 이 줄은 입장권 사기 위해 기다리는 줄이구요.

입장권 산 다음에도 다시 저기서 줄을 서야 한대요.

표 검사하는 직원에게 물어 보니 지금 줄 서면 네 시간 정도 걸릴 거래요."

오히려 다행이다.

하마터면 큰 내상을 입을 뻔했다.

지금이야 얼른 포기하고 돌아서면 깔끔하지만, 만약 한두 시간이라도 줄 섰으면 억울해서라도 네 시간을 채워야 하지 않았을까.

갑자기 지금 공짜로 서 있는 성베드로광장이 제일 멋지게 느껴졌다.

오후에는 산탄젤로성과 나보나 광장을 둘러본 후, 나에게 만큼은 이탈리아 여행 최고의 하이라이트로 기대되었던 판테온을 방문하였다.

이곳 역시 입장을 기다리는 행렬이 무시무시했지만 여기서는 망설일 이유가 전혀 없었다.

몇 시간을 기다려서라도 무조건 들어갈 각오였기 때문이다.

이곳만큼은 내가 사전에 공부를 철저히 해 와서 아이들에게 자신 있게 설명을 해 주었다.

"현존하는 세계에서 가장 오래된 돔 건축물이야.

중앙에 기둥이 하나도 없는데 이천 년이 지나도록 무너지지 않고 있는 게 현대 건축 기술로도 설명하기 어려울 만큼 미스테리하지.

천정을 올려다 봐.

가운데에 큰 구멍이 뚫려 있지?

저게 작아 보여도 직경이 무려 9미터나 된대.

그런데 이게 얼마나 과학적으로 설계가 되었는지, 천정에 구멍을 저렇게 크게 뚫어 놓아도 건물 안에서 생기는 상승 기류가 구멍으로 나갈 때 기압 차이를 만들어서 비가 아무리 많이 와도 빗물이 실내로 절대 들어오지 못하게 만들어졌대.

정말 대단하지?"

그리고는 아이들과 함께 천정 구멍 바로 밑 판테온 중앙 쪽으로 걸어가 보니 오늘 새벽에 내린 빗물이 바닥에 흥건히 고여 있었다.

그날 이후로 나는 아내와 아이들로부터 신뢰를 완전히 잃게 되었고, 더 이상 '아는 만큼 보인다.'는 말을 할 수 없었다.

이제 이탈리아 다섯째 날, 로마를 떠나 피렌체로 가는 날이다.

세계에서 제일 무서운 역, 노숙자와 부랑인이 여행자 숫자보다 많다는 테르미니역에서 고속열차를 타고 두 시간을 달려 피렌체에 도착하였고, 숙소 체크인까지 남는 시간을 이용하여 인근 도시 피사에 들렀다.

누가 피사의 사탑을 별 볼 일 없다고 하였던가?

어렸을 적부터 보아 왔던 사진보다 훨씬 심각하게 기울어져 있어 보기만 해도 경이로웠다.

삐딱하게 기울어진 사탑을 배경으로 기이하고 재미난 포즈를 연출하며 사진을 찍는 것은 전 세계인의 보편적인 문화인 것 같다.

우리도 사탑을 두 손으로 밀고 당기고 발로 차고, 심지어는 손가락으로 집어 입에 넣기까지 해 보았다.

로마에 비해 물가가 저렴해서인지 비슷한 가격에 예약하였는데도 이곳의 숙소가 훨씬 위치도 좋고 시설도 좋았다.

로마에서는 방이 하나뿐이어서 여성 동무들은 방에서, 남성 동무들은 거실에서 잤는데, 이곳은 방이 무려 두 개나 있다.

그래서 여성 동무들은 큰 방에서, 아들은 작은 방에서 자고, 나는 거실에서 혼자 잤다.

나는 예나 지금이나 방 개수와는 상관없이 항상 거실 차지이다.

다음 날 다녀온 '물의 도시' 베니스는 마치 하루 종일 놀이동산에서 놀고 있는 것 같은 착각을 느끼게 해 줄 만큼 모든 게 경이롭고 재미있었다.

발길 닿는 곳마다 크고 작은 운하, 수로가 끝없이 이어져 있었고, 내딛는 골목골목마다 운치 있고 소박한 식당, 가게들이 줄지어 있다.

딱히 목적지를 정하지 않고 걸어도 얼마서든지 베니스를 느낄 수 있었다.

무작정 걸으면서 사진도 많이 찍고, 군것질도 많이 하고, 아내의 로망이던 '곤돌라'도 탔다.

마침 곤돌라를 타면서 셀카로 찍은 우리 네 사람의 표정이 어찌 그리 하나같이 밝고 예쁜지.

곤돌라 선장님은 또 어찌 그리 유쾌하게 나왔는지, '곤돌리에' 특유의 스트라이프 무늬의 셔츠와 동그란 모자를 쓴 모습이 마치 베니스 홍보관 마네킹 같기만 하다.

뒤편으로 보이는 작은 아치 모양의 다리도 운치 있고, 양쪽으로 줄지어 서 있는 나지막하고 고풍스러운 건물들도 운치 있다.

사진의 위 1/3을 차지하는 하늘빛은 짙은 청색, 아들은 '코발트블루'라고 한다.

그리고 구름 한 점 없다.

아래 1/3은 누가 봐도 여기가 베니스인 줄 알게끔 운하가 자리 잡고 있는데, 그 물빛은 완연히 투명한 초록빛이다.

누구에게나 보여 주고 자랑하고 싶은 우리 가족의 인생 사진이 이곳에서 탄생하였다.

아내는 여행 출발하기 전부터, 베니스에서 가면을 반드시 사 오겠노라고 벼르고 있었다.

매년 베니스에서 가면축제가 열리다 보니 워낙 가면으로 유명해진 도시이기도 하다.

그렇다 보니 발길 닿는 곳마다 화려한 인테리어를 갖춘 가면 샵이 많이 있는데, 디자인이 화려하면서도 가격도 저렴하여 집어 들면 모조리 'Made in China'였다.

벽에 걸어 놓으면 원산지 표시가 보이지도 않을 텐데 아내는 아예 China 제품은 쳐다도 보지 않는다.

생각해 보니 지구 반대편 가면의 본토 나라까지 와서 굳이 China 제품을 사는 것도 우스운 일이기는 하다.

더 둘러보니 'Made in P.R.C.'라고 찍힌 제품이 꽤 눈에 띄었다.

China만 아니면 되지 않나? 가격도 저렴하고 예쁜데…….

그때까지만 해도 나는 몰랐다, P.R.C.가 지구상 어디에 붙어 있는 나라인지.

그런데 아내는 나를 바라보며 썩소를 날리고 있다, 뭔가를 알고 있다는 듯.

'People's Republic of China' - 중. 화. 인. 민. 공. 화. 국.

제품에 'Made in China'라고 붙이면 워낙 안 팔리다 보니 언제부터인가 이렇게 'Made in P.R.C.'라고 원산지 표시를 한다고 한다.

기가 차네. 정말.

하마터면 글로벌 바보가 될 뻔했다.

돌아와서 회사 직원들에게, '너희들 어디 가서 절대 China 물건 사지 말고 PRC라는 나라 제품 사라고. 아주 품질도 좋고 가격도 저렴해.' 이러면 직원들이 속으로 뭐라고 했을까.

아내는 이번만큼은 적당히 타협할 생각이 없어 보였다.

'Made in ITALY' - 제일 화려하고 제일 비싼 가면을 들어 보이더니 어떠냐고 물어온다.

이미 마음의 결정을 다 해 놓고 나에게 형식적인 동의만 구하는 것인 만큼 결과는 절대 달라지지 않는다는 것을 나는 잘 알고 있다.

그렇다면 이럴 때는 무조건 환한 웃음과 함께 엄지 척 해 주는 게 제일 현명하다.

어찌나 무겁고 크던지, 귀국 짐을 쌀 때 우리를 제일 골치 아프게 했던 물건이었고, 한 달 후 카드 결제일에 제일 나를 가슴 아프게 했던 물건이기도 하였다.

다음 일곱 번째 되는 날, 오늘도 마찬가지로 고속열차를 타고 '패션의 도시' 밀라노로 향하였다.

밀라노대성당 입장권은 유물을 전시해 놓은 박물관과 성당 지붕 위의 전망대를 함께 관람할 수 있는 통합권으로 구입하였는데, 역시 이곳도 기다리는 줄이 어마어마하였다.

그런데 이곳에서 우리 또래 프랑스인 가족을 만나게 되어 딸아이가 유창한 프랑스어로 서로 여행에 관한 정보를 주고받으며 대기 시간을 지루하지 않게 보낼 수 있었다.

"어차피 전망대 올라갈 때 성당 내부를 거쳐 엘리베이터를 타게 되니 굳이 따로 줄 서서 성당 내부에 들어갈 필요 없어요."

그들은 최소 한 시간은 벌 수 있는 고급 정보를 우리에게 알려 주었는데, 아마도 그들은 이 정보를 몰라서 시간을 허비한 게 속상했었나 보다.

물론 나머지 셋은 웃어 보이기만 하고 딸아이만 제대로 알아들을 수 있는 정보였다.

이역만리 먼 곳까지 와서 현지 언어로 소통을 하는 딸아이를 보고 있자니 우리 아이들 글로벌 지수만큼은 탁월하게 키운 것 같아 자랑스럽다.

아들도 마찬가지이고.

패션의 도시답게 가는 곳마다 쇼핑센터와 백화점이 줄지어 있었다.

덕분에 아내와 아이들은 신이 났다. - 굳이 안 사더라도 쇼핑 그 자체만으로도 재미있나 보다.

나는 뒤에서 억지로 따라다녀야 하는 통에 쇼핑이 제일 고역이었지만, 그래도 한 가지 위안은 있었다.

며칠 전부터 회사에서 만보 걷기 이벤트를 시작하였는데, 한 달 동안 매일 평균 일만 보를 걸으면 포상 포인트를 주는 이벤트였다.

시작하고 며칠 동안은 진도가 많이 부족하였는데, 이곳에 와서 매일 이만보 정도를 걷다 보니 어느덧 가이드 라인을 넘어서고 있었다.

의외로 쇼핑이 걸음수 올리는 데 큰 기여를 하는 것 같다.

목적지를 정해 놓고 걷는 것보다 쇼핑처럼 정처 없이 한 곳에서 뱅글뱅글 도는 게 생각보다 걸음수가 많이 나온다는 걸 깨달았다.

다음 이틀은 온전히 피렌체에서만 여유 있는 시간을 보냈다.

피렌체는 두 가지가 유명하다고 한다, 물론 우리가 모르는 게 더 많겠지만.

바로 티본스테이크와 가죽 제품.

아내가 미리 티본스테이크 맛집을 예약을 해 놓았다.

'Paoli 1827'이라는 오래 된 식당인데, 아마도 1827년에 오픈하였다는 의미일 것 같다.

마침 오후 두 시부터 네 시 사이에 식사를 하면 무려 40%를 할인해 주는 이벤트를 하고 있어서 우리는 딱 두 시에 방문하여 인생 최고의 스테이크를 맛있게 먹을 수 있었다.

식당은 손님 없는 한가한 시간에 매상 올려서 좋고, 우리는 거의 반값에 맛있는 거 먹어서 좋고, 서로가 좋다.

다만 오후 두 시까지의 허기짐은 우리가 오롯이 감내해야 할 몫이기는 하다.

생각해 보면 우리 식구들은 참 이런 짓을 좋아하는 것 같다.

식사를 마치고 나와 현지인들에게 물어가며 이 지역에서 제일 유명하다는 가죽 공방을 찾아갔다.

나와 마찬가지로 위암으로 투병 중인 전 은행장님께 피렌체 특산품인 가죽장갑을 선물해 드릴 생각이었다.

병환 중인 분께 먹을거리 선물은 적절치 않은 것 같고, 가죽장갑이라면 왠지 따뜻한 마음이 전해질 것 같았다.

나와 같은 무난한 황토색 제품으로 구입하였고, 어서 서울로 돌아가 보내 드려야지. 생각만 해도 흐뭇하였다.

다음 날 오전에는 미리 가이드투어를 예약하고 우피치 미술관을 방문하였다.

역시 '아는 만큼 보인다.'라고, 아빠와는 달리 제대로 신뢰할 수 있는 전문가의 설명을 들으며 미술 작품을 보니 아내와 아이들이 더 재미있어 하고 기억에도 오래 남을 것 같다고 한다.

이제 서울로 돌아가야 하는 날, 로마 피우미치노 공항.

이탈리아 여행을 준비할 당시, 아내는 딸아이의 파리행 비행기를 서울행 비행기보다 한 시간 이르게 예약을 하였다.

홀로 돌아가야 하는 딸아이를 서울파 세 사람이 먼저 배웅을 해 주는 게 마음 편한 일이었다.

쓰고 남은, 그리고 이제 서울로 돌아가면 쓸데도 없는 유로화 동진을 전부 털어 딸아이에게 건네주자, 손아귀에 담긴 동전 꾸러미를 어림잡아 세어 보더니,

"아빠, 이 돈이면 나 보름은 용돈 할 수 있어요. 고마워요." 한다.

참 예쁜 말 한마디.

딸, 안녕.

딸아이를 먼저 보내 주고 나서야 남은 세 사람도 서울행 비행기에 몸을 실었다.

10박 12일의 이탈리아 가족 여행, 즐겁게 잘 다녀왔다.

아내 말이 맞았다.

언제가 될지도 모르는 수술 날짜만 기다리며 계속 우울하게 지낼 수만은 없는 노릇이었다.

그리고 아들에게 서른두 시간의 생일을 선사해 준 것도 참 유쾌한 아이디어였다.

덕분에 스물세 번째 아들 생일파티를 로마에서 스페셜하게 할 수 있었다.

원 없이 맛있는 것도 많이 먹고, 볼거리도 많이 보고 왔다.

아울렛에 가서 아이들 좋아하는 브랜드, 꽤 비싼 옷들도 사 주었다.

딸아이, 아들 모두 열이틀간의 부모와의 여행을 참 행복해 했다.

하지만 아들에게는 이번 여행이 우리와 함께하는 마지막 여행이 되고 말았다.

안 갔더라면 두고두고 후회할 뻔했다.

서른두 시간의 생일을 만들어 주지 못했다면, 평생 뼈에 사무칠 뻔했다.

8

올해 5월

올해 5월

귀국 다음 날.

의사 선생님은 위의 3/4을 절제해야 하고, 절제하여 일부 남은 위를 소장과 어떻게 이어 붙이게 되는지에 대하여 자세히 설명해 주셨다.

그리고 암세포의 전이 여부는 수술 당일 조직 샘플을 떼어내 검사해 보아야 알 수 있다고 하였다.

워낙 수술을 기다리고 있는 대기 환자가 많아 빠르면 한 달, 늦으면 두 달 정도 기다려야 한다고도 했다.

결국 드라마틱한 반전은 없었고, 암 환자로 확정된 채 다시 하염없이 수술날을 기다려야 하는 신세가 되고 말았다.

며칠 뒤 아버지 제사가 있어 가족들이 다 같이 성당에 모이던 날, 어머니께 암 진단 사실을 말씀드렸다.

장인, 장모님께는 아내가 전화로 말씀을 드렸다.

어르신들 보시기에 50대 중반이면 아직 암으로 헤맬 나이는 아니라고 생각하시는 것 같았다.

걱정을 많이 해 주셨다.

이제는 회사에 알려야 했다.

담당 부행장님께 말씀을 드렸더니 깜짝 놀라 하신다.

그도 그럴 것이, 올해 초 은행장님이 같은 병으로 사임을 하셨고, 두어 달 전 모 본부장이 오랫동안 투병해 온 암으로 사망한 적이 있었다.

두 건 모두 얼마 지나지 않은 올해 일들인데 총무부장까지 위암이라고 하니 놀랄 법도 했다.

부서 내 팀장들을 잠시 소집하였다.

다들 내가 작년부터 위궤양으로 고생을 하였다는 사실을 잘 알고 있었고, 최근 들어 담배도 끊고 술도 거의 하지 않아 건강에 이상이 있는 걸로 짐작은 하고 있었다.

결국 위암이라고 이야기를 했다.

조만간 수술 일정이 잡히면 1, 2개월 정도 병가를 들어가야 하니 부장 공석 기간 동안 차질 없는 업무 추진을 당부하였다.

회사 전체적으로 일 년에 두 번 문화 행사를 하는 프로그램이 있는데, 이번 상반기 우리 부서는 깔끔한 고깃집에서 저녁 식사를 한 후 시내에 있는 프리미엄 영화관을 단독으로 대여하여 영화를 보기로 하였다.

과거에는 주말에 당일 혹은 1박 2일로 야유회나 등산을 자주 갔었는데, 이제 회사 문화도 많이 바뀌었다.

주말에 하는 문화 행사는 젊은 직원들 취향과 거리가 멀어 꿈도 못 꿀 것 같다.

나 역시 지점장 시절부터 문화 행사는 무조건 젊은 직원들 중심으로 자발적으로 프로그램을 정하라고 하고 나는 일절 관여하지 않았다.
이번에도 마찬가지였다.

휴가를 다녀오니 6월 10일로 문화 행사 일정을 정하였다고 하여 달력에 표시를 해 두었는데, 다음 날 행사 일정을 조금 앞당겼으면 좋겠다고 보고해 왔다. - 5월 22일로.
아무래도 6월로 넘어가면 나의 병원 일정과 겹쳐질 것 같아 당겼다고 한다.
그렇게 하라고 했다.
세심하게 챙겨 주네. 고맙소.

며칠 뒤, 모르는 전화번호로 부재중 전화가 두 통이나 연거푸 와 있어서 어딜까 생각 중이었는데, 아내가 전화를 걸어 왔다.

"여보, 병원에서 전화가 왔는데, 아마 당신이 전화를 안 받아서 나한테 한 것 같아.
수술 날짜가 잡혔대. 5월 23일, 화요일 아침이래.
그래서 일요일 오후에 입원해야 된대."

어이쿠, 이제 일주일밖에 안 남았네.
그날을 분명 기다리고는 있었지만 막상 빠르게 다가오니 당황스러운 상황, 매우 낯익다. - 아들이 입대 영장을 받았을 때에도 같은 심정이었으리라.

고맙긴 하지만 너무 촉박하다.

인사부에 통보하여 5주간 병가를 내고 부행장님께 보고를 드렸다.

부행장님은 전임 은행장님, 모 본부장의 사례 등으로 경영진 내에서 걱정이 이만저만이 아니라고 하시며, 이번 기회에 몇 달간 휴직을 내어 충분히 쉬는 게 어떻겠냐고 물으셨다.

하지만 나는 단호하게 말씀드렸다.

"수술 결과 의학적으로 문제가 있으면 바로 부서장 직을 내려놓고 쉬도록 하겠습니다.

하지만, 수술 결과에 아무런 문제가 없으면 예정대로 6월 말 복귀하겠습니다."

간단명료하였다.

오히려 부행장님이, '내 뜻 오해하지 마시요. 걱정이 되어서 하는 소리예요.'라고 서둘러 썰렁한 분위기를 봉합해 주셨다.

부서에서는 나의 수술 일정을 고려하여 문화 행사를 5월 중으로 앞당기기까지 했는데, 하필 행사가 입원 다음 날이라 참석이 불가능하다.

괜히 나 하나 때문에 일정만 꼬인 것 같아 직원들에게 미안하네.

병가 들어가기 바로 전날, 회사의 대형 프로젝트 진행에 관한 중간보고가 예정되어 있었다.

부행장님, 나, 담당팀장 정도만 참석하면 되는데, 나는 당일 행사에 담당팀 실무자 전원을 참석하라고 지시하였다.

높은 사람 몇 명 앉혀 놓고 딱딱하게 진행하지 말고, 젊은 직원들 많이 참석해서 중요한 내용도 같이 공유하고 유쾌한 분위기에서 행사가 진행되기를 희망하였다.

한동안 자리를 비울 것 같은 우울한 마음에서 그렇게 했던 것도 같다.

내 바람대로 밝은 분위기 속에서 행사를 잘 마친 뒤 그 자리에서 부행장님과 직원들에게 인사를 건네고 귀가하였다.

총무부장으로서는 그게 마지막 모습이었다.

다음 날, 일흔일곱 번째 Nadry를 아내, 아들과 함께 다녀왔다.

병가 시작 첫날, 내가 너무 우울해 보였는지, 계획에도 없이 아들의 즉흥적인 제안으로 가평을 다녀왔다.

결과적으로 그날이 우리의 마지막 Nadry가 된 셈이었다.

그리고 이틀 후 일요일 오후, 병원에 입원하였다.

간호간병 통합 병동이다 보니 아내도 입원 수속과 옷 갈아입는 것 정도만 도와주고 돌아가야만 했다.

보호자가 병동에서 환자와 함께 머무르는 것이 허용되지 않았는데, 하긴 작년 위궤양으로 입원했을 때도 마찬가지였다.

요즘은 추세가 다 그런가 보다.

간호사 선생님이 들어오시더니,

"환자분, 내일 오후부터는 물도 드시면 안 돼요.

그리고 모레 수술하고 나면 일주일 정도 아무것도 못 드시니 오늘 저녁에 드시고 싶은 게 있으면 다 드세요."

라며 기가 막힌 팁을 주고 가셨다.

그 길로 바로 병원 구내 마트로 달려 내려가 '최후의 만찬'에 어울릴 만한 저녁거리를 찾아보았다.

하지만, 선택지가 그리 다양하지 않은 병원 구내 마트인지라 5분, 10분, 집었다 놓았다를 반복하다 결국 계산대 위에 올려놓은 것은 김밥 한 줄과 전자레인지용 미트볼 하나, 바나나우유 하나가 전부였다.

캔 맥주도 하나 바구니에 담았다가 결국 계산 직전 내려놓았다.

내가 머무르는 곳은 2인실, 옆 동료 환자도 있는데 맥주는 좀 아닌 것 같다.

병실에 올라온 후 병원 밥 한 상과 함께 사 온 것들을 풀어 내일 하루 금식도 거뜬히 버텨 낼 만큼 배불리 '최후의 만찬'을 즐겼다.

다음 날은 이른 아침부터 여기저기 불려 다니며 다양한 검사를 받아야만 했다.

수술의 공포가 점점 나를 옥죄어 오는 듯하여, 애당초 금식이 아니었어도 입맛이 없어 아무것도 못 먹을 듯하였고, 손도 가볍게 떨려 왔다.

아내는 병실에는 들어올 수 없어 층마다 하나씩 마련된 휴게실에서 잠시 함께했다.

아내는 아내대로, 나는 나대로 서로를 편하게 해 주려고 무던히도 노력하였던 것 같다.

주로 아이들 이야기를 주고받으며 웃음 짓곤 했는데, 한 가지 이야기거리가 그리 오래가지 못하고 대화가 자주 끊겼던 것 같다.

수술 당일 아침 일곱 시 반경 의료진들이 와서 나를 수술용 침대로 옮겨 수술실로 이동할 거라고 하고,

수술은 담당 의사 선생님 집도하에 여덟 시 정각에 시작된다고 하고,

수술 시간은 대략 세 시간 정도라고 한다.

수술이 끝나면 다시 침대에 뉘어 회복실로 옮겨진다고 하고,

이때 보호자는 회복실 앞에 대기하고 있으면 언제 환자가 들어오고, 언제 병실로 이동하는지 모니터로 다 안내가 된다고 한다.

환자가 정신이 들어 병실로 옮겨지면 보호자도 이때 딱 한 시간 병실에서 환자와 면회가 된다고 한다.

여기까지 내가 들은 내용을 아내에게 소상히 설명해 주고 아내는 경직된 미소를 띠며 돌아갔다.

이제 내일이 그토록 기다려 왔던 위암 수술이다.

그토록 기다려 왔던? 정말?

다음 날 아침.

새벽부터 긴장과 걱정, 그리고 약간의 허기를 느껴 잠에서 일찍 깼다.

간호사 선생님도 이른 시각부터 자주 나에게로 와서 아직 1/3이나 남은 링거도 새로 갈아 주고 어젯밤 말끔히 제모한 복부 부위도 다시 살피는 등 애써 주셨다.

일곱 시 반, 낯선 남자 선생님 한 분이 오시더니,

"시간 되었습니다. 수술실 내려가겠습니다."

하더니, 나를 이동 침대로 옮겨 눕히고 관련 차트를 내 배 위에 올려놓은 채 유유히 복도를 지나 엘리베이터를 경유, 수술실로 향하였다.

복도 끝 간호사 대기실을 지날 때, 어제 하루 종일 그리고 오늘 새벽까지 열 번 이상 들락거리며 얼굴을 봐 와서, 그래서 평소 알고 지내던 사이인가, 착각이 들 정도로 낯이 익어 버린 유쾌한 성격의 간호사 선생님 한 분이 나에게,

"잘 다녀오세요. 별거 아니에요."

하며 격려해 주셨다.

나는 소심하게도 이불 밖으로 삐져나와 있던 한쪽 손을 까딱 들어주는 것으로 답례를 대신하였다.

엘리베이터를 타고 복도를 한참 지나 후미진 어딘가에 도착하여 주위를 살펴보니, 온통 나처럼 수술을 앞두고 대기하고 있는 사람들이 줄지어 침대에 드러누워 있었다.

내 좌측으로 족히 스무 명 정도는 먼저 와 대기 중이었고, 내가 도착한 후 오른쪽으로도 쉼 없이 침대가 밀려 들어오고 있었다.

아마 여기는 수술 대기실인가 보다.

수술 받으려는 사람이 이렇게 많다는 사실이 놀라울 따름이었다.

나만 아픈 게 아니었구나…….

의료진 세 분이 좌측 끝에서부터 환자 한 명 한 명과 짤막한 이야기를 주고받으며 점점 다가오고 있다.

꽤나 작은 목소리여서 나에게까지 들리지는 않는다.

뭐, 내 차례가 되면 알겠지 하고 목에 잔뜩 들어간 힘을 빼고 머리를 베개에 푹 누인 채 멍하니 천정만 올려다보았다.

허기가 져서인지 천정이 꽤 아득히 높게만 느껴지고 여기저기서 들리는 작은 속삭임 하나하나가 천정에 부딪혀 공명이 일듯 내 귓전에서 윙 하고 울려 온다.

이제 내 차례.

"환자분, 생년월일 불러 보세요."

"무슨 수술 받으러 오셨어요?"

"지금 컨디션 어떠세요?"

아, 본인 확인 겸 환자 상태를 점검하는 절차구나.

환자 스스로 수술을 이겨 낼 만큼 정신이 온전한지 마지막으로 한 번 더 확인하는 것 같다.

'어, 내 생일이 언제였더라? 내가 여기 왜 있지?' 하고 정신줄 놓고 있으면 수술이 위험할 수도 있겠다라는 생각이 든다.

나는 오히려 정신이 맑고 강해진 느낌이다. 최소한 요 며칠에 비해서는.

이제 곧 난생처음으로 수술대 위에 오르기는 하지만, 이 공포스러운 몇 시간만 지나면 이제 다시 예전의 건강한 모습과 정상적인 일상으로 돌아갈 수 있다는 희망이 나를 더 강하게 만들고 있는 것 같다.

드디어 수술실.

드라마에서 보던 장면과 비슷하다.

복잡하게 얽혀 있는 다중 구조의 조명이 솜이불마냥 은은한 불빛을 내리쬐며 나와 천정 사이 어디 즈음 허공에 떠 있고, 머리맡과 침대 왼쪽에는 삑삑거리며 초록색 그래프가 계속 오르락내리락 하는 모니터가 놓여져 있고, 오른쪽으로는 알루미늄 테이블이 두어 뼘 건너 놓여 있다.

아직 수술을 집도하실 담당 의사 선생님은 보이지 않고 의료마스크를 쓴 서너 분이 부산히 수술을 준비하고 있다.

나는 처음이지만, 이분들은 수도 없이 이 순간을 경험했으리라.

젊은 선생님 한 분이,

"환자분, 기분 괜찮으세요?"

하고 묻는다.

나를 편하게 해 주려는 의도인 듯, 진혀 진지하지 않고 한편으로는 익살스러운 말투였다.

"네, 좋습니다.

그런데, 저 완전히 재워 놓고 수술하는 거 맞죠?"

누가 들으면 바보 아냐? 했을 것 같은 엉뚱한 질문이다.

하지만, 의사, 간호사 선생님들은 이 순간 환자가 무엇을 제일 두려워하는지 아실게다.

혹시 마취가 덜 되어, 혹은 수술 도중에 마취가 깨는 바람에 내 몸을 째고, 들어내고, 꿰매는 지옥 같은 고통이 조금이라도 내 신경세포를 통해 뇌로 전달될지도 모른다. - 이게 바로 지금 이 순간 제일 두려운 것이다.

실제 나는 몇 년 전 위 수면내시경 검사를 받을 때, 검사가 끝나갈 무렵 살짝 마취가 깨어 내 식도를 드나드는 이상한 물체의 기분 나쁜 촉감을 온전히 내 식도의 신경세포로 느낀 적이 있었다.

물론 수면에서 깨어난 후 이게 실제 상황이었는지 아니면 꿈에서 가위 눌린 것이었는지 정확히 분간은 안 되었지만, 어쨌든 그 기분 나쁜 느낌은 매년 건강검진 때마다 나에게 적지 않은 트라우마였다.

그래서 그다음부터는 내시경 검사 직전, 신장, 체중을 재확인할 때 항상 체중을 살짝 높여 대답하는 게 습관이 되어 버렸다.

조금이라도 체중이 더 나간다고 해야 마취약을 더 강하게 쓸 것만 같은 순진한 생각에서였다.

"하하하, 김 선생님. 마취를 완전히 안 하고 일부만 할 수도 있나요?"

내 컨디션을 물어왔던 젊은 선생님이 옆에 있는 다른 선생님에게 물어본다.

아마 질문을 받은 분은 마취 담당 선생님이신가 보다.

"아니요. 그게 더 어려워요."

"들으셨죠? 완전히 푹 재워 드리고 수술 들어갈 거니까 걱정하지 마세요."

일단 중간에 제정신이 돌아오는 비극은 없을 것 같아 안심이다.

두 분 정도 더 수술실에 들어서는 느낌이 들더니, 여기저기서 쩌억쩌억 하면서 고무장갑을 탄탄히 양손에 맞춰 끼워 넣는 소리도 들린다.

그중 한 분이 나의 수술을 집도할 선생님이실 게다.

드디어 수술 준비가 다 끝났는지 마취 담당 선생님이 친절히 나의 코와 입 앞에 산소호흡기와 같이 생긴 마스크를 대 주시며 말씀하신다.

"자, 천천히 호흡하세요. 평소처럼 천천히."

의식적으로 후우후우 하면서 크게 호흡을 하려는데 너무 긴장해서인지 호흡이 일정치 않고 기칠다는 생각이 든다.

대여섯 긴 들숨과 날숨에도 수면의 기미는커녕 오히려 긴장이 더해지는 것 같고 심장의 박동만 더 빨라지는 듯하다.

무엇인가 보이면 더 공포스러울 것 같아 아무것도 안 보려고 억지로 눈을 감고 있지만 눈꺼풀이 비닐처럼 얇아져서 방 안의 조명이 환히 다 비쳐 보이는 듯하고, 머리맡에서 아까부터 연신 삑삑거리고 있는 기계음이 갈수록 더 크고 선명하게 들려온다.

온 신경세포가 호흡마다 오히려 더 예민해지고 있다라고 느끼는 순간, 다행히 기억이 사라지고 말았다.

9

만보 걷기

만보 걷기

참기 힘든 극심한 통증에 정신이 번쩍 들었다.

실눈을 뜨고 주위를 살펴보니 방금 전까지 있었던 수술실도, 그 이전에 이틀을 잤던 병실도 아닌 걸로 봐서 여기는 회복실이 맞을 것 같다.

살아 있구나, 수술이 끝났나 보구나 하는 생각이 드니 안도감과 함께 다시 눈이 스르르 감겨 왔다.

얼마나 잤을까, 또 다시 깨어 보니 낯익은 2인용 병실이다.

이번에는 반가운 얼굴도 보인다. 아내이다.

나도 모르게 환하게 웃음이 나왔다.

고맙게도 수술을 집도한 선생님은 수술이 끝나자마자 아내를 불러 수술 경과를 설명해 주었다고 한다.

전반적으로 수술은 잘 끝났다.

복부 내 기관 간 흡착이 심하여 모두 떼어 내느라 수술 시간이 예상보다 오래 걸렸다. - 4시간.

당초 계획대로 위의 75%를 절제하였다.

암 전이 여부 검사를 위해 주위 기관에서 50점 이상 조직을 떼어내었다.

아내에게 전해 들은 이야기이다.

아내가 돌아간 이후에도 침대에 누워 복부 수술 부위의 통증과 맞서 참아 내는 일 말고 할 수 있는 게 없었다.

통증을 일시적으로 완화시켜 준다는 마취제가 링거와 연결되어 있어 손에 쥐어 있는 버튼을 누르면 마취제가 투입된다고 하는데, 사실 별 효과는 없는 것 같다.

그저 환자의 심리적 안정을 위한 장치인 것만 같다.

다음 날 아침부터 간호사 선생님의 잔소리가 시작되었다.

"환자분, 일어나 보세요.

아프더라도 움직이셔야 돼요.

지금은 우선 일어나 보고, 내일부터는 걸어야 돼요.

운동 안 하면 수술 부위 회복이 안 돼요."

사람이 다 죽어 가는데 간호사 선생님들은 30분이 멀다 하고 들어와 자꾸 나를 일으켜 세우려고만 하였다.

어찌어찌 상체를 일으켜 세우더라도 더 난감한 건 상체를 다시 누일 때이다.

이때는 정말 누군가의 도움 없이는 스스로 누울 수가 없을 만큼 복부가 당기고 아프다.

회사에서는 두 달 전, 직원들의 건강증진 프로그램의 일환으로 만보기 기능 어플을 스마트폰에 설치하여 한 달 동안 하루 평균 만보씩 걷는 이벤트를 진행한 바 있다.

그래서 목표를 달성하면 삼만 포인트를 선물로 준다는 것이었다.

한 번도 시도한 적 없는 독특하고 재미난 이벤트이고 선물도 쏠쏠한 터라 직원들 사이에 꽤 화재가 되었고, 나 역시 직원들과 함께 참여 신청을 하였다.

겉으로는 직원들에 등 떠밀려 참여하는 모양새였지만, 내심 나도 진심으로 참여하고 싶었다.

내 성격에 딱 맞는 '경쟁 유도' 프로그램인 데다가, 보너스로 주는 삼만 포인트가 어디인가?

그렇지 않아도 아내가 오래된 로봇청소기를 바꾸고 싶어 하는데, 삼만 포인트면 아내가 꽤 좋아할 것 같았다.

나는 어렸을 때부터 '동기 부여'라는 단어를 제일 좋아했다.

과정이야 어찌 되었든 동기만 주어지면 반드시 해내고 마는 성격이었다.

평소에는 공부 하나도 안 하고 있다가 시험 날짜, 시험 범위만 정해지면 그날부터 밤을 새워 공부했고, 평소 자격증에 관심도 없다가 시험 응시 접수만 하고 나면 그날부터 코피 터지게 공부를 하여 결국 자격증을 따 오곤 했다.

평소에는 하루 일만보, 어림도 없었다. - 속히 한 시간 반은 부지런히 걸어야 하는 걸음수니까.

그런데, 목표가 정해지고 매일매일 어플을 통해 개인별 걸음수와 달성률이 실시간으로 공개되니 하루 만보 걷는 게 오히려 재미나게 느껴지는 것이었다.

첫 한 달 동안 진행되었던 이벤트는 초반에 걸음수가 많이 부족하였으나 중간에 이탈리아 가족 여행을 가게 되면서 여행 기간 동안 다 만회하여 어렵지 않게 목표를 달성할 수 있었다.

가족들과 함께 여행을 가면 기본이 하루 이만보였다.

아침부터 저녁까지 하루 종일 걸어 다니다 보니, 저녁때 숙소에 돌아오면 다들 다리가 퉁퉁 부어 있고 만보기 숫자는 매번 이만보 전후를 찍고 있었다.

첫 이벤트가 기대 이상으로 직원들의 참여도가 높고 흥행에 성공해서인지, 머지않아 회사에서는 같은 방식으로 두 번째 이벤트를 시작하였다.

단, 첫 번째 행사에서 목표를 달성한 직원은 자동으로 참여 신청이 되는 바람에 나는 선택의 여지없이 두 번째 이벤트도 참여를 하게 되었다. - 물론 그렇지 않았더라도 자발적으로 참여를 하였을 것이다.

하지만 두 번째 이벤트 기간 중간에 수술 일정이 있다 보니 실제 건강하게 걸을 수 있는 날짜는 채 반도 안 되어 목표 달성은 힘들 것 같았다.

그래서 우선 출근 전후로 부지런히 동네를 걷기 시작하였다.

혹시 모르니 미리 어느 정도 진도를 뽑아 놓아야 안심이 될 것 같았다.

이런 나를 보고 처음에 아내는, '수술을 이겨 내기 위해 체력을 다지는 의지력 강한 환자'라며 엄지 짱, 칭찬해 주었는데, 사실은 회사에서 부여해 준 목표를 수단과 방법을 가리지 않고 달성하기 위한 '전체주의적 사고', 상금 획득을 통해 부의 축적을 이루려는 '사본주의적 사고'라는 사실을 알아차리고는 나를 심하게 나무라기 시작하였다.

"여보. 당신이 왜 암에 걸렸는지 한번 생각해 보세요.
젊었을 때나 지금이나 맨날 그놈의 경쟁, 경쟁.
어쩌다 경쟁에서 지고 나면 원통해서 잠도 못 자고 혼자 술만 마셨잖아요.
목표 달성 못 하면 세상 스트레스 혼자 다 안고 가는 것처럼 힘들어하고.
이제는 좀 내려놓고 편하게 살자구요.
당장 다음 주에 수술을 받게 되면 한동안 누워만 있어야 되는데,
무슨 수로 하루에 만보씩 걷겠다는 거예요?"

나는 고작 한다는 소리가,

"나도 하고 싶어서 하는 게 아니고, 지난번 이벤트 때 목표 달성한 직원은 자동으로 참여 신청이 되는 바람에 어쩔 수 없이 하는 거야.
그리고, 본점에서 추진하는 이벤트인데 부장씩이나 돼서 나 몰라라 하면 좀 그렇잖아.
적당히 하는 척하고 말 거니까 걱정하지 마."

예나 지금이나 여전히 논리가 참 약하다.

논리가 아니라 비굴한 변명에 더 가깝다.

역시 시간만큼 좋은 약은 없던가?

하룻밤 자고 나니 통증이 많이 가라앉았다.

하지만 움직이는 건 여전히 무리였다.

일어나고 눕는 것도 아직은 혼자 하기 버거운데 발바닥을 땅에 딛고 서는 것은 엄두도 나지 않았다.

그런데, 해야만 한다.

간호사 선생님들의 잔소리가 이만저만이 아니다.

퇴원 안 시키겠다고 협박까지 한다. - 의료법 위반 아닌가?

이때 뇌리를 스치고 지나가는 것이 바로 요 며칠 동안 잊고 있었던 만보 걷기 이벤트. - 얼른 어플에 접속해 보니 아직은 입원 전에 확보해 놓은 걸음수가 있어 평균 만보에서 크게 부족하지는 않지만, 이대로 며칠 더 '0'을 찍다가는 회복 불능이 될 것 같았다.

그래, 걸어 보자.

스스로의 건강을 위해서 걷고, 덤으로 이벤트 목표 달성을 위해서 걸어 보자.

단단히 마음을 먹고 제일 먼저 링거 거치대를 정리하기 시작하였다.

무슨 약, 무슨 효능인지도 모르는 채 매달려 있는 링거 주머니가 세 개, 각각의 주머니에서 연결되어 나온 호스가 중간에 하나로 모여 나의 왼쪽 팔뚝에 박힌 커다란 주사 바늘을 통해 내 혈관으로 연결되어 있다.

필요 이상으로 호스가 길다 보니 선생님들이 호스를 둘둘 말고 테이프로 감아 정리해 주셨는데, 여전히 거치대 중간 작은 선반 부분에서 많이 꼬여 있다.

콧구멍에서 하나, 오른쪽 옆구리에서 하나, 내 생식기에서 하나, 내 몸의 세 군데 구멍에서도 각각 하나씩의 관이 나와 있고, 그 관들은 두 개의 피주머니와 하나의 소변통으로 연결되어 링거 거치대 하단에 불안불안하게 매달려 있다.

우선 자리에서 일어나 앉아 어지럽게 꼬여 있는 링거 호스와 피주머니 관, 소변통 관을 링거 거치대 중심으로 잘 정리해 넣은 다음 스마트폰을 켜 만보기 어플을 작동시켰다.

그런 다음 서너 번 크게 심호흡을 하고 나서 한 발 한 발 교대로 슬리퍼에 발을 끼워 넣은 후 땅을 딛고 일어서 보았다.

드디어 기립!까지는 하였으나, 도저히 복부가 당겨 직립!까지는 할 수 없었다.

도저히 허리를 펼 수가 없다.

그래, 뭐가 창피해. 누가 보면 어떠랴.

이렇게라도 시작해야지.

여기는 병원이고 나는 환자니까 부끄러운 일도 아니지 않은가?

허리 굽은 시골 할매마냥 45도 정도 굽어진 허리를 이끌고 일단 병실 밖까지 나가는 데 성공하였다.

자, 이제 시작이다.

만보까지는 힘들더라도 오늘 첫날이니 십분의 일 만이라도 걸어 보자.

수술 전에 간호사 선생님은 병동에 운동 코스가 설치되어 있으니 수술 후 계속 걸으며 운동을 해야 한다고 귀에 못이 박히도록 이야기하였다.

그래서 나는 헬스클럽 바닥에 설치된 육상트랙을 떠올렸고, 역시 대형 병원이다 보니 운동 시설도 잘 갖추어져 있나 보다라고 생각했다.

그러나 실상은 따로 운동 시설이 갖추어져 있는 게 아니라 병동 복도에 선 하나 그어져 있는 게 전부였다.

그래도 제법 중간중간에 거리 표시도 되어 있는데, 한 바퀴 돌면 정확히 112미터였다.

중간에 마주치는 친절한 간호사 선생님들의 응원과 격려를 받으며 45도 허리 굽어진 나의 첫 워킹은 한 시간 동안 이어졌다. - 정확히 세 바퀴, 336미터.

양손에 무게 중심을 모아 링거 거치대를 강하게 부여잡고, 두 다리는 사실상 삼색 무늬 슬리퍼가 벗겨지지 않게만 질질 끌고 전진하는 모양새여서, 겨드랑이와 옆구리에 경련이 일어날 정도로 통증이 몰려 왔다.

그래도 만보 도전을 다시 시작했다는 뿌듯함이 나를 더욱 힘 솟게 하였다.

식은땀을 줄줄 흘리며 힘겹게 세 바퀴를 어떻게든 걸어 내고 나서 침대에 겨우 몸을 누이고 어플을 '새로고침'하니, 웬걸 그대로 '0'?

이게 뭐지?

336미터를 걸었으면, 아무리 보폭을 작게 걸었어도 최소한 오백 걸음은 될 텐데…….

아뿔싸, 바보같이 스마트폰을 링거 거치대 선반 위에 놓고 걸었다.

전혀 상하 진동이 없으니 제 아무리 스마트한 기계일지라도 한 걸음도 카운트되지 않았다.

순간 눈물이 핑 돈다.

젠장… 한 시간 동안 땀을 뻘뻘 흘리며 오백 보를 걸었는데 결과는 '0걸음', 내 아까운 오백 보.

오늘은 포기다. - 정신력과 인내심이 바닥까지 추락하였다.

오늘만큼은 선생님들이 일어나 운동하라고 아무리 재촉하여도 나는 눈 하나 깜빡 안 하고 자는 척하였다.

다음 날 새벽, 다니는 이 아무도 없는 고요한 시각.

이번에는 환자복 상의 주머니에 스마트폰을 넣고 살살 걷기 시작하였다.

반 바퀴 정도 돌고 어플을 확인해 보니 '80보'가 제대로 찍힌다.

걷는 속도는 매우 느렸지만 그래도 이놈의 기계는 걸음수를 정확히 세어 주고 있는 것 같다.

수술 이후 계속 금식이기 때문에 나의 운동 시간은 따로 정해진 게 없다.

새벽, 오전, 오후, 저녁, 오래 걷지는 못하나 대신 자주 걷고 있다.

다음 날부터는 한 손으로만 링거 거치대를 잡을 수 있을 정도로 여유가 생겨 나머지 한 손으로는 스마트폰을 쥐고 앞뒤로 힘차게 흔들며 걸었다.

아무래도 환자복 주머니에 넣고 걷다 보니 걸음수에 왠지 손해를 보는 기분이었기 때문이다.

나 같은 환자의 걸음수를 건강한 이들보다 두 배로 인정받지는 못할망정 한 걸음이라도 손해 보는 건 용납할 수 없다.

이제 나의 도전은 병원 1층 로비.

유명한 프랜차이즈 빵집도 있고 고급스러운 카페도 있고 구내마트도 있다.

각종 자판기도 많이 있고, 그 가운데에는 신문 자판기도 있다.

운 좋으면 신문 자판기 근처 의자에 당일자 깨끗한 경제신문이 놓여져 있기도 하다.

스마트폰을 통해 보는 뉴스보다 신문 지면을 통해 보는 뉴스가 더 머리에 쏙쏙 들어온다.

내 또래는 아마 다들 그럴 것 같다.

어쨌든, 1층 로비에는 사람도 많고 가게도 많고 볼거리도 많아서 내가 누워 있는 5층 입원병동에 비해 훨씬 활기찼다.

그래서 오늘부터는 사람이 많은 오후 시간을 제외하고는 1층에서 걷기 시작하였다.

한 바퀴가 112미터에 불과한 5층 병동에 비해 1층은 비록 정해진 코스는 없으나 내 머릿속에 그려 놓은 가상의 트랙을 따라 걸어 보면 대략 300미터, 500보 정도는 되니 더 걸음수 진도 뽑기도 좋고, 무엇보다 지루하지 않아서 좋았다.

수술 후 4일째부터는 드디어 하루에 만보를 찍기 시작하였다.

1층 로비를 두세 차례에 나누어 스무 바퀴를 돌면 거의 만보가 되었다.

물론 선생님들의 잔소리는 계속되었으나, 이제는 운동하라는 잔소리가 아니라 제발 멀리 가지 말고 5층에서 운동하라는 잔소리였다.

찾을 때마다 안 보인다고.

수술 후 7일째 되는 날 퇴원하였다.

방귀도 제때 잘 나오고, 하루 전 시작한 미음도 잘 소화시켜 내고 있었다.

퇴원 당일 아침, 내 생식기에서 소변통으로 연결시켜 놓은 소변관을 빼냈다.

마취 상태에서 정신 하나도 없을 때 꽂아서인지 당시에는 아픈 기억이 하나도 없었는데, 지금 맨 정신에 나의 가장 민감한 부위에서 줄을 빼려 하니 너무 쓰리고 아프고 기분이 굉장히 불쾌하였다.

그리고, 복부 수술 부위를 꿰매어 놓은 실밥도 풀었는데, 세상에 그것은 '실'이 아니고 '공업용 스테이플러'였다!

너무 흉측할 것 같아 한 번도 내 복부, 수술 부위를 내 눈으로 직접 본 적이 없었는데, 처음이자 마지막으로 내 배 꿰매어 놓은 장면을 보고 경악을 금치 못하였다.

실로 한 땀 한 땀 꿰매어 놓은 줄 알았더니, 이건 숫제 사무용도 아닌 공사 현장에서나 쓸 것만 같은 무지막지한 'ㄷ'자 못으로 내 복부 짼 곳을 이어 붙여 놓고 있었던 것이다.

요즘은 이게 신기술이자 유행인가 보다.

다행히 살벌한 모양새와는 달리 'ㄷ'자 못을 제거할 때는 전혀 아프지 않았다.

다만 펜치 같은 걸로 하나씩 내 몸에서 떼어 내어 스테인리스 접시에 내려놓을 때마다 병실에 울려 퍼지는 '쨍그랑' 하는 금속음이 실로 공포스럽기만 하다.

음침한 고문실에서나 나올 법한 소리였다.

간호사 선생님들과 인사를 나누고 병동을 나서려다가 문득 간호사실 입구의 체중계가 눈에 띄었다.

입원할 때 제일 먼저 한 일이 체중계에 올라서는 일이었는데, 이제 퇴원길에 마지막으로 한 번 더 올라서 보았다.

음…… 입원할 때보다 12킬로그램이 줄었다.

작년 위궤양으로 일주일간 입원했을 때 8킬로그램이 줄었었는데, 반년 만에 20킬로그램이 사라졌다. 내 몸에서.

당연히 내가 살고 있는 이 지구도 그만큼 가벼워졌겠지.

택시를 타고 편안히 집으로 돌아왔다.

아내를 잠깐씩이나마 매일 보았기 때문이어서인지 열흘 만에 돌아온 집이 그렇게 낯설게 느껴지지는 않았다.

귀염둥이 앤 야옹이만 꼬리로 내 종아리를 똘똘 감으며 격한 반가움을 전해 오고 있다.

퇴원 이후에도 나의 만보 걷기 도전은 계속되었다.

아침저녁으로 하루에 두 번씩 걷기를 이어 갔는데, 아내도 이따금씩 동행해 주었다.

우리 동네에는 내가 걷기에 딱 맞는 세 가지 코스가 있다.

첫 번째 코스는 한강시민공원을 다녀오는 길이고, 두 번째 코스는 강남의 유명한 사찰인 봉은사를 다녀오는 길, 세 번째 코스는 신사동 쪽 도산공원을 다녀오는 길이다.

모두 왕복하여 50분가량이 소요되는데, 제각기 코스마다 확연히 다른 즐거움과 주위 구경하는 재미가 있어 매번 바꿔 가며 오전, 오후 걷다 보면 지루하지 않게 하루 만오천보 정도를 걸을 수 있다.

그러다가 퇴원 후 일주일 정도 걷던 와중에 이에 못지않은 훌륭한 걷기 코스를 찾아냈다.

따지고 보면 이미 알고 있던 길이기는 하였지만 '회복용' 걷기에 제일 적합하다고 이번에 새로 느낀 것뿐이다.

바로 우리 동네 지하철역 지하보도인데, 동쪽 끝과 서쪽 끝의 출입구가 워낙 멀게 지어진 지하철역이어서 그 지하보도의 길이가 거의 600미터는 넘어 보인다.

그래서 세 번 정도 왕복하면 다른 코스들과 마찬가지로 50분 정도 걸리니 걸음수도 꽤 된다.

그리고 지하보도이다 보니 요즘같이 더울 때는 시원해서 좋고, 비가 와도 우산 없이 걸을 수 있어서 좋다.

그런데 뭐니 뭐니 해도 제일 좋은 것은, 지하보도 중간쯤에 '스마트 도

서관'이 있다는 점이다.

커다란 자판기 형태의 '스마트 도서관'은 말 그대로 무인으로 책을 대여해 주는 기계인데, 이미 아내가 회원가입이 되어 있어 언제든 하루 두 권씩 책을 빌릴 수 있다.

24시간 운영이어서 아침이든 저녁이든 때로는 한밤중에도 책을 빌리거나 반납할 수 있어서 좋고, 무인 운영이어서 눈치 볼 필요가 없어서 좋고, 대형 스크린에 책의 저자, 줄거리 등이 소개되니 책을 고르기에 편해서 매우 좋다.

그래서 지하보도를 걸을 때에는 한쪽 손에 책을 한 두권 들고 걷곤 하는데 마치 내가 교양 넘치는 지성인이 된 것마냥 아주 기분이 좋다.

지나다니는 사람들이 '와, 저 아저씨는 항상 책을 끼고 운동하네.' 하고 우러러 보는 것 같다.

이제 나는 주로 지하에서 걷고 있으며, 어느덧 한 달간의 두 번째 만보 걷기 이벤트가 종료되었다.

물론 목표를 무난히 달성하였다.

결코 '전체주의적 사고'도 아니었고 '자본주의적 사고'도 아니었다.

'동기 부여'를 통한 경쟁 심리는 더더욱 아니었다.

모르겠다.

첫 번째 이벤트는 그랬을지 모르겠으나, 이번 두 번째 이벤트만큼은 오로지 나의 '건강 회복'을 위해서 걷고 또 걸었다.

그래서 몰라보게 건강을 회복하였다고 생각하였는데, 결국 6월이 오고 말았다.

10

올해 6월

올해 6월

이제 회사로 복귀할 때까지 한 달 정도 집에서 쉴 수 있다.

그 사이 나는 잘 먹고 잘 자고 운동도 열심히 해서 빨리 체중을 늘리고 기력을 회복해야만 한다.

그래야 총무부장으로 복귀하여 일을 해낼 수 있을 것 같다.

절대 주위 사람들에게 약한 모습, 아픈 모습을 보여서는 안 된다.

소문은 정말 빠르다. - 내가 암 진단을 받은 직후 담당 부행장님과 인사 담당 본부장에게만 이야기를 했었는데 이틀 만에 본점 직원들이 거의 다 알게 되었다.

지금부터도 마찬가지일 게다.

내가 병가 종료 후 첫 출근을 하는 바로 그 모습이 이틀이면 직원들 사이에 다 회자가 될 것이다.

"이 부장님 얼굴이 반쪽이 되서 출근하셨대. 그 몸으로 어떻게 일을 하시려나?"

"걷는 것도 힘이 하나도 없는 것 같아. 아마 다음 달 정기인사 때 교체될 걸?"

안 봐도 훤하다.

최대한 병가 이전의 건강한 모습으로 돌아가야 하는데, 주어진 시간이 별로 없다.

괜스레 조바심이 난다.

이제 아들 역시 큰 변화를 준비해야 하는 시기이다.

작년 이맘때에는 전 세계적으로 코로나19가 정점에 달했던 때인지라 일본 유학 비자를 받기가 쉽지 않았었고, 당시 아들의 건강 상태도 좋지 않았던 터라 복학을 적극적으로 추진하지도 않았었다.

이제 코로나19로 인한 거리두기도 거의 해제되었고, 아들의 건강도 많이 회복되어 복학을 서둘러야 할 때가 되었다.

그런데 어찌 된 일인지 아내도 당사자인 아들도, 아무도 나에게 '복학' 이야기를 해 오지를 않는다.

외국 대학으로의 복학이다 보니 준비할 게 한두 가지가 아닐 텐데 말이다.

비자도 새로 받아야 하고, 비자를 받기 위해서는 법정대리인인 내가 준비해야 할 서류도 꽤 많다.

숙소도 다시 구해야 하고, 비행기표도 알아봐야 한다.

그런데 아무도 준비를 하지 않고 있다.

역시 우려했던 대로, 아들은 복학을 주저하고 있었다.

아니, 두려워하고 있었다.

정확히 말하면 '복학'이 두려운 게 아니라, 외국에서의 '외로움'이 두려운 것이있다.

아들은 사 년 전 일본에 처음 간 후 일 년 반을 홀로 지냈었다.

가기 전부터 일련의 정신적 질환으로 인하여 병원 치료를 계속 받고 있었고 약도 계속 복용하고 있었다.

그 덕에 조금 나아져서 일본 생활에 큰 지장이 없을 것으로 생각했건만 일 년 반 동안의 '외로움'이 병을 더욱 심각하게 발전시켰던 것이다.

스무 살에 처음 겪는 극도의 외로움.

평생 단 한 번도 가족과 떨어져 살아 본 적이 없는 아이가, 아는 사람 하나 없는 외국에 덩그러니 홀로 남겨져 있을 때 그 느낌, 그 외로움.

나는 그래 본 적 없어서 잘 모르겠다만, 잠시 상상만으로도 나 역시 몸서리쳐 온다.

하지만, 나는 고민할 수밖에 없었다.

아들의 인생 여정을 여기서 다시 중단시키는 게 맞는 건지.

여기서 모든 걸 중단하고 새롭게 세팅하여 시작하는 게 과연 맞는 건지.

갑자기 아들의 유약함이 안타까워졌다.

아니, 안타까운 게 아니라 화가 나기 시작하였다.

뭘 더 어떻게 해야 하나.

아내는 아들의 치유를 위해 최선을 다하였다.

나 역시 내가 할 수 있는 노력은 다하였다.

병원도 꾸준히 데리고 다녔고, 먹으라는 약도 빠짐없이 먹게 했고, 일흔일곱 번이나 함께 여행을 다녔고, 알아도 모르는 척, 그에게 상처가 될 만한 말과 행동은 절대 하지 않았다.

그가 원하는 건 다 들어주었고 싫다는 건 한 번도 강요하지 않았다.

모든 것을 기다려 주었다.

그리고 어느 순간, 실제로 많이 회복된 아들을 보며 나와 아내 모두 만족해하고 행복해하였다.

그런데, 이러한 부모의 노력이 모두 무시당하고 다시 과거로 돌아간 듯한 아들을 보니 화가 났다.

이 '외로움'의 트라우마를 이겨 내지 못하면 평생 아무것도 제 힘으로 할 수 없을 것 같았다.

아들은 강해져야 했다.

강한 아들을 만들기 위해서는 나도 더 강해져야 했다.

아들은 내가 두려운 나머지 나에게는 직접 이야기를 하지 못하고 있다.

이번에도 아내가 대신 아들의 뜻을 나에게 전달해 주었고, 언제나 그렇듯이 아내는 전적으로 아들의 편이었다.

"보내. 그냥 아무 소리 하지 말고 보내.

스스로 이겨 내야 돼. 이거 이겨 내지 못하면 평생 아무것도 못 해.

지금까지 뭐든지 다 중도에 그만두었어.

제 힘으로, 제대로 마무리한 게 하나도 없잖아. 작은 거 하나라도.

군대도 중간에 쫓겨났고.

이번만큼은 무슨 일이 있어도 제 스스로 극복하고 마무리 짓도록 해야 돼."

나의 결론은 명확하였다.

아내도 나의 결론이 맞다는 걸 잘 알고 있다.

단지 아들이 측은하여 어쩔 줄 몰라 하고 있을 뿐이다.

이럴 때일수록 내가 흔들리지 말고 중심을 잡아야 한다고 확신했다.

나의 뜻은 아내를 통해 아들에게 이미 전달되었을 것이다.

그래서인지 아들은 나를 슬슬 피해 다니고 있다.

마치 이 년 전 제대한 직후의 모습과 똑같다.

그런 아들의 나약한 모습을 진정 보고 싶지 않았다.

삼십 년 가까이 직장 생활을 하면서 항시 아침 일찍 집을 나섰다가 해가 지고 난 한참 후에야 집에 돌아오는 게 내 보편적인 생활이었다.

그런 생활이 지금도 같다면 조금은 덜 힘들고, 덜 상처를 받았을 것이다. 우리 두 사람 다.

하지만, 하필 나는 지금 하루 종일 집에서 지내고 있다.

이게 더욱 나 스스로와 아들을 힘들게 하고 서로에게 상처가 되었던 것 같다.

퇴원 후 나의 생활은 회사원이라기보다는 차라리 군인에 가까웠다.

매일 아침 평소보다 더 이른 시각, 항상 같은 시각에 기상하였고, 역시 평소보다 더 일찍, 그리고 항상 같은 시각에 잠자리에 들었다.

아침저녁으로 정해진 시각에 한 시간씩 운동을 해야 했고, 식사는 매일 정해진 시각에 세 시간 간격으로 다섯 차례 나누어 먹어야 했다.

원래 내 성격과 내 삶 자체가 각이 잡혀 있었는데, 이제는 병원의 요구 사항까지 더해지니 그야말로 점호받고 밥 먹고, 또 점호받고 잠자는 군인의 삶 그 자체였다.

반면, 아들의 생활은 나와는 정 반대였다.

거의 매일 술을 마시고 귀가 시간은 항상 열두 시 이후였다.

오전 내내 커튼을 친 채 잠을 자고, 겨우 점심 조금 먹더니 방에서 또 무엇을 하는지 나오지를 않는다.

유일하게 벽걸이 에어컨이 아들 방에만 있었는데, 방 가까이에만 다가가도 문틈 사이로 냉기가 느껴질 만큼 하루 종일 에어컨을 켜고 산다.

다 큰 놈이 어쩌다 한 번 방에서 나오는 모습은 그냥 팬티 하나 달랑 걸친 채이다.

"백수 놈이 무슨 놈의 에어컨을 하루 종일 켜고 사냐!"

"옷 좀 입고 다녀라! 다 큰 자식이!"

하나가 미우니 모든 게 밉다.

"일본에 보내지 말까? 아무래도 걱정이야.

이따금씩 행동이 과격해지는데, 아무래도 지금 일본 보내서 다시 혼자 놓아두면 약도 잘 챙겨 먹지 않고 술만 마시고 다닐 게 뻔한데, 정말 걱정이야."

아내의 걱정이 이만저만이 아니었다.

강원도 화천으로 아들을 데리러 갔을 때의 그 모습이 지워지질 않았다.

삐쩍 말라 전투복 상의며 바지통이 헐렁했던 그 모습.

초점 잃은 눈빛에 심한 다크서클, 초록 핏줄이 선명하게 불거진 창백한 손 마디마디를 심하게 떨고 있던 그 절망적인 모습.

이 년 동안 함께 여행을 다니며 함께 부대끼고 나누었던 대화들, 웃음, 스킨십…….

아들의 아픔은 이제 다 지나간 일이라고, 더는 아플 일 없을 거라고 믿어 왔는데, 이제 다시 삼 년 전의 일본으로, 이 년 전의 화천으로 돌아가 버린 듯한 아들의 모습이 나를 너무 흔들어 놓고 있었다.

며칠 전부터 아들이 배가 아프단다.

이따금 팬티만 입고 화장실로 뛰어 들어가서는 구토를 한다.

"술 좀 작작 먹고 다녀!

밤새도록 에어컨 바람 밑에서 발가벗고 있으니 탈이 안 나냐!"

나의 호통에 아들은 "죄송합니다……." 하고 연신 고개를 조아리고는 방으로 조용히 사라진다.

이 모습 역시 낯익다.

화천 군부대에서 데리고 나온 직후에도 이랬다.

하루 종일 아들의 일거수일투족이 거슬리고 밉다.

배가 아프다며 이따금 구토를 해 대는 아들의 모습에 아내도 걱정이 크다.

"술 많이 먹으면 원래 그래. 나도 그랬어. 저 나이 때에.

어제도 밤새도록 발가벗고 에어컨 켜 놓고 잤지?

냉방병까지 겹쳤네. 망할 놈."

스물셋 젊은 놈 술 마시고 배앓이하는 건 걱정할 일도 아니라고 확신했다.

아내에게도 무슨 걱정이냐고, 단칼에 선을 그었다.

복통과 구토는 일주일 넘게 계속되었던 것 같다.

마침내 금요일이 되어서야 아내는 아들을 데리고 동네 내과의원을 찾았다.

몇 가지 검사를 했다고 하고, 링거를 맞고 나니 구토 증상이 한결 나아졌다고 한다.

다행일 것도 없다.

술 좀 안 마시고 며칠 쉬면 괜찮을 것을, 링거까지 맞을 일이 뭐 있냐고 아내에게 한 소리 하였다.

링거 약발이 떨어졌는지 토요일 오후 즈음 다시 배가 아프고 구토가 계속되었다.

하루 더 기다려 보고 안 나으면 내일 큰 병원에 가 보는 게 좋겠다고 아내가 말한다.

11

하루 전, 6월 18일

하루 전, 6월 18일

일요일 오후, 아내와 아들이 옷을 입고 외출 준비를 한다.

가까운 종합병원에 가 보겠다는 것이다.

아들이 오랫동안 신경정신과를 다녔던 바로 그 병원이다.

일요일에 무슨 병원을 가냐고 했더니, 응급실로 가서 엊그제처럼 링거라도 맞고 오는 게 좋겠다고 아내는 말한다.

두 사람을 병원 응급실에 데려다 주고는 기다리지 않고 바로 돌아왔다.

사람이 많아 앉아 있을 자리도 없는데 아내만 있으면 되지 굳이 나까지 응급실에 있을 필요가 있을까?

별 것도 아닐 텐데.

그리고 나는 암 환자니까.

그때가 오후 세 시경.

아내로부터 전화 한 통 없다, 내가 한번 해 볼까 하다가 그만 두었다.

별 일이야 있으려고…… 하는데 시간이 너무 길어지니 조금 불안하기는 했다.

오후 일곱 시.

아내로부터 전화가 왔다.

“여보, 당신도 빨리 와 봐야겠어.

의사 선생님이 그러시는데, 괴사성 췌장염이라고 하는데 난 처음 들어봐.

염증 수치가 너무 높아서 심각하대.

조금 있다가 중환자실로 올라간다는데, 일단 당신이 빨리 좀 와 봐.

치사율이 30%나 된다는데 어떡해…….”

이게 무슨 소리야?

배앓이하는 놈을 링거나 좀 맞히려고 병원 보내 놓았더니 췌장염은 뭐고, 치사율 30%는 또 뭐야, 중환자실로 간다고?

머리가 띵하다.

내가 잘못 들었나?

나 병간호하느라 아내까지 이상해졌나?

세상이 다 이상해진 것 같다.

이럴 때일수록 차분하고 매사 조심해야 한다라고 마음먹었건만, 아파트 지하주차장에서 차를 돌려 나오다가 일렬 주차된 차량의 사이드미러를 치고 말았다.

침착하자, 침착하자.

운전대를 잡은 손이 나도 모르게 심하게 떨려 온다.

응급실에 도착하니, 여기도 생지옥이다.

휴일이어서 동네 병원들이 모두 문을 닫아서인 걸까?

환자와 보호자들이 응급실 복도는 물론 출입구까지 꽉 들어차 있어 시장바닥이 따로 없다.

아파서 비명 지르는 소리, 여기저기 고함지르는 소리, 사람 찾는 소리, 게다가 시도 때도 없이 들이닥치는 응급차 사이렌 소리까지…….

정말 이 공간, 단 일 초도 견디기 힘들다.

그 와중에 아들은 제일 구석 명당자리 침상을 하나 차지하고 누워 있는데, 분위기가 심상치 않다.

바로 며칠 전 내가 수술실에서 목격했던 그 장면.

여러 의료 장비들이 나를 중심으로 빙 둘러싸고 있던 그 장면. 이번에는 그 한가운데에 내가 아닌 내 아들이 있다.

"중환자실 올라간다고? 언제?"

"응, 지금 자리 마련하고 있고, 의사 선생님 조금 있다가 내려오면 바로 올라가야 한대."

의사 선생님이 내려왔다.

"보호자 되세요? 잠시만요."

하며 나를 응급실 구석으로 데리고 간다.

"제 말 잘 들으세요.

괴사성 췌장염인데, 지금 염증 수치가 굉장히 높아요.

이게 주위 장기들을 다 망가뜨리는 치명적인 병입니다.

그동안 통증이 굉장히 심했을 거예요.

어떻게 견뎠는지 몰라.

일단 중환자실로 올라가서 염증을 잡는 치료부터 먼저 시작할 겁니다.

호전되더라도 서너 달 정도 중환자실에 있어야 할 겁니다."

"선생님, 그런데 치사율 30%는 무슨 말씀이세요?"

"네, 그 정도 돼요. 치명적인 병이죠.

마음의 준비도 어느 정도 하고 계시는 게 좋을 것 같습니다."

아들은 비교적 편안히 침대에 누워 있다.

조금 전까지는 제 엄마랑 장난도 치고, 누워 있는 자신의 모습을 셀카로 찍는 등 평소와 별반 다르지 않았다고 했다.

그러더니 의사 선생님이 일차로 다녀간 뒤에 제 엄마의 굳어진 표정을 보았는지 내가 올 때까지 계속 말없이 누워 있는 중이었다고 했다.

아들은 침대에 누운 채 스마트폰만 만지작거리다가 내가 다가오니 일어나 앉으려 하길래, 내가 다시 얼른 눕혀 주었다.

여기는 병원이고 본인이 환자인데, 나만 보면 편하지가 않은가 보다.

얼굴이 백짓장처럼 하얗고 온통 땀에 젖어 있다.

이마 위에도 물수건을 올려놓았고, 목에도 차가운 물수건이 둘러져 있다.

열이 많이 나나 보다.

곧이어 의사 선생님과 함께 침대를 밀고 중환자실로 올라갔다.

의료진들이 우리를 제지한다. - 보호자는 여기까지란다.

안으로 들어갈 수는 없다.

내가 병원으로 달려올 때에는 이러한 상황은 전혀 준비되어 있지 않았다.

중환자실, 저 무서운 곳으로 아들이 혼자 들어가는데, 나는 아들에게 아무 할 말도 없고, 손 한 번 잡아 주지 못하고 있다.

아내는 침대 밖으로 삐져나와 있는 아들의 손을 잡고 있다가 침대가 이동하는 바람에 놓치고는, 이번에는 발을 잡았다가 그마저도 찰나에 놓쳐 버렸다.

그리고는,

"아들, 걱정하지 마.

그냥 입원하는 거니까 걱정하지 마.

내일 아침에 보자.

내일 아침에 엄마가 올게."

하고 손을 흔들어 보였다.

그런데 그 순간, 아들은 중환자실 자동문이 닫히기 직전 빼꼼히 고개를 들어 나를 보더니,

"고마웠어요. 아빠." 한다.

살짝 미소를 지으면서,
또렷하지만 가슴 미어지듯 살짝 떨리는 목소리로.
제 엄마에게는 아무 말 안 하고 나에게만.

나는 한편으로는 그 상황에서도 따뜻한 감사 인사를 전해 오는 아들이 고맙기도 했지만, 한편으로는 무거운 프레스 기계가 눌러 오는 것처럼 가슴이 너무 무겁고 아파 왔다.

무슨 소리야?
뭐가 고맙다는 거야?
아빠가 해 준 게 뭐가 있다고…….
매일 야단만 치고 호통만 쳤는데 뭐가 고마워?
그리고, '고마워요.'가 아니고 왜 '고마웠어요.'야?

아내와 집에 돌아왔다.
저녁 9시가 조금 넘었다.
딸아이 프랑스 가고, 아들 일본 가고, 그다음 군대 가고…….

그래서 아내와 나, 둘만 집에 남는 일이 낯설다고 느낀 적이 한 번도 없었는데, 지금은 몹시 낯설다.

처음 경험해 보는, 살벌하리만큼 차갑고 소름이 돋을 만큼 공포스러운 밤이다.

거실 커튼을 모두 걷었지만 어둠은 조금도 나아지지 않는다, 창밖도 밤이니까.

집 안의 모든 조명을 다 켜 보았다.

조금 낫다.

TV도 켜고 볼륨도 높였다.

그런데 아들 방만 아직도 깜깜하다.

아들 방 침대 위에 걸터앉아 있는 아내는 내가 나가자마자 조명을 다시 껐나 보다.

소리 없이 눈물만 주룩주룩 흘리고 있는 아내에게 다가가 위로하였다.

"여보, 그럴 리 없어.

치사율 30%라는 얘기는 노인네, 환자들, 면역력 떨어진 사람들, 이런 사람들 다 합쳐서 30%라는 거야.

이런 사람들은 무슨 병이든 걸리면 거의 죽을 확률이 높아. 약한 사람들이니까.

그러니까 비율이 그렇게 높게 나오는 거지.

근데 우리 아들은 이제 스물셋이잖아.

아무리 그래도 나이 스물셋밖에 안 먹은 젊은 놈이 그깟 염증 하나로 죽는다는 게 말이 돼?

말도 안 되잖아. 그치?"

따지고 보면 틀린 말도 아니지 않은가?

치사율이라는 게 병 걸린 사람 전체를 대상으로 계산하지 않았을까?

그들 중에 20대 젊은 사람만 뽑아 놓고 보면 무슨 놈의 30%야.

10%, 아니 1%도 안 될 것 같다. 분명히.

아내는 결국 아무 대답이 없다.

아내와 나, 둘 다 멍하니 깜깜한 창밖만 바라보았다.

한 시간 정도 지난 뒤 다시 병원에서 연락이 왔는데, 빨리 중환자실로 다시 오란다.

놀라서 달려 나갔다.

일요일 밤 자정이 다 되어 도로는 극도로 한산하였다.

중환자실로 올라가니 같은 의사 선생님이 우리를 기다리고 있었다.

"환자분 조금 전 발작이 있었어요.

그런데 아드님, 우리 병원에 진료 기록이 있더라고요.

오랫동안 신경정신과 치료를 받아 왔던데, 최근까지도 발작이라든지 과격한 행동이 있었나요?"

"네, 한동안 괜찮아진 것도 같았는데, 요즘 들어 가끔씩 스트레스를 받거나 극도로 예민해지면 행동이 좀 과격해지곤 해요. 가끔씩."

“일단 여기 중환자실에서는 선생님들이 힘들겠다고 해요. 이 상태로는.
그래서 일반 병실로 옮겨서 하루 종일 보호자가 옆에 있으면서 케어를 해야 하는데, 일반 병실에서는 사실 집중 치료가 어려워요.
특히 이 환자는 24시간 내내 조명을 강하게 켜 놓고 있어야 하거든요.”

“무조건 중환자실에 붙잡아 두고 치료를 해 주세요.
과격한 행동도 이따금 한 번씩이지 자주 있는 건 아니에요.
필요하다면 완력을 써서라도 붙잡아 놓고 치료를 해 주세요.
부탁입니다. 선생님.”

“그러면 보호자분, 경우에 따라서는 우리가 침대에 묶어 둘 수도 있는데 동의하시겠어요?”

“네, 동의합니다. 그렇게라도 해서 치료를 계속 해 주세요.”

“알겠습니다.
그렇게 하도록 할게요.
지금은 진정제를 놓아서 푹 자고 있으니 일단 오늘은 돌아가셔도 될 것 같습니다.”

이 상황에서 어느 부모가 거부할 수 있겠는가?
아이를 살리는 데 필요하다면 손발을 묶어서라도 해야지.
손발을 자르는 한이 있더라도 아이를 살릴 수만 있다면 뭐든지 해야지.

간호사들로부터 아들 소지품을 받아 들고 나왔다. - 스마트폰, 스마트 워치, 그리고 목걸이 하나.

아내는 돌아오는 차 안에서,

"에고, 이 녀석. 스마트폰 없으면 불안해할 텐데, 어떡하나…….
어린 애인데 이건 좀 봐 주지."

하며 애써 아무렇지 않은 척 실없이 웃어 보인다.
나도 따라 실없이 웃어 보였다.

그날 밤, 나와 아내는 한숨도 잠을 이루지 못했다.
앤 야옹이만 세상모르고 잔다.

12

그리고, 6월 19일

그리고, 6월 19일

잠들지 않았으니 한날 같지만 분명 하루가 지나 다음 날 새 아침이다.

6월 19일, 월요일 아침 여섯 시.

스마트폰이 울리는데 화면에는 어젯밤과 같은 전화번호가 찍힌다.

주위를 둘러보니 거실 커튼 사이로 옅은 햇살이 들어오고 있고, 항상 그렇듯 집 전체에 적막이 가득하다.

딸아이 방문이 활짝 열려 있는 걸로 봐서 아내는 지금도 아들 방에 있는 것 같다.

잠들어 있을 아내에게 들리지 않도록 조심스럽게 전화를 받았다.

"조금 전 아드님 심정지가 왔습니다.
지금 빨리 와 주셔야겠어요."

의사 선생님의 다급한 목소리다.

심정지. - 심장이 뛰지 않는다는 이야기잖아.
어떻게 해.

아들 심장이 멎었다는데, 어떻게 해.

이런 다급한 상황만 아니었다면 아내에게 병원에서 전화 왔다는 이야기를 하지 않을 생각이었다.

어차피 잠시 후면 중환자실 면회 시간이라 병원에 가려던 참이었기 때문이다.

아들 방의 문을 열었다.

아내는 아들의 침대에 등 기대어 바닥에 앉아 있다.

침대가 누운 흔적 없이 깨끗하다.

"아들, 심정지가 왔대."

어떻게 병원까지 왔는지 기억도 나지 않는다.

그냥 멍한 상태로 차 스스로 혼자 움직여 날라 온 것 같다.

어디 주차했는지도 기억나지 않는다.

중환자실.

나와 아내가 비집고 들어갈 공간조차 없을 만큼 여러 선생님들이 아들 침상 옆에 달라붙어 있다.

심폐소생술이 계속되었다.

내 심장이 눌려지는 것 같다.

내 심장이 멎는 것 같다.

내 심장이 너무 뛰다가 한순간 멎어 쓰러질 것 같다.

아내도 보이지 않고, 주위 아무것도 보이지 않는다.

의료진들 어깨 너머로 오로지 아들 얼굴만 클로즈업 되어 내 시야 전체를 덮고 있다.

"전화 드렸을 때 이미 심정지가 왔습니다.

한 시간 반째입니다.

이제 어려울 것 같습니다.

어떻게 하시겠습니까?"

"조금 더 해 주세요. 조금만 더 해 주세요."

아내는 떨리는 목소리로 아들 한쪽 팔을 이불 바깥으로 꺼내어 주무르며 이야기하였다.

의료진을 보고 있지도 않다.

아들만 내려다보면서 혼잣말하는 것 같다.

이 대답은 하루 종일 똑같을 것 같다.

이미 의료진 대부분은 자리를 떴고 침상 옆에는 한 분만 남아 있었다.

"여기까지 합시다."

아내는 결코 할 수 없는 말, 내가 대신하였다.

의사는 이미 멎은 초록 그래프를 잠시 들여다보고는 차트 바인더를 집어 들고 몇 글자 끄적끄적하였다.

"유월 십구일 여덟 시 구 분, 사망하셨습니다."

*

*

*

이제 모두 제자리로 돌아가고 아들 곁에는 우리 둘만 남았다.

고요함이 밀려온다.

이렇게 마무리되었다.

우리 아들의 삶이.

어이없게도 우리 아들을 살리려는 노력은 반나절도 지나지 않아 끝나버렸다.

아빠로서 이 총체적 무능함이 통탄스럽기만 한순간이었다.

조금 전 여덟 시부터가 중환자실 보호자들에게 하루 두 번, 그것도 단 10분간만 허락되는 소중한 면회 시간이었다.

보호자들은 의료진이 나누어주는 방호복과 방호 모자, 비닐장갑을 착용한 채 중환자실 입구에서 대기하고 있다가 여덟 시 정각 중환자실 자동문이 열리면 우르르 들어와 각자의 부모, 형제, 자식을 만나게 된다.

이 병원에서 가장 건강 상태가 위중한 환자들만 모여 있는 곳이니, 환자 본인이든 가족이든 모두 애틋한 심정일 것이고, 그 애틋함마저 10분

만에 마쳐야 하니 그 짧디짧은 만남은 더더욱 서로의 뼈에 사무치리라.

나는 잘 알지 못한다. - 중환자실에서의 아침을 처음 맞아 보니까, 그냥 그랬으리라 상상만 하는 거다.

그리고 앞으로도 알 기회가 없다.

그들과는 달리, 나의 중환자실 면회는 오늘이 마지막이기도 하니까.

그것도 단 9분 만에 끝났다.

남들은 10분씩 하는데.

그들에게 있어 오늘 아침 면회 시간은 사뭇 심경이 달랐을 것 같다.

하필 중환자실 초입에 누워 있는 이 방에서 제일 젊은, 아니 제일 어린 환자가 방금 생을 마감하였으니 보호자들 모두 숙연한 분위기였다.

결코 남 일 같지 않았을 것이다.

그들의 가족 역시 같은 공간에서 힘겨운 하루하루를 보내고 있으니까.

누구는 함께 울어 주고, 누구는 어깨를 스치듯 만져 주고 지나간다.

"힘내세요……." 누구는 들리지도 않는 목소리로 속삭이며 지나간다.

슬픔에 공감해 주시는 분들, 너무 고맙다.

천사가 이 방에 함께 있는 듯하다.

10분의 면회 시간이 끝나자 다시 사방이 조용해졌다.

사정을 모르는 의료진 한 명이 우리에게 빨리 나가라고 소리를 지른다.

돌아볼 생각도 없다.

돌아서서,

“아이가 죽었어요. 내 아이가 죽었다고요.” 해야 하는데, 그럴 마음이 전혀 없다.

곧 스스로 상황을 알아차리고 꺼지든지, 아니면 상황을 아는 의료진이 그를 제지해서 꺼지든지.

어쨌든 그는 곧 꺼졌다.

다시 고요의 시간이다.

우리를 둘러싼 모든 것이 멈춰 있다.

시간도 멈추어 섰다.

움직이는 것은 아무것도 없다.

아들의 호흡도 이미 멈췄다.

아내는 아들 곁에 앉아 있고, 나는 서 있다.

아내는 아들의 잠든 옆얼굴을 보고 있고, 나는 정면 얼굴을 내려다보고 있다.

자는 얼굴과 다르지 않다.

누가 봐도 그냥 잠든 얼굴이다.

그런데, 낯설 만큼 창백하기는 하다.

번갈아 보았더니 아내 얼굴이 더 창백하다.

덮여진 천이불 속에서 팔을 꺼내어 연신 주무르며 이름을 부르고 있지만 당연히 대답은 없다.

안쓰러울 만큼 아들의 팔과 다리를 연신 주무르며,

"아들, 일어나 봐. 아들, 일어나 봐.
엄마 왔어. 일어나 봐."

작게 소리치지만 아들은 미동도 없다.
부르짖는 소리가 점점 작아지고 몸동작도 작아지더니 이내 아내도 모두 멈추었다.
하염없이 눈물만 뚝뚝 떨어져 허연 천이불 위에 짙은 자국을 만드는데 이마저도 금세 증발하여 사라지고 만다.

나는 아내에 비해 놀라울 만큼 침착하다.
그저 깊이 잠든 아들의 얼굴을 내려다볼 뿐 할 수 있는 게 없다.

다행히 아들 얼굴은 평온하다.
고통에 시달린 얼굴은 아니다.
오히려 잠결에 살며시 간 것 같은 편안한 얼굴이다.
아무 고통 없이 잠결의 호흡 속에 갔을 것이라고 믿는다.
그게 유일하게 나를 위로해 준다.

눈은 편안하게 감고 있지만, 입은 살짝 벌어져 있다.
입을 살포시 닫아 주며 얼굴을 쓰다듬어 주었다.
눈썹이 만져지고 사나흘 자란 듯한 수염이 만져진다.

평소에 굉장히 예민해했던 아들의 구레나룻도 내 손에 쓸린다.

다 낯익고 익숙한데, 온도만이 낯설다.

얼음처럼 차가운 아들의 체온이 너무 낯설다.

불현듯 싸늘한 체온이 심하게 느껴지면서 닿아 있는 나의 손, 팔, 심장에까지 전해 온다.

아들의 손을 부여잡은 채 차가운 볼을 제 볼에 비비며 소리 죽여 울고 있는 나의 아내.

일으켜 세워 안아 주었다.

내 품에 안겨 울며 어깨를 들썩이는 게 지금 이 순간 유일한 움직임일 뿐, 그 외에는 모든 것이 멈춰 있다.

6월 19일, 월요일 아침 여덟 시 구 분이다.

*

*

*

아내는 장례식을 치르고 싶지 않다고 했다.

그냥 집에 빨리 가고 싶다고 했다.

나도 그러자고 했다.

아내가 딸아이에게 전화를 했다.

매번 딸아이와는 영상통화를 했는데, 이번만큼은 그냥 음성으로만 전화를 하는 것 같다.

딸아이가 무슨 말을 하는지 들리지는 않지만, 아내가 하는 말로 어렵지 않게 짐작할 수는 있다.

딸아이는 너무 놀랐고, 아내가 달랠 수도 없을 만큼 많이 울었다.

그리고 급히 오겠노라고 했고 아내도 그래 달라고 했다.

급히 달려오신 어머니와 장인, 장모님께도 간단히 설명만 하고 보내 드렸다.

어디 연락할 데도 없다.

있어도 연락하고 싶지도 않다.

제일 친한 친구 둘에게, 그리고 회사에는 부행장님께만 카톡을 드렸다.

잠시 후 은행 팀장 두 명이 달려왔다. - 부행장님이 가 보라고 시킨 모양이다.

그들도 직장 상사의 갑작스런 자녀상이 몹시 당황스러웠던지 서로 주고받는 이야기도 없이 멍하니 시간만 보냈다.

부고 이야기를 하길래 따로 장례식은 하지 않겠다고 하고 얼른 돌려보냈다.

이제 아내를 데리고 병원 문을 나섰다.

모레 아침 발인을 위해 다시 오긴 하겠지만, 그 일 외에는 이곳에 다시는 올 일이 없을 것 같다.

아내는 벌써 5년 전부터 신경정신과 치료를 위해 아들을 이 병원에 데려오기 시작했으니 이제는 뒤돌아보기도 싫을 것이다.

그렇게, 아들을 병원 '차가운 방'에 잠깐 있으라 하고 집으로 돌아왔다.

어젯밤에도 느꼈던 극한 고요함이 이틀째 똑같다.

커튼은 요 며칠 변함없이 그대로 어둡게 쳐져 있고, 앤 야옹이의 가냘픈 울음소리가 황량하게 메아리 지는 게 어제와 똑같다.

유일하게 달라진 게 있다면,

어제는 아들이 살아 있었고,

오늘은 아들이 죽었다는 것이다.

어찌 보면, 지금이 더 침착하고 차분한지도 모르겠다.

어제는 너무 당황스러워 어쩔 줄 몰라 했다.

어떡하지? 어떡하지? 우리 두 사람 다 안절부절못했던 것 같다.

그런데, 지금은 다 끝났다. - 안절부절못할 것도 없다.

그저 멍할 뿐이다.

회사 내 게시판에 부고가 게시되었는지, 동료들로부터 날라 오는 카톡소리가 계속 울린다.

위로한다는 내용이겠지.

항시 주위에는 가족의 부고가 차고 넘친다. - 큰 회사니까.

그런데 너희는 자식을 먼저 보내 봤어?

자식 먼저 보냈다는 건 그냥 부고가 아니야.
같이 죽었다는 거야. 부모도.
모르면 아무 소리 하지 마.

너무 힘든 하루, 카톡 열어 볼 힘도 없다.
아니, 열어 보기도 싫다.

오늘 밤도 잠은 안 올 듯하다.

13

다음 날, 6월 20일부터 21일

다음 날, 6월 20일부터 21일

어찌어찌 잠이 살짝 들었었나 보다.

잠에서 깨니 머리가 너무 아프다.

닫혀진 커튼 틈 사이로 제법 햇빛이 세게 들어와 놀라서 깼는데, 아직 일곱 시가 채 안 되었다.

잠시 일어나 앉아 보았다.

어제 일이 전혀 현실 같지가 않고 꿈만 같다.

'그래, 꿈일 게다.'라고 생각하려 해도 부질없다. - 찰나에 제정신이 다시 돌아오고 마니까.

얼른 정신 차리고 거실로 나와 커튼을 걷고 앤 야옹이를 한 번 쓰다듬어 주었다.

요 며칠 혼자 놓아 둘 때가 많았고, 하루 종일 집안이 커튼을 잔뜩 드리운 채 어두워서였는지 앤 야옹이도 분위기가 평소 같지 않다라고 느꼈는지도 모른다.

쓰다듬는 내 손아귀에 연신 머리를 들이밀면서 애교 떼를 쓰고 있다.

"앤, 이제 오빠 없다." 하니,

마치 알아듣는 양 몸짓을 멈추고 나를 빤히 올려다본다.

이제부터 할 일을 찾아야 한다.

생각해 보니 오늘 하루 만에 해야 할 일이 산더미처럼 많다는 걸 깨달았다.

당장 아들을 누일 곳조차 마련하지 못하고 있다.

내일 발인을 어떻게 해야 할지도 아무 생각이 없다.

아버지 돌아가셨을 때 내가 상주였으나 이미 14년이나 지나 기억나는 게 별로 없다.

아무에게도 알리지 않다 보니 올 사람도 없다.

회사에도 아무도 오지 말라고 간곡하지만 강하게 이야기를 해 두었다.

회사 내 부고에도,

'장례식장: 가족장. 조문 및 조화는 정중히 사양하오니 양해해 주시기 바랍니다.'라고 게시하였다.

그러고 보니 운구할 사람도 없네?

급히 친구 둘에게 와 달라고 하니 고맙게도 두 사람 다 하루 휴가를 내고 당연히 오겠다고 한다.

매형, 처남 온다고 하니 그럭저럭 아들 옮겨 줄 사람은 부족하지 않을 것 같다.

그리고 제일 중요한 게 남았다.

아들을 어디로 데려가지?

경조사 치러 본 경험이 없는 아내는 나보다 더 아무 생각이 없는 것 같다.

이럴 때일수록 내가 더 정신을 바짝 차려야 되는데, 나 역시 머릿속도 시야도 멍한 채 상태가 별로 좋지 않다.

머리는 지끈지끈 아프고 수술 부위는 너무 단단히 굳어지는 것 같다.

먹은 게 없다 보니 위장은 텅 비어 있을 텐데, 이 느낌은 '허기'보다는 '마비'에 더 가까운 것 같다.

거울 속에 비친 나의 모습. - 함몰된 광대뼈와 이마 한쪽 귀퉁이에 퍼렇게 날 선 핏줄, 푸석푸석한 피부에 젓가락마냥 가늘어져 쭈글쭈글해진 모가지. - 인간의 모습인가?

함몰되기는 내 복부도 마찬가지이다.

만져 보니 살은 잡히는 게 하나도 없고, 수술 절개 부위의 너덜너덜한 흉터 자국 느낌만 고스란히 전해 온다.

거울에서 눈을 떼며 피식 웃고 만다.

아들이 죽어 저세상으로 갔는데 고작 이 따위가 무슨 소용이야.

송장 얼굴이면 어때.

정오가 되어서야 아내가,

"아빠가 몇 년 전에 가족묘 한다고 수목장 사 두었다고 하신 거 기억나요?"

"응, 기억 나. 용인 어디라고 했었지. 아마."

"방금 엄마한테서 전화가 왔는데, 아직 준비 안 했으면 그리로 데려오는 게 어떻겠냐고……."

좋은 생각이다.

아니 지금으로서는 달리 선택의 여지도 없다.

유독 제 외할아버지, 외할머니를 좋아하고 잘 따랐으니 머지않아 함께 있게 된다면 아들도 무척 좋아할 듯하다.

처음에 장인, 장모님은 처남네 식구들은 물론이거니와 아내와 나, 우리 아이들까지도 염두에 두고 수목장을 구입한 모양인데, 혹시 사돈에게 결례가 될까 봐 우리 네 식구까지 같이 고려하였다는 이야기는 나에게도 하지 않고 계셨다.

뭐 그거야 먼 훗날 이야기이니 이렇든 저렇든 상관없다.

지금은 당장 아들을 데리고 갈 제일 좋은 장소를, 그것도 앞으로 몇 시간 내에 빨리 결정해야 하는 게 제일 중요하고 급한 일이다.

서둘러 아내와 함께 용인 수목장으로 달려갔다.

집에서는 정확히 한 시간이 걸렸다. - 거리는 이 정도면 마음에 든다.

그런데, 막상 와 보니 너무 황량하다.

그리고, 너무 좁다.

처남 명의로 계약되어 있어, 급히 처남으로부터 분양 안내문과 위치도를 받아 찾아왔는데, 막상 위치도에서 본 사진과는 달리 우리 자리가 너무 협소하다.

좌우로 이미 다른 가족들 몇 분이 들어와 계시는데, 모르는 이들 사이에 어린 아들을 홀로 남겨 놓기가 마음이 너무 좋지 않다.

그리고, 경사가 심한데다가 아직 나무며 잔디며 조성한 지가 얼마 안 되서 그런지 시야에 들어오는 모든 빛깔이 전혀 푸르지가 않고 오히려 황톳빛에 가깝다.

큰 비라도 오면 다 쓸려 내려갈 것만 같아 불안해 보인다.

내 눈에는 모든 게 다 너무 엉성해 보인다. 전부 다.

"여보, 여기는 아닌 것 같아.
식구 중에 누구라도 먼저 오고 그다음에 아들 데려오면 모를까.
이 아이 혼자 여기 남겨 놓는 건 안 될 것 같아.
비라도 오면 걱정되어서 잠도 못 잘 거야. 분명히.
어떻게 아들 혼자 이런 데 있으라고 해?
난 그렇게 못 하겠어."

"나도 그래. 같은 생각이야.
여기 안 되겠어. 너무 외롭고 무서운 것 같아."

이제 오늘도 몇 시간 남지 않았는데, 아들 쉬게 할 곳 하나 찾지 못하고 있다.

어떡하나?

내가 이러고도 아빠 맞아?

우리 가족이 다니고 있는 성당에도 장례식장이 있기는 하나, 납골당은 없다.

혹시 물어보면 좋은 해답을 찾을 수 있지 않을까?

이렇게 아무런 정보도 없이 무턱대고 헤매고 다니는 건 아무리 생각해도 너무 소모적이고 바보 같은 짓이다.

성당에 바로 전화해 보니, 서울 시내 몇몇 성당에 납골당이 있기는 하지만, 이미 수년 전에 다 찼을 것이라고 하며 연락처를 보내 주겠다고 한다.

아니면 용인에 천주교 묘역이 있는데, 요즘은 그리로 많이 모신다고도 알려 줬다.

서울 시내 납골당이 있다는 성당 서너 곳에 전화를 해 보았으나, 모두 만석이라는 답변을 하거나 아니면 전화를 아예 받지 않았다.

용인 천주교 묘역?

여기서 그리 멀지 않네. - 내비게이션을 찍어 보니 20분 거리이다.

새로운 해답을 찾을 수 있을 것이라는 설렘과 시간이 얼마 남지 않았다는 초조함으로 가슴이 심하게 뛰어오고 있었다.

속도를 내어 달려가니 벌써 오후 네 시가 되었다.

관리사무실에 들어가기 전, 묘역을 먼저 둘러보았다.

큰 길에서 5분 정도 안쪽으로 들어가 있는데, 주위에 조용한 주택가가 형성되어 있고 정문 초입에는 꽃을 파는 가게, 성물을 파는 가게가 서너 군데 자리 잡고 있다.

정문에 들어서니 너른 주차장 너머로 오른쪽에는 2층짜리 관리사무실 건물, 왼쪽으로는 그보다는 크지만 아담한 성당이 눈에 보인다.

성당 입구에는 매일 11시에 미사가 있다는 안내문이 정갈하게 쓰여져 있다.

우리가 방문한 때가 평일 오후 느지막한 시각이다 보니 방문객이 우리 밖에 없었고 주위 분위기가 너무 휑하여 미사를 보러 오는 사람이 몇이나 될까 싶다.

한편으로는 사람이 적으니 미사가 더 엄숙하고 좋을 것도 같고, 아들이 더 축복받을 것 같아 미리서부터 기분이 좋다.

나중에 아들 보러 왔을 때 미사도 참석해 봐야지.

관리사무실에 들러 담당 직원과 함께 봉안 시설에 올라가 보았다.

십여 년 전 외할머니가 돌아가셔서 처음으로 납골당이라는 곳을 가 보았고 그 후에도 몇 차례 가 본 적이 있는데, 좁은 실내에 너무 많은 봉안 시설이 들어차 있다 보니 마치 도심 한복판 고층빌딩 숲에 들어와 있는 것처럼 번잡하고 불안하게 느껴졌던 기억이 있다.

그런데 이곳은 우선 봉안 시설이 실내가 아닌 야외에 있어 좋다.

나지막한 언덕을 끼고 봉안 시설이 정갈하게 들어서 있는데, 약간 고도

가 있어 아래로 내려다보이는 풍광이 너무 좋다.

워낙 넓은 구역에 띄엄띄엄 봉안 시설이 있다 보니 번잡하지 않은 것도 좋고, 늦은 오후 시각에 적당한 햇볕이 비춰 주는 것도 아주 좋다.

반짝반짝한 대리석으로 나지막하게 6층 높이로 만들어져 있는데, 대부분 봉안함 칸칸마다 집주인이 이미 들어서 있어 우리 아들이 입주할 수 있는 곳은 그중 2층, 4층, 5층 가운데 한 칸. - 우리가 선택할 수 있다.

1층에서 3층, 4층에서 6층이 분양 가격이 다르다고 한다.

그렇겠지. - 아파트도 저층이 상대적으로 저렴한 것과 같은 이치인 것 같다.

5층이 딱 나와 아내의 눈높이 중간 높이여서 마음에 든다. - 5층으로 결정하였다.

현장을 만족스럽게 둘러본 뒤, 관리사무실에서 계약서를 작성하였다.

천주교 시설이다 보니 우리 가족이 소속된 성당으로부터 교적 서류를 팩스로 받아야 하는 번거로움이 있었지만, 다행히 성당에서 서둘러 챙겨 보내 주었다.

분양 대금도 그 자리에서 바로 계좌 이체하여 마무리 짓고 내일 오후 세 시경 오겠노라고 하고 돌아왔다.

들어설 때와 나올 때, 마음이 영 다르다.

처음 이곳에 들어설 때는 아무것도 정해진 게 없어 불안하고 쫓기는 듯한 심정이었다.

이곳마저도 정할 수 없는 처지라면 이제 다른 선택을 고려할 여유가 없다.

이제 곧 해가 질 시간이니까.

그런데 지금, 결정을 하고 나오려고 하니 마음이 한결 놓이고 오랜만에 여유도 생긴다.

이제 아들이 머무르게 될 곳을 마련하고 나니 마치 이곳이 오랜 고향이라도 되는 것처럼 모든 게 포근하고 정겨워 보인다.

하늘을 올려다볼 여유도 생겼다.

곧 장마가 온다는데 하늘을 봐서는 전혀 그럴 기미가 안 보인다.

여전히 푸르고 구름 한 점 없다.

이곳 묘역의 푸르른 산세가 반사되어서인지 내가 서 있는 이곳 상공의 하늘만 유독 짙푸른 것 같다.

그런데 어디선가 많이 본 듯한 하늘 빛깔이다.

어디서일까?

어디서 보았길래 이토록 낯이 익을까?

그래, 맞아.

이 하늘 빛깔, 최근에 두 번 보았었다.

두 달 전 이탈리아 베니스에서 보았던 그 하늘, 그리고 한 달 전 아들과 함께했던 마지막 Nadry, 자라섬 꽃 축제장에서 보았던 그 하늘.

이제 아들이 영원히 잠들 이곳의 하늘과 어쩌면 이렇게 똑같을까.

그때마다 아들은 '코발트블루'라고 했었다.

내가 없는 색깔 지어 내지 말고 했더니, 내 어깨를 툭 치며 나름 자기는 디자인을 전공하고 있다며 무시하지 말라고 했었다.

'코발트블루' - 생소하고 낯설지만 발음 하나하나가 참 청량감 있고 예쁘다.

비슷한 국산 말이 있을 법도 한데 아들은 '코발트블루'라는 어휘를 참 좋아했었나 보다. 돌이켜 보니.

아내가 살포시 웃어 보인다.

나의 선택과 결정이 마음에 드는 모양이다.

아들을 좋은 곳으로 데려오는 것 같아 행복해했다.

운전하면서 아내의 손을 꼭 잡아 주었다.

나도 그나마 최선의 선택을 한 것 같아 스스로 대견했고, 아내가 웃으니 나도 행복했다.

*

*

*

다음 날 6월 21일 새벽, 아무리 뒤척여도 잠을 이룰 수 없어 무작정 집을 나섰다.

새벽 두 시, 반바지에 맨발, 슬리퍼 차림으로 우산만 들었다.

어젯밤부터 내리기 시작한 장맛비가 조금 잦아드나 싶었는데, 좀 걷다 보니 다시 쏟아지고 있다.

너무 멀리 가면 안 되겠다 싶어 다시 익숙한 골목으로 접어드니 낯익은 풍경, 우리 가족이 다니고 있는 성당에 이르렀다.

기도?

기도는 무슨…….

이제 와서 아들을 살려 달라는 기도?

도대체 그 짧은 생에 무슨 죄를 그리도 지었다고, 그렇게 데려가야만 했느냐고 따지는 기도?

기도 같은 거 하려고 온 게 아니다.

지금은 기도하려 해도 온통 원망밖에 안 나올 텐데 무슨 놈의 기도…….

그냥 비를 피하러 온 것뿐이다.

비가 더욱 세차게 퍼붓기 시작한다.

처마 밑에 서 있는데도 비가 들이쳐 맨발이 온통 다 물에 젖었다.

물웅덩이에 튀어 오르는 물줄기를 봐도 그렇고, 가로등 불빛에 환하게 비쳐 오는 물줄기를 봐도 그렇고, 그리고 쉽게 잦아들 장맛비가 아닌 듯싶다.

서 있기를 삼십여 분, 사람 하나 길고양이 하나 지나지 않고 사방이 온통 장대비 소리뿐이다.

언제 끝나려나. 이놈의 장마.

희한하게도, 오라는 낮에는 안 오고 뙤약볕이 쨍쨍 내리쬐더니 항상 이렇게 칠흑같이 어두운 밤, 새벽녘에만 비가 퍼붓는 것 같다.

이제 곧 해가 뜨면 비도 잦아들겠지.

그리고 해가 중천까지 떠오르면 또 다시 불볕더위가 기승을 부리는 하루가 되겠지.

그리고 다시 해가 지고 어둠이 드리워지면 슬슬 비가 또 시작되겠지.

이렇게 뜨고 지고, 내리고 그치고를 반복할 텐데, 우리 아들은 이제 여기서 멈추었네.

딱 여기까지만 살고 이제 지상에 아들은 없네.

보고 싶어지면 내가 그리로 가서 보는 수밖에 없네.

비가 그치지 않았으면 좋겠다.

내일 해도 뜨지 않았으면 좋겠다.

그러면 나도 여기 성당 처마 밑에 계속 있을 수 있겠다.

그렇다고 죽은 아들이 다시 살아날 리는 없지만, 그렇더라도 더 멀리 안 보내고 그냥 나 있는 가까운 곳, 병원 차가운 방에라도 그대로 있었으면 좋겠다.

더 나아질 리는 없더라도 세상 모든 게 딱 여기서 멈추어 섰으면 좋겠다.

병원 영안실에 가족이 모두 모였다.

어머니, 누나, 여동생, 매형.

장인, 장모님, 처남네 네 식구들. - 이게 전부다.

가족 말고는 대학 친구 두 명이 와 있다.

제일 애타게 기다리던 딸아이도 이제 막 도착하였다.

소식 들은 지 이미 이틀이나 지났고, 장거리 비행 속에서 이미 마음을 많이 내려놓은 듯 차분하고 침착한 모습이었다.

키가 한 뼘이나 더 큰 아이가 엄마 곁에 딱 붙어 있으니, 보는 것만으로도 큰 위로가 되어 주었다.

목관 뚜껑이 열리고, 아들의 마지막 모습을 보았다.

이틀 전 아침에 본 얼굴과 똑같다.

원래 하얀 피부였는데, 이틀 전과 마찬가지로 창백하고 기름기 하나 없다.

얼굴만 내놓고 있을 뿐, 머리에는 뭘 감싸 놓았고, 빈틈없이 수위도 입혀져 있다.

모두 한걸음씩 떨어져 마지막 보내는 우리 부부를 배려해 주었고, 나와 아내만 아들 옆에 바짝 붙어 섰다.

평소 냉정하리만큼 침착했던 아내 역시 이 순간만큼은 견디지 못하고 오열하였다.

도저히 아들을 이대로 보낼 수 없었던 모양이었다.

펑펑 울면서 아들의 이름을 불렀다.

아들의 얼굴을 감싸 안고, 만지고, 입을 맞추었다.

지금 여기에는,

죽은 이가 하나 있고,

그의 거룩한 엄마가 하나 있고,

그 외 사람들이 몇 있다.

나도 그 외 몇 중에 하나일 뿐이다.

아무리 부정하려 해도, 자식을 마지막으로 보내는 이 순간만큼은 엄마와 아빠의 존재가 도저히 같을 수는 없는 것 같다.

아빠는 엄마와는 도저히 비교할 수 없고, 차라리 그 외 몇에 더 가까울 것 같다.

어떻게 제 몸으로 낳아 한평생을 품에 끼고 키운 엄마와 나 같은 놈을 비교할 수 있을까.

그 외 몇에 불과하기만 한 나도 지금 심장이 이렇게 찢어지는데, 아내는 얼마나 더 할까.

이제 이 목관 뚜껑이 닫히고 나면 다시는 아들의 얼굴을 볼 수 없다 생각하니 심장이 먹먹해져서 미칠 것만 같다.

"아들, 미안해. 아빠가 너무 미안해.

아빠 아들로 태어나 줘서 고마워.

너무 고마워.

꿈에라도 아빠한테 와 줄래? 꼭 와 줘."

내내 참다가 딱 이 말 한마디만 해 주었다. 아들에게.

내내 참다가 결국 마지막에 이 말 한마디를 하면서 오열할 수밖에 없었다. 나도.

발인을 준비할 때, 아내는 제일 큰 리무진으로 아들을 옮기고 싶다고 했다.

마지막이니까 제일 비싼 거 해 주고 싶다고 해서, 나도 그렇게 하자고 했다.

버스만 한 길이의 리무진 장의 차량에 우리 네 식구만 타고 병원에서 멀지 않은 곳, 서초구에 있는 화장장으로 향하였다.

14년 전 아버지 돌아가셨을 때에는 화장장이 너무 견디기 힘든 장소였던 것으로 기억한다.

고인이 소각로에 들어가는 모습을 가족들이 모두 지켜볼 수 있는 구조였기 때문에 가족들을 너무 오랫동안 힘들게 했었다.

어머니는 거의 실신 직전이었고, 우리 남매들 역시 불구덩이에 들어가는 아버지의 마지막 모습이 한동안 잊혀지지 않을 만큼 큰 충격이었고 큰 슬픔이었다.

그런데 지금 이곳은 시신을 화장장 측에 인계한 후 가족들은 보호자 대기실에서 기다렸다가 화장이 모두 끝난 다음에 유골을 인수받는 방식이어서 실제 가족들이 고인의 화장 장면을 볼 수는 없게 되어 있다.

아내에게는 천만 다행이다.

아마도 아들이 누워 있는 목관이 소각로로 서서히 밀려 들어가 시뻘건 불기둥에 휩싸이는 모습을 아내가 보게 된다면 아마 견뎌내기 힘들었을 것이다.

그리고 평생 회복하기 힘든 트라우마로 남게 될 것이다.

세상 어느 엄마가 자식이 눈앞에서 불에 타 재가 되는 걸 제 정신으로 견뎌 낼 수 있겠는가.

그래서 정말 다행스럽다.

병원 영안실에서 더 이상 채워지지 않을 만큼 많은 눈물을 쏟아낸 직후여서인지, 아내는 차분하게 아들의 화장 절차가 끝나기를 기다려 주었다.

그리고, 마지막으로 아들의 시신이 한 줌 재가 되어 우리에게 다시 돌아왔을 때에는 오히려 아내는 울지 않고 나만 울었다.

아버지 때는 잘 기억나지 않는다.

분명히 그때에도 화장을 하고 재로 변해 버린 아버지의 마지막 육신을 보고 슬퍼했을 텐데, 실제 어떠했는지 정확히 기억나지 않는다.

그런데 지금, 아들 육신이 한 줌의 재가 되어 내 눈앞에 놓이니 끝없는 절망의 나락으로 떨어지는 것 같다.

얼마나 잘생기고 피부도 좋고 날씬했는데, 그렇게 멋지고 근사한 내 아들이 이렇게 별 볼 일 없는 황톳빛 한 줌의 흙이 되어 돌아오다니…….

사는 것도, 죽는다는 것도 다 별 거 아닌 것 같다.

이렇게 흙이 되려고 아등바등 살다가, 결국 죽으면 흙이 되는 거다.

사랑하는 아들이 이제 한 줌의 흙이 되고 말았다.

어제 오후에 다녀왔던 곳, 용인 천주교 묘역으로 아들을 데리고 왔다.

관리실 직원들이 친절하고 차분하게 아들을 5층 미리 준비된 보안함에 넣어 주고 덮개를 덮어 밀폐한 다음 돌아갔다.

본가와 친가 쪽, 서로 서먹하기도 하고 서로 종교도 달라 마땅히 예식을 하기도 그렇고 해서 잠시 동안 각자 묵상을 하고 서둘러 모두를 돌려 보냈다.

우리 셋만 조금 더 머무르다가 가겠다고 했다.

제일 마지막까지 기다려 준 친구 둘이 나를 얼싸안아 주었다.

삼십 년 지기 친구가 안아 주니 더 서럽게 눈물이 펑펑 쏟아졌다.

우는 모습 감출 필요도 없고 운다고 뭐라 하지도 않을 제일 편한 사이라서 그런지 저 밑에 감추어 놓은 마지막 한 방울의 눈물까지도 모두 터져 나오는 듯했다.

"대수랑 준형이 잘해 줘. 임마.

절대 야단치지 말고, 하고 싶다는 거 다 해 줘.

안 그러면 나처럼 후회해. 임마."

"이 자식아.

너처럼 아들한테 잘해 준 아빠가 어디 있어.

쓸데없는 소리하지 말고 제수씨 위로 잘해 드려. 임마."

나도 울고 친구들도 울었다.

아주 대놓고 펑펑 울었다.

다 큰 어른 셋이 대성통곡하는 소리가 낮은 구릉 산세를 타고 울려 퍼졌고, 아내와 딸아이는 멀찍이 떨어져 충분히 기다려 주었다.

다 보내고 나니 다시 고요와 적막만이 우리 곁을 휘감고 있다.

마치 아들이 숨을 거두던 날 중환자실, 의료진과 면회 온 가족들이 모두 돌아간 직후의 고요함과 비슷한 분위기이다.

그런데 이 낯익은 고요와 적막이 병원이라는 밀폐된 공간이 아니라 사방이 다 트인 드넓은 대자연 허공에 있으니 더 가슴이 먹먹함을 느낀다.

우리 세 사람, 잠시 더 아들 곁에 머무르다가 마지막 인사를 하고 돌아섰다.

"아들, 먹고 싶은 거 있으면 아빠 꿈에 와서 말해.
다음 날 바로 가지고 올게.
아빠 꿈에 꼭 와 줘."

퇴근 시간이 겹쳐서인지 돌아오는 길은 꽤 오래 걸렸다.

딸아이와 함께 집으로 올 수 있어 정말 다행이다.

14

딸아이가 들려주는 이야기

딸아이가 들려주는 이야기

딸아이가 없었으면 어쩔 뻔했을까?

생각만 해도 아찔하다.

딸아이는 우리 부부에게 크나 큰 위안이 되어 주었다.

우리 부부의 슬픔을 잘 달래 주었고, 언짢은 마음을 가라앉게 해 주었고, 짜증나는 일을 편하게 해 주었다.

무엇보다도 시도 때도 없이 던지는 썰렁한 우스갯소리로 우리를 조금씩 웃게 해 주었다.

그날은 아들을 멀리 하늘나라로 보내 주는 날이기도 했지만, 오랜만에 딸아이가 귀국한 날이기도 했다.

물론 두 달 전에 이탈리아 여행을 함께하였던지라 그 이후 떨어져 있던 시간이 그리 길지만 않았지만, 그래도 딸아이가 그리운 고국의 집으로 돌아온 걸로 따지면 일 년 가까이 되기 때문에 딸아이 입장에서는 반가움이 더 컸을 것이다.

저녁 식사를 따로 차릴 경황이 없었던 터라 딸아이가 오랜만에 먹고 싶다는 핑계로 족발을 배달시켰다.

그리고, 아들과 Nadry 다녀온 주말 저녁에 항상 그랬던 것처럼 거실 바닥에 상을 펴고 둘러앉았다.

아내는 도수 낮은 칵테일 소주, 술을 즐기지 않는 딸아이는 오랜만에 캔맥주 하나, 나는 수술 이후 어쩌다 한 번씩 마시는 무알콜 캔 맥주 하나, 이렇게 각자의 취향에 맞는 술을 하나씩 준비해 왔고, 상 가운데에는 매운맛 반, 순한맛 반으로 맛깔나게 구성된 족발세트가 자리 잡고 있었다.

허기가 질 법도 했다.

우리 셋 모두 하루 종일 아무것도 먹지 못했다.

생각해 보니 최근 며칠 동안 제대로 밥을 먹은 기억이 나지 않는다.

지난 일요일 오후 아내와 아들을 병원 응급실로 데려다 준 그 때부터 우리의 단식? 금식이 시작되었던 것 같다.

지난 달 위암 수술을 마치고 퇴원했을 당시 체중이 무려 12킬로그램이나 줄어 그야말로 피골이 상접한 꼬라지로 집으로 돌아왔었다.

팔뚝과 종아리는 내 한 손아귀로 잡힐 만큼 가늘어졌고, 무엇보다 얼굴살이 심하게 빠져 툭 튀어나온 광대뼈를 만지다 보면 얼굴 전체가 '함몰' 된 게 아닌가 하는 느낌이 들 정도였다.

그도 그럴 것이 12킬로그램이면 고기로 치면 스무 근이다.

소분하여 넣지 않으면 아마 가정용 냉장고에는 들어가지도 않을 정도의 크기일 텐데, 그 고깃덩어리가 순식간에 내 몸에서 떨어져 나갔으니 그게 다 어디서 나왔겠는가.

거울 앞에 서서 옷을 하나하나 입어 보니 내가 열흘 만에 완전히 다른 사람이 되어 돌아온 게 실감이 났다.

맞는 옷이 하나도 없다. - 특히 하체가 심하게 쪼그라들어 바지는 맞는 것이 하나도 없다.

평소 집에서 편하게 입던 반바지는 허리 단추를 풀지 않고도 무릎 아래로 흘러 내려갈 정도였다.

평소 신장 대비 살짝 과체중이었던지라 작년 11월 위궤양으로 입원했던 당시 체중이 8킬로그램 가량 줄었을 때에는 겉으로는 침울해 하면서도 속으로는 반가웠다.

순식간에 20대 초반의 이상적인 몸매로 돌아왔기 때문이다.

그런데 아예 지금은 성장판이 채 닫히지 않아 성장이 덜 멈춘 청소년기의 체중으로 되돌아간 것이다.

이 '몰골'로는 도저히 한 달 뒤 회사에 출근할 수 없다.

직원들이 걱정을 넘어 수군대는 목소리를 견디기 힘들 것이다.

완전히 회복할 수는 없더라도 최소한 절반 정도라도 체중이 회복되어야 자신감도 절반은 되찾아 회사에 복귀할 수 있을 것 같다.

그래서 퇴원 이후 몸에 좋다는, 특히 단백질이 풍부한 음식 위주로 식단을 짜서 하루에 다섯 끼씩 꼬박꼬박 먹어 왔다.

위 대부분을 절제하였기 때문에 아직은 식사량이 절대적으로 부족할 수밖에 없지만, 영양가 위주로 자주 먹는 걸로 커버를 해 나갔다.

그나마 아내의 '지극정성'으로 체중 감소의 그래프를 멈춰 세우고, 이제 막 우상향 추세의 기울기를 체감하기 시작하던 그 순간, 그 찰나에 아들이 우리 곁을 떠나면서 나의 일상은 엉망진창이 되어 버렸고, 그래프는 다시 곤두박질치기 시작하였던 것이다.

'허기짐'이라는 육체적 감각도 어느 한계 시점을 넘어서면 저 멀리 뇌에까지는 전달이 안 되는 것 같다.

아들이 떠나기 전날 오후부터 시작된 단식 혹은 금식이 지금 이 시각까지 한 번도 고통스러운 '허기'로 느껴진 적이 없었던 것 같다.

물론 지금도 그렇다.

나와 아내는 오늘도 식사를 전혀 하지 않았다.

상주, 더구나 어린 자식을 먼저 보낸 상주가 발인 당일에 속 편히 식사하는 모습이 오히려 이상한 상황일 수도 있겠다는 생각이 든다.

그래서였는지 화장장에서 가족, 친지 가운데 누구도 딱히 식사를 권하지도 않았던 것 같다.

딸아이만 콩나물국밥 한 그릇을 시켜 주었지만 제 부모가 저러고 있으니 그마저도 두어 술 뜨고는 먹지 않았다.

허기가 시장인지라 딸아이는 오랜만에 한국식 족발을 맛있게 먹고 있다.

이따금 맥주도 한 모금씩 예쁘게 마시고 있다.

그리고는 어느 정도 허기가 채워졌는지, 이야기를 시작한다.

“아빠, 최근에 동생이랑 카톡을 많이 했어요.
얘도 이제 일본 다시 가려고 하니 고민이 많았었나 봐요.
어떨 때에는 두 시간이 넘도록 카톡한 적도 있었다니까요.”

그랬구나. 아들이 요즘 제 누나에게 의지를 많이 했던 모양이구나.
어렸을 적부터 두 아이는 아주 살가운 남매 사이였다.
네 살 터울이다 보니 다른 집 아이들처럼 다투는 일도 거의 없었고, 항시 누나는 누나답게 동생은 동생답게 굴었다.
오랫동안 스케이트 선수 생활을 함께해서인지 서로에 대한 배려와 이해도 남달랐던 것 같았다.

“아빠가 이번에 암 수술 받고 집에 계시는 동안 동생이 많이 힘들어 했던 것 같아요.
커서는 아빠와 온종일 집에 같이 있는 게 거의 처음이잖아요.
남자들끼리는 그런가 봐요.
서로 할 말도 없고, 분위기도 좀 무겁고.
더구나 동생이 어렸을 때부터 아빠를 좀 무서워하다 보니 더 힘들었겠지요.”

딸아이가 계속 말을 이어 갔다.

“일본 복학하는 것도 고민을 많이 하더라구요.
아무리 생각해도 자기 건강이 너무 걱정되었던 거죠.

일본에 돌아가면 또 아파올 것 같은데, 약이 너무 강해서 한 번 먹으면 열 몇 시간 동안 정신도 못 차리는데 어떡하지?

그렇다고 약을 안 먹으면 발작도 일어나고, 스스로 통제가 안 될 만큼 감정 조절도 안 되고 그러는데 어떡하지?

그런 걱정이었어요.

그래서 엄마 아빠에게 말도 못 하고 혼자 주저주저 하더라고요.

그래도 동생은 오래 고민한 끝에 결국 일본에 가기로 마음 굳혔었어요.

더 이상 엄마 아빠 실망시켜 드리고 싶지 않다는 거예요."

그래, 엄마 아빠도 알고 있었다.

아들이 고민 많이 하고 있었다는 것을.

그래도 기특한 녀석, 가려고 결심은 했었구나.

엄마 아빠도 너만큼 고민 많이 했단다.

아마도 너는 무엇보다 엄마 아빠 실망시키지 않기 위해 결정을 했을 것이고, 엄마 아빠는 무엇보다 네 장래를 위해 결정했던 거다.

결국 우리는 서로를 위한 결정을 한 거야. 우린 가족이니까.

"그런데, 아빠, 엄마, 모르셨죠?

동생, 사귀는 여자친구가 있어요."

처음 듣는 이야기다.

물론 예전에, 고등학교 때도 그랬고, 사귀는 여자친구가 있곤 했었다.

사귀는 관계까지는 아니더라도 여자 사람 친구도 꽤 있었다고 한다.

아내와는 시시콜콜한 이야기 다 주고받는 사이였기 때문에 당연히 알고 있었을 것이라고 생각했는데, 아내도 이번만큼은 전혀 모르고 있었던 눈치이다.

"올해 초에 만났으니까 아마 사귄 지 육 개월 정도 되었나 봐요.
엄마가 안 계세요.
이 년 전에 사고로 돌아가셨다고 들었어요.
그래서 아빠랑 둘이 살고 있다고 했어요.
그래서인지 서로 의지도 되고, 금방 정이 들었나 봐요.
지난번에 우리 이탈리아 여행 갔을 때 처음 저에게 이야기하더라고요.
좋아하는 여자친구 생겼다고.
사진도 보여 줬는데 아주 귀엽고 잘 어울리더라구요. 동생이랑."

그랬구나.
사귀는 여자친구가 있었구나.
어쩐지 이탈리아 여행 갔을 때 둘이서만 속닥속닥하는 모습이 자주 눈에 띄었다.
뭐랄까 부모 몰래 비밀스러운 이야기를 주고받는 느낌?
그런데 생각해 보니 그때 아들 표정이 퍽이나 밝고 행복했었던 것 같다.
그런데 왜 이번에는 엄마에게 이야기하지 않았을까?

"아마 일본 복학을 주저했던 것도 건강 문제도 있지만 여자친구랑 헤어지는 게 못내 아쉬웠던 것 같아요.

저한테 카톡으로 그러더라구요.
서로 위안도 되고 도움도 되고, 이제는 서로 좋아하게 되었다고.
그런데 자기 일본 가고 나면 둘 다 상실감이 굉장히 클 것 같다고."

그럴 수 있겠다는 생각이 든다.
아들은 정신적으로 어려움을 겪고 있었고, 여자친구는 모친이 안 계시다 보니 서로 의지가 많이 되었을 수 있겠다는 생각이 든다.
그런데 이제 서로 사랑의 감정이 싹트고 있는데, 생이별을 해야 하니 어린 나이에 고민이 많이 되었을 법 하다.

"그 아이도 동생 죽은 거 아니?"

"아니요. 아직은 모르겠죠.
근데 내일쯤 제가 이야기해 주려고요.
동생 죽었다는 이야기 들으면 아마 굉장히 놀라고 충격받을 것 같아요. 당연히.
그렇더라도 얘기해 줘야죠. 서로 좋아하는 사이인데."

나도 딸아이와 같은 생각이다.
우리가 봤을 때 어리고 막내일 뿐, 두 사람 다 성인이고 서로 좋아하는 사이라면 당연히 알려 주는 게 도리에 맞다.
그래도 마지막까지 사귀는 여자친구가 있었다는 이야기를 들으니 마음이 좋다.

이유는 잘 모르겠지만.

“오랜만에 딸이랑 같이 앉아서 한잔하니까 좋네.
모르던 이야기도 많이 듣게 되고.
또 동생이랑 무슨 이야기를 했어? 그동안?”

그다음부터는 나에 관한 이야기였다.

“이번에 다 같이 이탈리아 여행 갔을 때, 사실 아빠 암 걸렸다는 이야기 듣고 제가 얼마나 놀랐는 줄 아세요?
한편으로는 저에게만 이야기를 늦게 해 줘서 원망스럽기도 했었어요, 처음 이야기 들었을 때는요.
그러다 보니 여행 내내 동생이랑 아빠 이야기를 참 많이 했어요.
아, 이제 아빠도 큰 병에도 걸리고 나이를 많이 드셨구나, 이런 생각도 들고 우리도 이제 성인이 되었으니 엄마 아빠에게 관심도 더 많이 갖고 더 잘해 드려야겠다는 이야기도 많이 했죠.
그러면서 동생이 그동안 아빠에게 고마웠던 이야기를 저에게 많이 털어놓더라구요.
저도 그 얘기 들으면서 ‘동생이 아빠에 대한 생각이 이렇게 깊었구나.’ 이런 생각이 들었어요.”

“어쩐지 이탈리아에서 너희 둘이 맨날 붙어 다니며 비밀 이야기 하는 것 같던데, 여자친구 이야기 말고 또 아빠 흉도 보고 그랬구나?”

"네, 동생이 이번에 아빠 이야기를 저에게 정말 많이 했어요.
근데 절대 흉 본 게 아니에요.
저도 깜짝 놀랄 만큼 동생이 아빠에게 고마웠던 이야기를 많이 해 줬거든요."

나는 살면서 아들에게 고맙다는 이야기 들을 짓을, 칭찬받을 짓을 한 번도 한 적이 없다고 생각한다.
아무리 찾으려 해도 기억이 전혀 없다. 아들에게 잘한 짓이.
그래서 아들이 딸아이에게 무슨 이야기를 했는지 크게 궁금하지도 않고 기대도 안 된다.

"동생은 어렸을 때부터 사실 아빠를 무서워했었잖아요.
아빠와는 대화도 별로 없고 이따금 야단도 맞고 그러니까 동생은 아빠가 좀 친하기 어려웠던 것 같아요.
그런데 작년에 아빠가 동생을 굉장히 기쁘게 해 준 일이 있었더라구요."

"작년에? 그게 뭘까?
이 양반이 그런 착한 일을 했을 정도면 엄마도 당연히 기억을 할 텐데?"

아내도 큰 기대 안 하고 딸아이의 이야기를 듣고 있는 것 같다.

"아빠, 동생 어렸을 때 아빠에게 썼던 쪽지 아직도 가지고 계시다면서요?
옛날에 동생이 리틀야구단 보내 달라고 써서 아빠 지갑에 몰래 넣어 두었던 그 쪽지 말이에요.

그 옛날 쪽지를 아빠가 버리지 않고 10년 넘게 가지고 계신 걸 알고 동생이 완전 감동 먹었더라구요.

'아빠가 나를 미워하는 게 아니었어….' 이러면서요."

그래, 당연히 기억난다.

초등학생 시절 아들에게 스케이트를 그만두게 했더니, 얼마 지나지 않아 이번에는 리틀야구단에 입단시켜 달라며 쪽지를 써서 내 지갑에 몰래 넣어 두었던 기억이 난다.

야구단 코치 이름과 전화번호도 함께 적어서.

당시 아들의 행동이 너무나 똘똘하고 귀여워서 아내와 함께 한참을 웃었던 기억도 난다.

물론 아들의 소원대로 당장 리틀야구단에 입단을 시켜 주었다.

얼마 전, 안방 침대를 새것으로 바꾸면서 침대 머리맡 서랍에 보관하고 있던 소소한 짐들을 정리하다가 오래된 그 쪽지를 발견하고는 아내, 아들과 함께 새삼 크게 웃으며 옛날이야기를 하였던 기억이 생생하다.

채 일 년도 안 지났을 때이니까.

너무 어렸을 적 일인데다가 자기 자신도 그 이후 한 번도 생각하지 못했을 만큼 그리 중요한 쪽지도 아니었는데, 그것을 아빠가 십 년도 넘게 침대 머리맡에 고이 간직하고 있었다는 사실이 아들에게는 큰 감동이었었나 보다.

아무 것도 아닌 일로 아들이 감동을 받았다고 하니 왠지 쑥스럽기도 하고 아들에게 더 미안해지기도 한다.

그런데 왜 아들은 내가 자신을 미워한다고 생각했을까?

미워한 게 절대 아닌데.

아니, 아들은 그렇게 생각했을 수도 있을 것 같다.

나는 칭찬을 할 줄 모르는 아빠였다.

아니, 아들에게만 유독 그랬던 것 같다.

딸아이에게는 칭찬을 입에 달고 살았으니 아들은 더욱 마음이 안 좋았겠다.

어린 나이에 자신만 미워한다고 생각할 수도 있었겠다.

아, 한숨이 나온다.

아빠 맞는지 싶다.

"동생은 아빠 되게 무서워하면서도 세상에서 제일 존경하는 사람이랬어요.

우리나라에서 제일 큰 은행 다니고, 은행 지점장님이시라고 자랑도 많이 하고, 능력 있는 아빠라고 자부심도 되게 컸어요. 어렸을 때부터.

그런데 한편으로는 그런 아빠에 대한 자부심이 동생에게는 어렸을 적부터 부담이었나 보더라구요.

자기는 아빠처럼 될 자신이 없다고.

자기는 아빠에게 인정받지 못한다고."

조금 전과는 달리 분위기가 얼어붙었다.

아내도 나도 수저를 내려놓고 다소곳이 자세를 고쳐 앉았다.

"고등학생 시절에 동생이 [iYOAU]라고, 자기가 직접 디자인하여 가방이랑 후드티 만들어서 팔고 그랬잖아요. 기억나시죠?

그때 동생이 너무나 재미있고 신나 했었는데, 얼마 후에 동생이 전 우주를 다 가진 것 같이 기뻐했던 일이 생겼어요. 얼마 후에요."

응? 뭘까?

아들이 [iYOAU]라는 브랜드를 직접 만들고 그 브랜드 로고를 입혀 가방이나 티셔츠, 후드티를 만들어 통신판매를 했다는 이야기는 아내로부터 들어 알고 있었다.

당시에도 나와 아들 사이에는 대화가 거의 없을 때였고, 잠시 마주칠 때에도 그저 데면데면한 분위기였었다.

모두 아내가 중간에서 전해 주었기 때문에 아는 정도.

당시 아들의 사업에 아내가 더 신나 했던 기억이 난다.

아들 명의로 발급된 사업자등록증을 여럿 복사하고 코팅하여 집 안 여기 저기 붙여 놓기도 하고, 온 동네 자랑하기도 하였다.

채 성인도 안 된 고등학생 어린 녀석이 제 이름으로 사업자등록을 낸다는 것 자체가 희한한 일이기는 했으니까.

베란다 창고에 가방이며 옷가지며 완제품을 잔뜩 쌓아 놓고, 아들이 주문을 받으면 아내가 아들 학교 간 사이에 열심히 포장하여 택배로 발송하곤 하였다.

워낙 잘 팔리다 보니 사나흘에 한 번씩 우체국에 들러 골판지로 된 포장 박스를 사 오는 것도 아내에게는 큰일이기도 하였다.

그래도 아내는 항상 신나 했고, 베란다 창고가 텅 비게 된 어느 날 아내는 아들로부터 용돈을 받았다며 식구들에게 중국 음식을 쐈던 기억도 난다.

"한번은 아빠가 저녁 식사 때 그러셨대요.

퇴근길에, 대학생 또래 젊은 사람이 네가 만든 디자인 로고가 등에 커다랗게 들어간 후드티를 입고 걸어가던데?

아주 멋지더라.

옆에 나이키 잠바 입은 친구보다 훨씬 근사하던데?

아빠한테 가방이랑 옷 몇 개씩만 팔아라.

회사 가서 자랑 좀 하게."

아들은 나의 말 한마디에 너무나 기뻐했다고, 이제서야 처음으로 아빠에게 인정을 받은 것 같아 전 우주를 다 가진 것같이 기뻤다고 제 누나에게 이야기를 했다고 한다.

일부러 아들을 기쁘게 해 주려고 했던 것도 아니고, 내가 목격한 내용, 나의 생각을 그대로 말해 준 것뿐인데 아들은 나의 한마디에 세상천지 큰 감동과 기쁨을 받았었나 보다.

어려운 게 아닌데.

아들을 기쁘게 해 주는 일이 이렇게 쉽고 간단한 일인데.

이제서야 알 것 같다.

못난 아빠 같으니라고.

옆에서 흘겨보는 아내의 눈빛도 같다.

'이제야 알겠나. 이 못난 아빠야.'

"이 이야기는 동생 일본 대학교 입학할 때 일이어서 저는 전혀 몰랐던 이야기예요.

저도 얼마 전 이탈리아에서 이 이야기 처음 듣고 '와, 우리 아빠 정말 멋지다.' 그랬다니까요.

그때 일을 동생은 죽을 때까지 잊지 못했을 거예요."

"그래, 그때 너는 대학원 입학할 때여서 프랑스 가고 없었지.

그래서 그때 아빠랑 엄마만 동생 일본 보내 주고 왔는데, 잊지 못할 일이 뭐가 있었을까?"

뭘까?

아내를 힐끔 봤지만, 역시 전혀 감을 못 잡고 있는 듯하다.

진짜 궁금하네. 뭘까?

"처음에 일본 갔을 때, 동생이 지낼 오피스텔 바닥이 아빠 마음에 안 드셨다면서요?"

“그래, 맞아. 처음에 갔더니 바닥 전체에 직물 카펫이 깔려 있더라고.
직물 카펫이 얼마나 몸에 안 좋은데.
더구나 동생은 어렸을 때 아토피를 앓았던 적이 있어서 안 되겠다 싶었지.”

“네. 그런데 동생은 아빠가 괜히 그러신다 싶었던 모양이에요.
남의 나라에서 월세 살면서 우리 마음대로 바닥재를 바꿀 수 있는 것도 아니잖아요.
그런데 잠시 후에 전혀 상상도 못 했던 일이 동생 눈앞에 벌어졌대요.”

불과 사 년 전 일이고, 드물게도 외국에서 벌어진 이야기인지라 나도 당시 상황을 또렷이 기억한다.
그런데 아들이 ‘상상도 못 했던 일’이라는 게 도대체 감이 안 온다.
딸아이가 이야기하는 분위기로 봐서는 또 내가 뭔가 칭찬받을 짓을 한 모양인데, 말도 한마디 안 통하는 외국에서 내가 뭘 할 수 있었을까 생각하니 더더욱 오리무중이다.

“다 같이 쇼핑센터에 장 보러 갔는데 갑자기 아빠가 사라지더라는 거예요.
그러더니 한참 있다가 어디서 샀는지 바닥재 두 박스를 사 가지고 헉헉대며 들고 오시더래요.
이걸 왜 샀냐고, 이걸 사람 안 부르고 어떻게 설치할 거냐고 엄마가 투덜거리셨는데, 아빠가 충분히 혼자 할 수 있다고, 이거 안 하면 카펫 먼지 때문에 아들 건강 상한다고 그러시더라는 거예요.

우리 아빠 완전 대박!!!"

"그리고는 오피스텔로 돌아와서 서너 시간 동안 땀을 뻘뻘 흘리며 카펫 위에 바닥재를 덧씌우는 공사를 혼자 다 하시더라는 거예요.

평소에는 벽에 못도 한 번 안 치시던 아빠가 말이에요.

동생 말로는 러닝셔츠가 땀에 흠뻑 젖어 아예 다 벗고 하셨다면서요?

아빠 땀 흘리며 일하는 모습, 더구나 오로지 자기만을 위해 저렇게 땀을 흘리는 모습을 그때 동생이 처음 보았을 때, 동생 마음이 어떠했겠어요?"

딸아이의 이야기를 듣고 있으니 당시 상황이 정확히 떠오른다.

쇼핑센터에 장 보러 가면서부터 바닥재를 새로 사야겠다고 마음먹었다.

물론 다 함께 바닥재를 사러 갔으면 편했을 것이다.

물건 고르는 식견이 나와는 비교도 안 될 만큼 뛰어난 아내가 아들이 좋아할 만한 색상, 디자인의 바닥재를 잘 골랐을 것이고, 아들은 일본어를 잘하니 직원과 소통에도 문제가 없었을 것이다.

그런데 분명히 아내는,

"우리끼리 설치 못 해요. 그냥 다음에 더 알아보고 사요." 할 것 같았고,

아들 역시,

"잠깐 월세 사는 건데 뭣 하러 바닥재를 새로 깔아요? 그냥 카펫 써도 돼요." 할 것 같았다.

그래서 나 혼자 사러 간 것이었다.

물건 잘 고를 줄도 모르고, 게다가 일본어 한마디 할 줄도 모르면서.

그런데, 그게 아들에게 감동을 주었을 거라는 생각은 한 번도 해 본 적이 없다.

당시에는 그저 당연하다고만 생각했던 것 같다.

아들 건강 상할 게 눈에 뻔히 보이는데, 그냥 지나치는 아빠가 어디 있을까?

재고 말고 할 게 뭐 있어, 세상에 어느 아빠라도 당연히 그렇게 하지 않았을까?

그런데도 지금 딸아이를 통해 그 얘기를 다시 들으니 슬쩍 팔에 소름이 돋을 만큼 내 자신이 멋지게 느껴진다.

아내도 나를 보더니 씩 웃어 준다.

아내도 당시에는 그렇게 깊이 생각하지 않았을 것이다.

그런데 지금 딸아이를 통해 당시 이야기를 다시 들으니 아내도 살짝 감동을 받은 것 같다.

"그러고 보니 이탈리아에서 아빠 이야기 참 많이도 했네요. 동생이.

전부 다 저 없을 때 이야기여서 저는 좀 소외감이 들긴 했는데, 어쨌든 저 없을 때 아빠 고생 많이 하셨네요.

Nadry 이야기도 안 빼고 하더라구요.

자기는 아빠가 왜 그렇게 매주 Nadry를 가자고 했는지 처음부터 다 알고 있었대요.

오로지 자기 기분 좋게 해서 건강 나아지게 해 주려고, 그리고 자기랑 친해지려고 했다는 걸요.

주말에 잡은 골프 약속도 다 취소하고, 친구들, 친척들과도 주말에 절대 약속 안 잡고 계시다는 걸 다 알고 있었다는 거예요.

아빠가 자기랑만 주말에 여행을 같이 다녀 준 걸 너무 고마워했어요.

Nadry 다녀와서는 꼭 저에게 전화나 카톡해서 자랑했거든요.

'누나. 지난 주말에 교동도라고, 서해에 있는 섬에 처음 갔었는데, 너무 재미있었어.

거기가 최북단이다 보니까 강화도에서 들어가는 다리 입구에서 군인들이 검문을 하고 있더라고.

신분증을 보여 달라기에 나도 처음에는 좀 떨렸는데 그래도 나도 군대 갔다 온 사람이잖아.

내가 신분증 보여 주면서 그랬지. 추운데 고생 많네. 나도 화천 ○○사단에서 얼마 전에 제대한 사람이야.

그랬더니 짜식들이 한 번 더 경례를 하더니, '고생 많으셨습니다, 제대 축하드립니다!' 그러는 거야.

그러더니 엄마 아빠한테는 신분증 보여 달라는 얘기도 안 하고 얼른 출입증을 주더니 되게 싹싹하게, '즐겁게 다녀오십시오.' 하더라고.

그래서 내가, '수고해. 요즘 군대 생활 할 만 하지? 했더니, 아빠가 얼른 창문 올리고 쏜살같이 도망가시더라고, 나 때문에 창피해 죽겠다고.

뭐가 창피해. 엄마는 군필 아들 덕분에 든든하다고 하시던데. 하하하.'

어찌나 동생이 Nadry 갔다 올 때마다 자랑을 하던지, 정말로 아빠를 고마워했어요.

참 대단해요. 우리 아빠."

아들이 군대에서 몸이 많이 상해 돌아왔을 때, 그때부터 이 년 동안 일흔일곱 번의 Nadry를 아들과 함께했었다.

돌이켜 보니 정말 그때가 좋았다, 참 그립다.

아들 데리고 전국 어디든 안 가 본 데가 없는 것 같다.

가서 구경도 많이 하고 체험도 많이 하고 맛있는 것도 많이 먹었다.

그리고 무엇보다도 함께 이야기를 많이 하였다.

아들은 그게 그렇게 좋았었나 보다.

나에게 그렇게 고마웠었나 보다.

그런데, 나도 참 고맙다.

아니 내가 더 고맙다.

나도 아들과 함께여서 너무 좋았단다.

이 말을 아들에게 꼭 했었어야 했는데, 너무 늦었네…….

이제 할 수도 없네…….

듣는 내내 아내의 눈시울이 젖어 온다.

슬퍼서가 아니라 남편에게 감동받아서인 것 같다.

'이 사람, 내 아들을 이렇게 감동도 시켜 주고, 고맙네.' 이러는 것 같다.

오랜만에 집에 온 딸아이와 벌써 세 시간째 이야기를 나누고 있는데,

정말 시간 가는 줄 모르고 있다. 우리 세 사람.

꼼짝도 하지 않고 앉아만 있는 식구들이 지겨운지 이따금 앤 야옹이가 여기저기 옮겨 다니며 야옹거리는 바람에 문득 시간이 많이 지나고 있음을 알아차리고 있었다.

상 한가운데를 잔뜩 차지하고 있던 족발세트가 거의 비어 가고 있다.

딸아이만 이야기를 멈추지 않으면서도 계속 줄기차게 먹는 모습이 보기에도 흐뭇하였는데, 이제 보니 아내도 제법 먹고 있었던 것 같다.

나도 오랜만에 배가 부르다는 생각이 든다.

위가 그야말로 코딱지만 해지다 보니 족발 세 점만 먹어도 배가 부르다.

"아빠.

아빠는 정말 좋은 아빠였어요.

이건 내 생각이기도 하지만 동생도 같은 생각일 거예요. 분명히.

그러니 동생에게 미안하게 생각하실 필요 하나도 없어요."

딸아이도 내가 평소 아들에게 상냥하고 따뜻한 아빠가 아니었다는 걸 잘 알고 있다.

그래서 무던히도 나와 아들 사이에서 소통의 매개 역할을 하려고 애써 왔다는 것 또한 잘 알고 있다.

아내와는 또 다른 역할이었다.

아내에게는 '의무'였겠지만, 딸아이에게는 가정의 평화를 위한 '자발적인 선택'이었다고나 할까?

그래서 항상 딸아이에게 고맙게 생각을 하고 있는데, 지금 또 이렇게 나를 위로하고 있으니 내가 더 미안해지고 또 고마워진다.

"아빠.
그런데 아빠가 제일 멋있었던 적이 언제였는지 아세요?
동생은 모르겠지만 저는 그때가 아빠가 제일 멋있었던 것 같아요.
정말 그때 아빠, 너무 놀랍고, 멋있었어요."

"너까지 왜 그러냐.
아빠가 해 준 게 뭐가 있다고."

과연 속 깊은 딸아이에게까지 내가 칭찬받을 일이 뭐가 있었을까.
아내도 옆에서 씩 웃어 준다.

"하긴 당신이 이 아이에게 고맙다고 칭찬받을 일이 뭐가 있겠어요.
이제 반성 좀 하면서 사시죠."

"동생 고2 때, 학교 자퇴하겠다고 했던 거, 아빠 기억하시죠?
저도 그때 정말 놀라고 심각했었거든요.
아빠도 그러셨죠?"

"그럼. 아빠도 엄마에게 얘기 듣고 놀라기도 하고 화도 나고 그랬었지.
이 녀석이 너무 괘씸해지고 말야."

"전 그때 아, 정말 큰일 났다.

이번에는 아빠도 안 참으실 것 같다.

아빠 성격을 잘 아니까, 되게 걱정을 했었거든요.

그래서 동생이랑 몇 날 며칠을 이야기도 하고 설득도 하고 했었어요.

근데 동생은 이미 결심을 굳혔더라구요.

그리고 자퇴한 다음 뭘 할지도 계획을 다 세워 놓고 말이에요.

그래서 저도 돌이키기 힘들겠구나 하고 생각했었지요.

근데, 며칠 뒤에 엄마가 저랑 동생 불러서 이렇게 말씀하시더라구요.

'어제 아빠가 그러시더라.

너 하고 싶은 거 있으면 아빠는 반대하지 않으시겠다고.

열심히 할 자신 있다면 아빠는 뭐든지 허락하시겠다고.

아빠가 응원할 테니 하고 싶은 거 하라고.'

동생이랑 저랑 얼마나 놀랐는 줄 아세요?

아빠가 화만 내고 절대 들어주지 않으실 거라고 생각했었거든요. 우리 둘 다."

그래, 그랬겠지.

아빠도 당시에 많이 놀랐었다.

그리고, 그렇게 마음 고쳐먹은 아빠 스스로가 제일 놀라웠다.

당시 나의 꽉 막힌 생각을 유연하게 돌려놓아 주신 L 본부장님의 충고가 없었다면 나의 생각은 절대 달라지지 않았을 것이다.

아들과의 갈등은 더욱 깊어졌겠지.

본부장님의 충고는 그날 이후로도 꽤 오랫동안 자식들에 관한 나의 생각과 행동을 많이 변화시켜 준 기폭제가 되어 주었다.

이따금씩 본부장님이 생각난다.

항상 감사할 따름이다.

"만일 그때 아빠가 허락하지 않으셨어도 동생은 아마 자퇴를 했을 거예요.

스스로 이미 결정을 했고, 혼날 각오까지 다 했으니까요.

그런데, 뜻밖에도 아빠가 흔쾌히 허락을 해 주시니까 오히려 동생이 굉장히 놀라고 당황해하더라고요.

그래서 동생에게, 이제 아빠도 허락해 주셨으니 언제든 네가 원할 때 자퇴할 수 있다.

그러니 시간 여유를 가지고 다른 대안도 같이 찾아보자. 그랬지요.

결국 아빠가 허락해 주시는 바람에 동생은 자퇴를 안 한 거예요.

아빠 성격에 정말 힘든 결정이셨을 텐데, 정말 아빠에게 고맙게 생각해요."

허락하지 않았어도 아들은 자퇴를 했을 것이다.

그런데 허락했더니 결국 자퇴를 하지 않았다.

물론 아들이 지금 이 세상에 없으니 어느 게 잘한 일인지 따지는 건 의미가 없다.

그리고, 굳이 따져 본들 결과적으로 어느 길이 아들에게 더 도움이 되는 길이었는지는 알 수 없는 노릇이다.

하지만 확실한 건, 아들이 부모와 타협하고 세상과 타협하고 더 나아가 자기 인생과 타협하는 기회를 가질 수 있었다는 것이다.

극단으로 치닫지 않고 한 발짝 물러서서 대안을 찾아보고 차선책을 강구하였다는 것이 참 대견스럽다.

그리고 아들로 하여금 그런 선택을 할 수 있는 밑거름을 제공하였던 나 스스로도 참 대견스럽다.

오늘 아들을 보내고 왔다.

그리고 딸아이를 통해 그동안 모르고 지내왔던 아들의 진정한 속마음을 전해 들을 수 있어 너무 다행스러웠다.

그리고, 이십삼 년의 그리 길지 않았던 아들의 삶 속에서 내가 온통 나쁜 아빠였던 것만은 아니었나 보다라는 생각이 처음 들었다.

그래도 내가 아들에게 조금은 좋은 아빠였던 적도 있었구나라고 생각하니 낮은 한숨이 쉬어진다.

안도의 한숨인 것 같다.

새벽 두 시가 넘어서야 잠자리에 들었다.

나는 제일 넓은 안방에서,

아내는 제일 작은 아들 방에서,

딸아이는 중간 크기의 제 방에서 각자 잔다.

15

비밀번호 7432

비밀번호 7432

나는 지금도 또렷이 기억하고 있다.

분명 아들은 나에게 '고마웠어요, 아빠.'라고 말하고 있었다.

아들을 누인 침대가 중환자실 안으로 미끄러져 들어간 후 자동문이 막 닫히려는 순간, 아들은 침대에 누운 채 고개만 빼꼼히 들고 말하였다.

"고마웠어요, 아빠."

분명히 그렇게 말하였다.

나를 바라보면서,

살짝 미소를 지으면서,

또렷하지만 가슴 미어지듯 살짝 떨리는 목소리로.

아들을 가슴에 묻고 돌아온 다음 날 오후, 아내와 딸아이에게 당시 이야기를 하였다.

그런데 아내는 한사코 듣지 못하였다고 한다.

"방금 전까지 아들이랑 손잡고 내일 아침에 보자고 이야기를 하던 중이었어요.
바로 옆에 계속 있었는데 아들이 그 말을 했으면 나도 들었겠지.
근데 기억 안 나요. 그런 말을 했는지."

이상하다.
바로 옆에 있었던 아내가 왜 못 들었을까?
큰 목소리로 이야기한 건 아니었지만, 그래도 아주 또렷한 목소리였는데.
내가 잘못 들었나?
아니다. 나는 확실히 들었다.
정확히 기억한다.

"왜 아들이 당신에게 '고마웠어요, 아빠.', 굳이 그런 말을 했겠어요?
했으면, '어서 가서 쉬세요.'라든지, '내일 아침에 뵈어요.' 그런 말을 했겠지."

이 말을 하자마자 아내가 불현듯 고개를 들고 나를 쳐다봤다.
그러더니 갑자기 입술이 파르르 떨리고 동시에 눈물샘이 펑 퍼지는 게 보였다.
딸아이가 당황해하며 얼른 일어나 제 엄마 어깨를 두 팔로 안아 주었다.

"엄마, 갑자기 왜 그래.
진정해, 엄마. 왜 울어."

아내는 요 며칠 하루에도 몇 번씩 충동적인 슬픔을 겪곤 했는데, 이번에는 감정의 굴곡이 심하게 요동치는 듯 보였다.

그런데 다시 한번 아내와 눈이 마주친 순간 나도 아내의 절규가 무엇 때문인지 알아차렸다.

아들이 그 순간 그 말을 했는지 안 했는지는 그리 중요하지 않았다.

그보다 더 큰 혼란스러움이 있다는 사실을 아내의 눈빛을 보고 나서야 알아차리고 말았다.

놀라움.

당혹감.

어떻게 그럴 수가.

"얘가 당신 말대로 정말 그 말을 했다면, 곧 죽을 거란 제 운명을 알고 있었다는 얘기잖아.

지금이 아빠와 마지막 순간이라는 걸 알고 그 얘기를 했다는 거잖아요.

왜 아들이 '고마웠어요.'라고 하냐고요.

'고마워요.'라고 해야지."

아내가 절규한 이유였다.

아들은 그 순간 나에게 '고마웠어요, 아빠.'라고 하였다.

다시는 못 볼 것처럼.

자기가 곧 죽을 거라는 걸 알고, 지금이 아빠와의 마지막 순간이라는 것을 이미 알고 작별 인사를 했을 거라는 생각에 나도 참기 힘든 절규와 탄식이 터져 나왔다.

아내 말이 절대적으로 맞다.

그 순간 아들은 나에게 '고마워요.'라고 하는 게 맞다.

'고마웠어요.'는 당시 아들의 입에서 나올 수 없는 말이다.

왜 '과거형'으로 말하냐고. '현재진행형'으로 말해야지.

"말이 안 되잖아요. 여보.

자기가 곧 죽을 거라는 걸 어떻게 알았겠어요?

아들은 아무것도 모르고 있었잖아.

자기가 왜 중환자실 가는지도 모르고 있었잖아……"

아들은 제 병을 전혀 모르고 있었고, 그냥 입원 절차에 따라 중환자실에 가는 것으로만 알고 있었다.

그런데 어떻게 자신의 죽음을 미리 알고 있었던 것처럼 나에게 마지막 작별 인사를 할 수 있었단 말인가?

우리 세 사람 사이에 잠시 고요한 적막이 흘렀다.

그리고 이내 딸아이가 비장한 표정으로 입을 열었다.

"제 생각에는요. 아빠.

동생은 아마 다 알고 있었던 것 같아요.

자기가 무슨 병에 걸렸는지도 알고 있었던 것 같고, 자기가 곧 죽을 거라는 것도 예감하고 있었던 것 같아요."

아내와 나는 소스라치게 놀랐다.

아들이 제 죽음을 예감하고 있었다고?

갑자기 이게 무슨 소리야!

딸아이가 자리에서 일어나더니 곧 제 방에서 스마트폰을 가지고 돌아왔다.

나와 아내는 딸아이의 발걸음, 손짓, 몸짓 하나하나에 시선을 집중하였다.

"이거 보실래요?

동생과 마지막으로 했던 카톡이에요.

6월 18일 오전에 동생이 저에게 카톡을 보내 왔어요.

이거 보세요."

아내와 나는 얼른 딸아이의 스마트폰을 받아 화면을 들여다보았다.

'7432'

그리고 카톡 흰색 대화창 바로 위에는 '오후 6:35'라고 찍혀 있다.

"이게 뭐야? 무슨 비밀번호 같은데?"

“네, 맞아요.

동생 비밀번호예요.

스마트폰이나 노트북, 통장 비밀번호 다 같을 거예요. 이 번호.

저도 아는 번호예요.

동생이랑 저랑 아주 어렸을 때 같이 쓰던 비밀번호였어요.

비밀번호 잃어버리면 큰일 난다 싶어서 둘이 같이 만들었었죠.

잠깐 같이 쓰다가 제가 휴대전화를 바꾸면서 저는 다른 번호로 바꿨는데, 동생은 아마 이 비밀번호를 계속 써 왔나 보더라구요.”

“뭐 그럴 수도 있지.

아빠도 이십 년 전 비밀번호 아직도 그대로 쓰고 있으니까.”

“네, 맞아요. 그런 사람 많죠.

평생 똑같은 비번 쓰는 사람.

저는 이 카톡 받자마자 잠깐 동안은 ‘이게 뭐지?’ 했다가, 하도 낯이 익어서 금방 알겠더라구요.

근데 이 카톡 발신 시간을 보세요.

오후 여섯 시 삼십오 분.

이때가 응급실에 있던 시간 맞죠?”

“그래, 맞아.

세 시 정도에 응급실 도착했고 일곱 시 조금 넘어서 아빠 온 다음에 중환자실로 올라갔으니까 그 사이 맞아.

아마 피 검사랑 몇 가지 검사 마치고 링거 맞으면서 누워 있을 때였지. 여섯 시 반 정도면."

"네, 동생이 보낸 이 카톡을 전 프랑스에서 오전 열한 시 반 쯤 받았어요.

요즘 썸머타임 하느라고 시차가 일곱 시간이거든요."

"근데 네 스마트폰에는 왜 오후 여섯 시 반이라고 찍혀 있지?"

"네, 프랑스 있을 때는 당연히 오전 열한 시 반이라고 찍혀 있었죠.

근데 여기 오면 한국 기준이 적용되어서 여기랑 똑같이 오후 여섯 시 반으로 자동으로 바뀌어요.

다시 프랑스 가면 또 오전 열한 시 반으로 바뀔 거예요.

신기하죠?"

"그렇네. 신기하네. 제멋대로 바뀌는구만."

'7432' 대화창 바로 밑에는 노란색 바탕으로

'ㅋㅋㅋ 아직도 이 번호 쓰고 있니?'라는 메시지와 함께 그 위로 '오후 6:42'라고 찍혀 있다.

"이건 제가 보낸 답장이에요.

전 그냥 웃어 넘겼죠. 이렇게 크크크 하면서 말이에요.

그 후로는 답장이 안 왔고 이게 마지막 카톡이었어요.

그런데 아마 제가 답장을 보내고 나서 바로 중환자실로 올라갔나 보죠?"

"그래. 아빠가 그때쯤 응급실에 도착하셨고, 일이십 분 정도 있다가 일곱 시 조금 넘었을 때 같이 중환자실로 올라갔지.

그리고 중환자실 들어가자마자 스마트폰이랑 소지품 모두 선생님들에게 빼앗겼을 거야."

"네, 생각해 보니 그런 거 같아요.

웬만하면 카톡으로 답장 한마디 할 법도 한데, 안 하더라구요.

그런데 당시에 전 큰 의미는 안 두고 넘어갔어요, 이렇게 될 줄 전혀 모르고요."

나는 당시 아내의 전화를 받고 서둘러 병원 응급실에 도착했다가, 잠깐 의사 선생님을 만나고 바로 아들을 데리고 중환자실로 올라갔었다.

모든 것이 혼란스럽고 극히 당황스러웠던 그 순간에 딸아이와 아들은 마지막이 될지도 모를 자기들만의 카톡을 주고받고 있었나 보다.

그런데 아직도 그 의미를 잘 모르겠다.

몸도 아픈 애가 왜 갑자기 제 비밀번호를 누나에게 보냈을까?

그 이후 이야기가 너무 궁금하여 견딜 수가 없다.

"그리고 다음 날 새벽에 엄마한테서 전화를 받았어요, 동생이 죽었다는.

그래서 더욱 궁금해진 거예요.

왜 갑자기 나에게 옛날 우리끼리 쓰던 비번을 보내 왔을까?

7432 숫자 네 개만 덩그러니…….

왜 보낸다는 설명도 하나 없이."

아내도 나만큼이나 딸아이의 이야기에 집중하고 있었다.

제 누나에게 옛날 함께 쓰던 비밀번호를 보낸 게 지금 이 상황과 무슨 상관일까?

어떻게 연결이 되어지길래 딸아이가 저렇게 심각하게 이야기를 하고 있는 걸까?

"돌아오는 비행기 안에서 한참을 생각해 봤거든요.

왜 지금 나에게 비번을 보내 왔을까. 왜 하필 지금…….

근데, 아빠. 놀라지 마세요.

저 그 이유를 알았어요."

"이유를 알았다고?

뭔데, 그 이유가?"

아내와 내가 동시에 물었다.

"동생은 자기가 곧 죽을 거라는 걸 알고 있었던 거예요.

그래서 스마트폰이나 노트북에 저장된 자기만의 비밀을 열 수 있는 비번을 저에게 보냈던 것 같아요.

자기 죽고 나면 모든 비번이 이거니까 이걸로 열어서 다 정리해 달라고 나에게 이야기한 거라구요."

"그럴 리가…… 어떻게 그럴 수가 있어?
그런데, 비밀번호가 맞는지 확인은 해 봤니?"

"네, 맞아요. 아빠.
저도 그게 제일 궁금해서 집에 오자마자 제일 먼저 동생 스마트폰부터 열어 봤거든요.
7432 비번 맞아요.
옛날 그 비번 아직까지 그대로 쓰고 있었던 거예요.
노트북도 확인해 봤어요.
다 맞아요."

만감이 교차한다.
아들이 나에게 했던 마지막 작별 인사의 의미가 엉뚱하게도 제 누나와 나눈 카톡에서 실마리가 보이기 시작했다.
아들이 사망하던 날 오후, 아내가 나에게 이런 말을 한 적이 있었다.

"여보.
이 아이 스마트폰이나 노트북을 좀 열어 봐야 할 텐데, 비밀번호 모르면 열 방법이 없겠지요?
친한 친구들에게 연락도 해 줘야 할 것 같고, 일본 학교에 메일이라도 보내야 할 것 같은데 연락처도 그 안에 다 있어요.

정리해야 할 게 한두 가지가 아닌데, 비밀번호를 알 방법이 없잖아요."

맞는 얘기였다.

요즘 세상은, 특히 아들 또래 젊은 아이들에게는 스마트폰과 노트북이 자신의 아바타 아닌가.

이 두 가지만 열 수 있다면 아들에 관한 정보 99.9%를 다 알 수 있는 세상이다.

하지만 이 또한 비밀번호를 알아야 가능한 일이지, 모른다면 아무 의미도 없는 노릇이다.

그런데 자신의 비밀정보를 통째로 오픈할 수 있는 그 소중한 비밀번호 네 자리를 제 누나에게 주었다는 의미는?

당시 아들이 처해진 그 상황, 그 급박한 시간에 누군가에게 자신의 비밀번호를 건넨다는 것은 아마도 자신의 죽음을 예견하고 뒷정리를 당부한다는 의미, 그 외의 이유는 아무리 생각해도 찾을 수 없을 것 같았다.

생각이 여기까지 다다랐고, 아내와 딸아이의 생각 또한 나와 같다는 것을 확인하였다.

"어떻게 알았을까?

어떻게 자기가 곧 죽을 거라는 걸 알 수 있지?

아무리 생각해도 그럴 수는 없어."

아내가 한숨을 쉬며 난감한 듯 말하였다.

"네, 맞아요. 알기 힘들죠.
괴사성 췌장염, 저도 이번에 처음 알았어요, 그런 병이 있다는 것도.
그리고 그게 얼마나 치명적인 병인지도요.
근데요. 아빠.
동생은 이미 알고 있었던 것 같아요.
노트북을 열어 보았더니 검색창마다 관련된 단어들이 다 남아 있더라구요.
췌장염, 괴사성 췌장염, 다발성 장기부전, 배액술, 비위관…….
이미 다 검색을 해 보았어요. 동생이.
동생, 똑똑한 아이예요. 아시잖아요.
충분히 인터넷으로 검색해서 다 찾아낼 수 있었을 거예요."

충격적인 이야기이지만, 충분히 이해가 된다.
딸아이 말이 맞다.
아들은 응급실 들어가기 며칠 전부터 심한 복통과 구토 증상이 있었다.
밤새도록 에어컨을 켜 둔 채로 잠을 잘 수밖에 없을 만큼 열도 심하게 났다.

자기 몸은 자기 자신이 제일 잘 안다.
나도 작년에 내 증상을 스스로 인터넷으로 검색해 보고 '위궤양'이라고 혼자 진단하지 않았던가.

요즘은 인터넷에 들어가 보면, 환자 본인의 경험담, 전문가들의 설명뿐만 아니라 수준 높은 학술지 내용, 광고 글에 이르기까지 없는 게 없다.

맘만 먹으면 자기 증상이 무슨 병이라는 걸 정확히 진단해 내는 데 30분이면 충분하다.

딸아이의 논리적인 설명과 나의 수긍에 아내는 말이 없다.

말이 없다는 의미는 아내 역시 동의한다는 얘기다.

아들은 본인의 병을 짐작하고 있었던 것이다.

영리한 아이니까 아마 본인의 증상을 가지고 열심히 인터넷 검색을 하면서 자신의 병명에 점점 다가갔을 것이다.

거기까지 도달하였다면 아마도 자신의 병이 치명적이라는 사실 역시도 알아차릴 수 있었을 것 같다.

그리고 응급실에 왔을 때, 분명 엊그제 동네 의원에서와는 확연하게 다른 의료진들의 태도와 반응을 확실히 감지했으리라.

계속 요구하는 낯선 검사들. - 검색창에서 서너 단계 더 링크를 타고 들어가 찾아냈던 같은 종류의 검사들, 점점 아들은 확신하였을 것이다.

별거 아니었으면 아빠 성격에 병원에 오지도 않았을 것이다.

그런 아빠가 응급실 안으로 뛰어 들어오더니, 의사 선생님과 저 구석에서 심각한 이야기를 나누고는 중환자실로 올라가야 한단다.

이제 짐작은 확신이 되었을 것이다.

그리고 이제 자신에게 허용된 시간이 얼마 남지 않았다는 것을 알아차린 순간, 아들은 계속 망설이고 있던 생각을 실행에 옮긴 것 같다.

'가장 신뢰할 수 있는 누군가에게 비밀번호 보내기!'

딸아이와 함께 거슬러 올라가 보았던 당일 오후 응급실에서의 시간대별 흐름과도 정확히 일치하고 있었다.

그럼 왜 그 '누군가'가 제 누나였을까?

평소 제일 친하고 제일 자신을 잘 이해해 주던, 그리고 무엇보다도 지금 이 순간 자신의 곁을 지키고 있는 제 엄마가 그 '누군가'의 최적임자일 텐데, 왜 아들은 그 순간 제 누나를 선택하였을까?

의문이 들지 않을 수 없다.

엄마보다 누나가 더 신뢰할 수 있는 사람?

모든 것이 마지막이 될지도 모르는 이 위급한 순간에?

아니, 동의하기 힘들다.

엄마는 평생 자기편이었다. - 아들도 잘 알고 있는 사실이다. 아무리 제 누나와 친하고 의지하는 사이였을지라도 엄마를 대신할 수는 없다.

아내 역시 나와 같은 의문이 들었을 것이다.

이 믿기 어려운 상황 - 평생을 함께하고도 마지막 결정적인 순간에 선택을 받지 못한 당사자인데 의문이 들지 않는다는 게 더 이상한 일 아닌가?

그런데, 역시 아내는 빠르게 그 해답을 찾아낸 것 같다.

엄마의 직감? 여자의 직감?

"나는 알 것 같아.

왜 비밀번호를 엄마가 아닌 제 누나에게 보냈는지."

어젯밤부터 오늘에 이르기까지 항상 설명의 주체였던 딸아이가 이번에는 반대로 제 엄마의 설명을 다급히 구하며 엄마 앞으로 바짝 의자를 당겨 앉으며 묻는다.

"엄마, 저도 정말 모르겠어요.

왜 바로 옆에 있는 엄마에게 비번을 안 알려 주고 나에게 보냈는지.

엄마에게는 그냥 편하게 말로 해도 되잖아요.

'7.4.3.2. 엄마, 이게 제 비밀번호예요.' 이렇게요.

왜 멀리 있으면서 서로 시차도 달라서 바로 카톡을 못 볼지도 모르는 저에게 이걸 보냈을까요?

함께 썼던 비번이기는 하지만 너무 오래된 일이라 제가 기억을 못 할 수도 있는 건데,

저도 정말 궁금해요."

아내는 잠시 뜸을 들이더니 미소를 지으며 대답하였다.

평소에는 보지 못했던 묘한 미소였다.

"그건 바로,

여자친구 때문이었을 거야."

여자친구?

최근까지 사귀었다는 그 여자친구?

나도 나름대로 몇 가지 이유를 떠올려 보긴 하였지만, 아들의 여자친구가 제 누나에게 비밀번호를 건넨 이유가 될 거라고는 전혀 생각하지 못하였다.

"그 여자친구, 육 개월 정도 사귀었다고 했지?

그동안 모르는 척하고는 있었지만 나도 어느 정도 짐작은 하고 있었어.

엄마의 육감이라는 게 있거든.

원래 나이가 어리든 많든 간에 사랑에 빠지게 되면 달라지는 게 아주 많지.

본인은 안 그런다 해도 옆에서 보면 다 보이게 마련이야.

특히 엄마에게는.

아들도 언제부터인가 말이며 행동이 갑자기 많이 달라지길래,

'아, 여자친구가 생겼나 보다.' 했지.

근데, 아들 달라지는 모습이 나쁘지 않았어.

아니, 오히려 보기 좋았어.

여자친구 사귀면서부터 말수도 많아지고, 매사 긍정적으로 변하는 것 같고.

'아, 사귀는 친구가 괜찮은 아이인가 보다.' 그렇게 생각하고 있었지."

근데 그게 엄마 말고 제 누나에게 비밀번호를 보낸 것과 무슨 상관인지

전혀 이해가 안 된다.

딸아이도 마찬가지로 이해가 전혀 안 된다는 눈빛이다. 여전히.

"당신은 원래 이 방면에는 영 감이 없어요.

나는 그 이유를 충분히 알겠는데요?"

아내는 여전히 오묘한 미소를 지으며 이야기를 이어 나갔다.

"어려울 거 하나도 없어요. 아주 간단해요.

엄마에게 미안해서 그랬을 거예요.

아들은 살아오면서 뭐든지 저와 공유를 해 왔어요.

시시콜콜한 이야기 하나까지도 다 저에게 이야기했거든요.

그런데 이번만큼은 저에게도 비밀로 하더군요.

지금 사귀는 여자친구 말이에요.

그런데 저는 충분히 이해해요.

아들이 왜 이번만큼은 저에게도 이야기하지 않고 비밀로 간직하고 있었는지를요.

그 이유, 궁금하죠?

첫째, 아들도 이제 성인이 된 거지요.

아무리 착한 아이라도 어렸을 때는 모를까, 성인이 되어 사랑을 하게 되면 혼자만의 비밀로 간직하고 싶어 해요. 누구든지.

둘째, 진심으로 이 아이를 사랑하다 보니 엄마에게 편하게 이야기하기 힘들었을 거예요.

엄마가 혹시 반대할지도 모르니까.

셋째, 여자친구 생겼다 하면 엄마가 자신에게 굉장히 실망할 거라고 생각했을 거예요.

같은 여자니까 질투, 그런 생각할 수 있죠,

그래서 아들은 저에게 육 개월 동안 이야기를 못 했던 거죠.

그런데 갑자기 이런 일이 벌어지고 말았어요.

누군가는 자신의 스마트폰과 노트북을 열어 주변 정리를 해 주어야 하는데, 지금 스마트폰과 노트북에는 아마 온통 그 여자친구와 함께 찍은 사진, 통화 내용, 메일 등등 비밀스러운 것들로 가득 차 있을 거예요.

안 봐도 훤하죠.

그러니 엄마에게 비밀번호를 줘서 열어 보라고 하는 게 영 죄송스럽기도 하고 내키지 않았을 거예요."

내가 갸우뚱하고 있는 사이, 딸아이도 맞장구를 친다.

"아, 정말 그랬겠네요.

엄마 말이 맞는 것 같아요.

저도 예전에 한번 물어 봤었거든요.

여자친구 사귀는 거, 엄마한테 얘기했어? 그랬더니,

엄마한테 죄송해서 아직 말을 못 하겠다고 그러더라구요.

저야 이미 동생을 통해 다 알고 있었으니 저에게 부탁하는 게 마음 편했을 수도 있겠네요."

이제 다 알겠다.

그날 그 위중한 시간에 그 불안한 공간에서 아들이 어떤 생각을 하고 있었고 어떤 걱정을 하고 있었는지 이제 비로소 다 알겠다.

아내와 나, 둘만 남았다면 아무것도 알지 못했을 것이다.

아마 알려고도 하지 않았을 것 같다.

다행히 딸아이가 와서 우리가 모르는 아들의 생각과 비밀을 다 정리해 주었다.

하마터면 영영 모르고 덮어질 뻔한 이야기들이었다.

아들은 이미 본인의 병을 직감하고 있었다.

그리고 중환자실로 올라가야 한다는 이야기를 듣고 이제 시간이 얼마 안 남았다는 생각이 들었을 것이다.

그래서, 그때 서둘러 비밀번호를 제 누나에게 보낸 것이다.

'누나, 여자친구에게 꼭 전해 줘. 내가 정말 사랑했었다고.

그리고, 이렇게 말도 없이 가게 돼서 정말 미안하다고.

그리고, 남아 있는 사진이랑 메일이랑 누나가 정리 좀 해 줘.

부탁해.'

아마도 이렇게 제 누나에게 마지막으로 메시지를 보내고 싶었을 터이

나 너무 시간이 촉박한 나머지 결국 아무런 설명도 하지 못한 채 두 사람의 대화는 중단되었던 것이다.

중환자실 올라가자마자 스마트폰을 빼앗겼을 테니.

그리고 아들은 중환자실로 들어가면서 마지막으로 나에게,

"고마웠어요, 아빠."라고 작별 인사를 한 것이다.

결국 아들이 나에게 보낸 마지막 인사를 아내는 기억해 내지 못하였다.

하지만 나는 분명히 들었다. 맹세코.

분명히 나를 바라보며,

살짝 미소를 지으며,

또렷하지만 가슴 미어지듯 살짝 떨리는 목소리로,

"고마웠어요, 아빠."라고 분명히 하였다.

아들은 마지막 순간, 나에게 작별 인사를 하였던 것이다.

이 못나고 미운 아빠에게.

16

마지막 편지

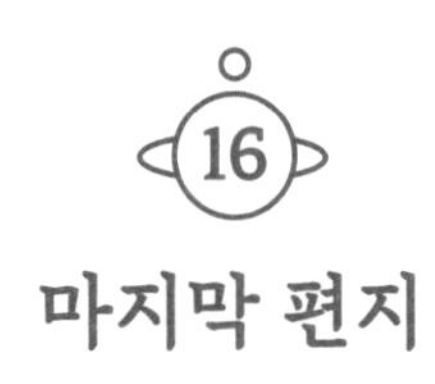

마지막 편지

시간 참 빠르다.

지겹던 장마도 어느새 끝나고 요 며칠 불볕더위가 기승을 부리고 있다.

여전히 조용한 집 안, 저녁 식사가 끝나면 여전히 아내는 아들 방에 들어가 나오지를 않는다.

30년 가까이 잘 지내던 우리 부부가 갑자기 별거에 들어간 듯하다.

평소 네 식구가 하루 가운데 제일 부산을 떠는 시간인데 아들이 떠나고 난 뒤 가장 큰 변화인 것 같다.

저녁 식사가 끝나고 나면 집 안이 너무 조용해졌다.

딸아이만 이따금 안방의 나와 아들 방의 제 엄마를 번갈아 들여다보고 다닌다.

어젯밤 아내가 메모 파일 하나를 카톡으로 보내 왔다.

아들 방에 있는 아내가 안방에 있는 나에게, 고작 7, 8미터 거리인데 그냥 와서 보여 주면 될 것을 굳이 머나먼 중계소를 거쳐 수십 킬로미터를 빙 돌아 '딩동' 하고 보내 오네.

무심코 열어 보니, 스마트폰 액정 위에 직접 터치펜으로 쓰여진 한 장의 메모였다.

아들이 쓴 것이다.

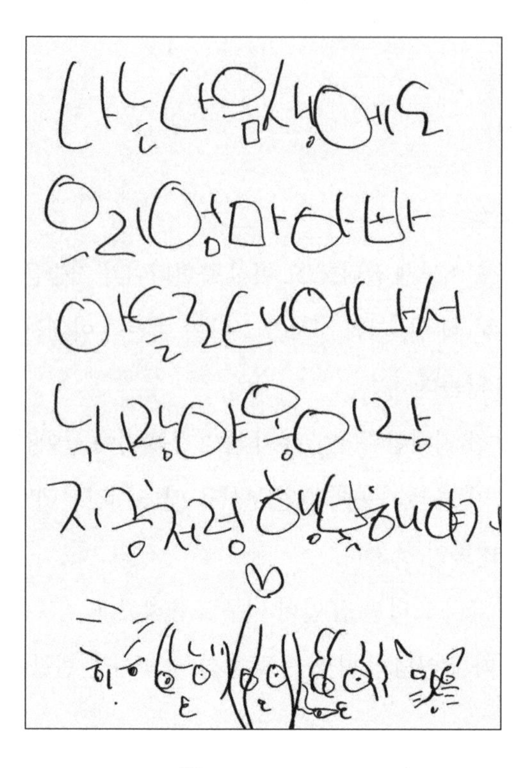
나는다음생에도
우리엄마아빠
아들로태어나서
누나랑야옹이랑
지금처럼행복해야지.

나는 다음 생에도

우리 엄마 아빠

아들로 태어나서

누나랑 야옹이랑

지금처럼 행복해야지.

짤막한 다섯 줄짜리 메모와 함께 하단에는 아빠, 엄마, 제 누나, 본인, 앤 야옹이 이렇게 가족 서열순으로 얼굴을 그려 넣었다.

종이 지면이 아닌 작은 스마트폰 액정 위에 터치펜으로 써 내려가다 보니, 글씨도 그림도 영 삐뚤삐뚤하다.

아들 방에는 오래전부터 컬러 프린터기가 한 대 있었는데, 아들은 항상 블루투스 기능을 이용하여 프린트를 하곤 했다.

이따금 비자 발급, 복학 수속을 위한 서류 양식을 출력한다든지, 아니면 여자친구와 함께 찍은 사진을 출력한다든지, 그리고 가끔은 엄마 아빠의 부탁으로 출력을 할 때도 있었다.

그런데 문제는 그 편리한 블루투스 출력 기능을 쓸 줄 아는 사람이 아들밖에 없었다는 것.

기계에 있어서만큼은 몸치 수준이기도 한 딸아이가 여기저기서 블루투스 연결하는 방법을 검색하여, 자기 없을 때 엄마 혼자서도 사용할 수 있게끔 사용 방법을 세심하게 메모해 주었다.

바로 엄마 스마트폰에다 터치펜을 가지고.

그때 우연히 아내 스마트폰에 저장되어 있는 단 하나의 메모파일을 발견한 것이다.

아내는 터치펜 기능을 써 본 적이 없다.

아니 아예 쓸 줄 모른다.

메모가 저장된 시각은, 아들이 응급실에서 링거를 맞으며 누워 있을 바로 그날 그 시각이었다.

제 누나에게 비밀번호를 보내기 정확히 5분 전이었다.

아들은 아내가 잠시 자리를 비운 사이에 아내 스마트폰에다 이렇게 메모를 남긴 것이다.

남은 가족들에게 보내는 아들의 '마지막 편지'였다.

마지막 편지이니 차라리 '유언'이라 하는 게 맞겠다.

하고 싶은 말은 많았겠지만 이 짧은 다섯 줄로 대신한 것 같다.

지금이 아니면 영영 하지 못할 말이어서인지 다급하게 휘갈겨 쓴 것 같다.

딸아이가 제 엄마 스마트폰에서 우연히 발견하지 못하였다면 영영 이 편지를 못 보고 지나칠 뻔했다.

만감이 교차한다.

더 이상 슬프지는 않다.

오히려 아들의 편지를 보고 있노라면 마음이 차분해지고 따뜻해진다.

아들이 우리와 함께한 삶을 행복해했으리라는 확신이 잔뜩 묻어 있는 편지이다.

엄마 아빠 아들로 태어나서 행복했다고 말하고 있지 않은가.

죽은 후에 다시 태어나도 엄마 아빠와 함께 살고 싶다고 하지 않는가.

다음 생에도 행복해야지라고 말하는 건 지금 생도 충분히 행복했었다는 이야기 아닌가.

아들을 행복하게 해 준 아내와 딸아이가 너무 고맙다.

불현듯 우리 네 식구 인생에 끼어들어 항상 웃음을 주고 있는 앤 야옹이도 너무 고맙다.

앤 야옹이도 아들의 편지에 등장하고 있다, 당당히 가족의 한 일원으로서.

가족들에 대한 고마운 마음이 클수록 나 자신은 형편없이 쪼그라드는 것 같다.

아들이 내게 고마워했던 일들을 딸아이를 통해 들었건만, 오히려 그게 더 마음 아프고 가슴 한편이 미어진다.

얼마나 고마울 일이 없었으면, 얼마나 잘해 준 일이 없었으면,

어렸을 때 건넸던 쪽지를 버리지 않고 여태 가지고 있어 준 게 그리 고마웠을까.

자기가 만든 브랜드 옷 예쁘다고 한마디 해 준 게 뭐가 그리 고맙고,

방바닥에 바닥재 하나 깔아 준 게 뭐가 그리 고마웠을까.

땅을 치고 후회해 본다.

조금만 더 따뜻하게 대해 줄 걸.

말 한마디를 하더라도 조금만 더 상냥하게 해 줄 걸.

별 것도 아닌데 왜 그리 칭찬에 인색했을까.

되돌아 생각해 보니 칭찬받고 인정받을 일들이 참 많은 아들이었는데.

자기 진로 때문에, 자기 건강 때문에 몹시 괴로워할 때 조금만 더 보듬어 줄 걸.

왜 나는 아들의 괴로움을 그렇게 가벼이 여겼을까.

마지막 순간 배 아파할 때, 왜 나는 같이 아파하지 않았을까.

아들이 마지막 순간을 예감할 때 왜 나는 그 예감을 알아차리지 못하였을까.

아들이 나에게 작별 인사를 할 때 왜 나는 함께 인사는 못할망정, 무슨 의미인지조차 헤아리지 못하였을까.

자식은 품어야 자식이다.

내 곁에 있어야 자식인 거다.

아파도 내 곁에서 아파야 하고, 병신이 되어도 내 곁에서 병신이어야 한다.

평생을 의식 없이 송장처럼 살더라도 내 곁에서 송장이어야 한다.

이기적인 생각일지는 모르나,

아프고 병신이고 송장 같은 자식도 내 눈에 보이고 내 손에 만져져야 자식이다.

그래야 자식을 위해 울어 주고 슬퍼해 주고 말이라도 한마디 걸어 줄 수 있지 않은가.

"아들, 많이 아파?

아빠랑 같이 조금만 더 참아 보자.

그리고, 걱정하지 마.

아빠가 항상 옆에 있을게."

너무 아프고, 너무 병신이고, 너무 송장 같아서,
그래서 아무리 절망적이더라도,
이렇게 말 걸어 주며 쓰다듬어 줄 수 있다면 그걸로 나는 족하다.

그런데 나는 한 번도,
너무나 착하고, 너무나 사랑스럽고, 너무나 멋진 나의 아들을 위해 단 한 번도 같이 울어 주고, 슬퍼해 주고, 따뜻한 말 한마디 걸어 주지 않았다.

누구나 그렇듯이, 나 역시 처음 '아빠'를 해 본다.
완전 '초보 아빠'이다.
하지만 아무리 그러할지라도 나는 아들에게 너무 잘못하였다.
너무 차가웠고 나무 냉정하였고 너무 무서운 아빠였다.
한 번도 아들을 따뜻하게 포용해 준 기억이 없다.

그래서 더욱 가슴이 아파 온다.

영원히 아플 것 같다.

17

“고마웠어, 아들”

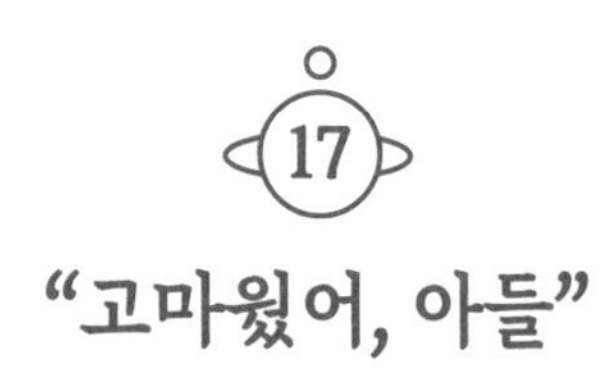

"고마웠어, 아들"

아들의 유품과 주변 정리를 대략 마치고, 이제 우리 세 사람도 서서히 일상으로 돌아오고 있는 중이다.

나는 7월 초 정기인사 직후 다시 회사로 복귀하였다.

그리고 회사 측의 배려로 잠시 현업을 내려놓고 회복에 전념하고 있다.

물론 총무부장직에서도 물러났다.

체중도 늘리고 건강도 잘 회복하여 올 연말 혹은 내년 초에는 다시 영업 현장의 지점장으로 복귀하여 예전처럼 열심히 영업에 매진하려고 한다.

이렇게 힘없이 뒷방에 앉아 '불행의 아이콘'으로 후배들에게 기억되고 싶지는 않다.

아내는 아들 방에 서랍장을 새로 넣고는 안방에 있던 자신의 옷가지를 모두 그리로 옮겨 가 아예 아들 방으로 거처를 옮긴 듯하다.

웃음의 절반 정도 되찾은 듯하지만 원래 성격이 그러하듯 아들의 흔적을 쉽게 떨치지는 못하고 있다.

아들의 옷가지며 그림 작품이며 핸드폰, 각종 소지품들 모두 아내가 손만 뻗으면 닿을 수 있는 곳에 아직도 다 그대로 있다.

나중에 작은 갤러리를 하나 빌려 아들의 그림 작품을 모아 전시회를 하고 싶다고 한다.

좋은 생각이다. 나도 동의했다.

용인 천주교 묘역에 데려다 놓은 아들을 일, 이 년 정도 후에는 집으로 데려오고 싶다고도 한다.

역시 나도 동의하였다.

무엇이든 하고 싶으면 하면 된다.

이것저것 재고 고민하고 아등바등할 필요 없다.

아내가 아들을 그리워하면서도 더 활기차게, 더 건강하게 살 수만 있다면 뭐든지 하고 싶은 대로 다 하게 할 생각이다.

딸아이는 연말까지 한국에 머무르기로 하고 열심히 재택근무 중인데, 이따금 화상회의가 있을 때마다 난리법석이다.

프랑스 현지와 시차가 있다 보니 밤 열 시 넘어 야밤에 할 때도 종종 있는데, 그럴 때는 얼른 얼굴에 화장품을 찍어 바르고는 다소곳이 책상 앞에 노트북을 켜고 앉는데, 하의는 잠옷 바람 그대로여서 보기가 참 우습다.

최근에는 헬스클럽과 피아노 학원도 등록하였고, 직장인 대상으로 프랑스어 과외도 두 건이나 맡아 하고 있는데, 수입이 생각보다 괜찮은 것 같다.

게다가 완전 비과세 아닌가.

주말마다 아들에게 가고 있다.

아내는 갈 때마다 피자, 한우, 가리비 조개, 타코야끼 등 평소에 아들이 좋아하던 음식을 챙기고 있다.

가고, 잠시 머무르고, 돌아오는 데 합쳐서 세 시간이면 충분하니 일상에 부담도 없다.

주말에 다른 일정이 있어 못 가면 대신 평일 새벽에 한 번 더 다녀온다.

아마 평생토록 나와 아내는 매주 아들에게 갈 것 같다.

잠깐의 시간이지만 이렇게 아들과 마음속 대화를 나누고 오면 하루 종일 마음이 따뜻해지는 걸 느낀다.

아들도 분명 우리를 기다리고 있을 거라고 생각을 하니 게을러져 안 가면 너무 미안할 것 같고, 일주일에 한 번 정도면 아들도 이해해 줄 것 같다.

아인슈타인의 〈상대성이론〉에 나오던가?

지상에서의 긴 나날도 하늘나라에서는 찰나라고 하니까.

이제 아들을 보아도 울지는 않는다. 우리 둘 다.

유쾌하고 재미나게 대화를 나누고 음식도 떠먹여 주고 오는데, 결국 마지막에 돌아설 때에는 나도 아내도 살짝 눈물을 짓곤 한다.

곁에 있으면 더 그리워진다는 말이 딱 맞는 것 같다.

한번은 일요일 아침에 아들에게 갔는데, 못 보던 꽃이 놓여 있었다.

여자친구가 어제 제 아빠와 함께 다녀갔다고 한다.
마음이 참 따뜻한 아이라는 생각이 든다.

아내와 딸아이는 당분간 아들 스마트폰을 해지할 생각이 없는 모양이다.
나도 그렇게 하라고 했다.
제 남자친구 스마트폰을 제 누나가 가지고 있다는 걸 그 아이도 알고 있지만, 그래도 개의치 않고 자주 안부를 묻는 메시지를 아들에게 보내오고 있다.
요즘 젊은이답게 보고 싶다는 애정 표현도 잘한다.
한번은 딸아이가 카톡 메시지를 우리 가족들이 보는 게 불편하지 않냐고 물었더니, 전혀 그렇지 않다고 한다.
오히려 메시지 옆 '1' 숫자가 사라지고 없어지는 게 더 마음이 좋다고 한다. - 마치 제 남자친구가 살아서 보는 것 같다고.
착하고 정이 많은, 아들에게는 정말 좋은 애인이었던 것 같다.

한번은 대중교통을 이용하여 아들에게 다녀갔었나 보다.
광역버스와 마을버스를 번갈아 타고도 뙤약볕 아래 40분을 걸어 왔다고 제 남자친구에게 투덜거리고 있다.
딸아이는 이 아이와 지금도 자주 연락을 하고 있고 이따금 만나서 식사도 한다고 한다.
만나게 되면 맛있는 거 많이 사 주라고 딸아이에게 일러두었다.
이 아이도 앞으로 잘 성장하고 잘 살았으면 좋겠다.

지난주에는 나흘간 일본에 다녀왔다.

아들이 살던 오피스텔, 아들이 다니던 학교에 한 번은 다녀와야 온전한 정리가 될 것 같았고, 아들도 그리 해 주길 바라는 것 같았다.

일본에 도착하자마자 제일 먼저 아들이 일 년 반 동안 머물렀던 오피스텔을 찾아갔다.

예전에 비해 변한 것이 하나도 없어 놀랍기만 하다.

생각해 보니 아들이 이곳을 떠난 지가 이제 겨우 3년밖에 되지 않았다.

그 짧은 시간 동안 참 많은 일이 있었구나. 우리 아들에게.

아들이 살던 곳은 2층 두 번째 방이었는데, 조용히 현관문 앞까지 올라가 보았다.

초인종 밑에 낯익은 스티커가 제일 먼저 눈에 들어온다.

아들이 이곳에 살던 시절 붙여 놓은 [iYOAU] 스티커이다.

작지 않은 크기인데다가 드나들 때마다 제일 눈에 잘 띄는 위치에 붙어 있는데, 새로 바뀐 주인이 마음이 좋은 건지 무감각한 건지, 아들이 떠난 지 3년이 지나도록 여태 붙어 있는 게 사뭇 신기하다.

아들의 스티커와 현관문 손잡이를 한 번씩 번갈아 쓰다듬어 보았다.

이미 아들의 체취는 사라진 지 오래인데, 그래도 아들이 일 년 반 동안 드나들었을 이곳에 서서 아들의 눈높이와 같은 시선으로 현관문을 바라보고 있노라니 불현듯 가슴이 벅차오른다.

초능력자라도 된 양 현관문 안의 전경이 투시되어 보이는 듯하다.

오른쪽 이쯤에 화장실이 있고, 맞은편 이쯤에 주방 싱크대가 있을 테고, 문 열고 들어가면 이쯤에 침대가 있고, 또 이쯤에 책상이 있고.

어이쿠, 내가 땀 흘려 깔아 놓은 바닥재가 어느새 다 걷어 내어지고 직물 카펫이 그대로 드러나 있네.

그래, 벌써 시간이 3년이나 흘렀는데 새로운 주인이 다 걷어 냈겠지.

아들의 발자국 소리가 들리는 듯하다.

잠에서 막 깬 하품 소리와 기지개 켜는 소리도 들리는 듯하다.

수업에 늦어 허겁지겁 옷을 챙겨 입다가 불현듯 우리 쪽을 돌아보더니 '이제 오셨어요?' 하며 웃는 듯하다.

아들이 외로이 홀로 지내왔던 이곳, 다시 돌아올 리는 없고 대신 엄마와 아빠, 제 누나가 이곳에 와 있다.

함께 올 수는 없어 부질없어 보이지만 이렇게라도 다녀가니 마음 한편이 참 편안하다.

아들이 고마워할 것 같아 마음이 놓인다.

오피스텔 옆 커다란 편의점도 그대로이다.

우리가 아들 만나러 오면 자주 이용하였던 편의점이다.

아들이 혼자 생활하던 시절, 밥하기 귀찮고 허기질 때 아들은 저녁 8시까지 기다렸다가 이곳에 들리곤 했었다고 한다.

저녁 7시가 지나면 대부분의 도시락 제품을 20~30% 할인, 그리고 저녁 8시가 지나면 거의 절반 가격으로 할인하여 판매하였다고 한다.

그래서 아들은 먹고 싶은 도시락을 싸게 사기 위해 배가 고파도 저녁 8

시가 되기만을 기다렸다가 편의점으로 달려왔다.

어떨 때에는 맛있는 도시락을 손에 넣고 기쁜 마음으로 숙소로 돌아와 저녁 식사를 한 적도 있었고, 어떨 때에는 남은 도시락이 하나도 없어 친하게 지냈다는 알바생과 함께 슬퍼하기도 했다고 한다.

작은 개천 변 도로를 따라 5분 정도 걸어가면 우리 식구들이 자주 들리곤 했던 프랜차이즈 스시집이 있었는데 다행히 지금도 그대로 있다.

우리로 말하면 '회전초밥' 같은 운영 방식이라 우리 같은 외국인에게는 종업원들과 말을 섞을 필요가 없어 아주 안성맞춤인데다가 가격도 저렴하여 외국인 관광객뿐만 아니라 주머니 얇은 현지인들에게도 인기가 많은 식당이다.

오늘도 이곳에서 점심을 먹기로 하였는데, 이른 시각이어서 그런지 웨이팅 줄이 그다지 길지 않아 다행이다.

우리 네 식구의 최고 기록은 예순 접시 정도였던 걸로 기억하는데, 오늘 세 사람이 비운 접시는 고작 열여섯 접시……, 너무 부진하다.

아내와 딸아이 모두 소식가인데다 나 역시 지금은 위암 수술의 후유증으로 소식을 해야 하는 슬픈 사연이 있어 더욱 그러하리라.

아들의 빈자리가 너무 크게 느껴진다.

다음 날에는 아들이 다니던 학교에 들렀다.

아직 여름 방학 중이라 그런지 복도도 그렇고 학생 식당, 강의실 다 텅 비어 있다.

본관 건물 앞에서 아들의 사진을 꺼내어 함께 사진을 찍었다.

"아들, 네가 다니던 학교에 다시 오니까 기분이 어때?
졸업을 못 하고 그만두게 되어 아쉽지만 그래도 좋은 경험이었지?"

아내가 사진 속 아들에게 속삭이며 눈물짓는다.
이곳에 오려고 그렇게 일본어 공부를 열심히 하고, 정식으로 디자인 전공을 하게 되어 그렇게 좋아했었는데, 이렇게 정작 본인은 다시 오지 못하고 부모만 대신 와 있으니 참 속이 상한다.

이 주일 전에 아내가 유학생을 전담 관리하는 지도 교수에게 메일을 보냈다고 한다.
아들이 건강 문제로 복학할 수 없다라는 짤막한 내용으로.
지도 교수로부터 즉시 회신 메일이 왔는데,
'아드님의 빠른 건강 회복을 기원합니다.
다음 학기에는 복학하여 다시 뵙기를 희망합니다.'
이런 내용이었다고 한다.
'다음 학기에라도 복학할 수 있다면 우리도 좋겠습니다.
그런데 우리 아들에게 그런 일은 없을 겁니다.'
그냥 아내의 생각일 뿐 당연히 회신은 하지 않았다.

그리고 하루 더 머무르고 돌아왔다.
이제 일본 여행을 다녀옴으로서 아들의 주변 정리는 모두 끝났다.

여자친구와의 이별도 잘 정리해 주었고, 아들 스마트폰에 남아 있는 연락처를 이용해서 친한 친구 몇 명에게도 연락을 해 주었다.

언제인가 아들 봉안함에 함께 찍은 사진이 붙어 있길래 친구들이 금세 다녀간 줄 알았다.

[iYOAU] 브랜드를 계속 관리해 오던 홈페이지도 유료 서비스이다 보니 이번에 정리하였고, 사진작가 지망생 친구와 함께 쓰던 코딱지만 한 작업실, 그 외 통신사 서비스들도 다 정리하였다.

사망한 날로부터 한 달 이내에 사망신고를 하도록 되어 있고 그렇지 않으면 과태료를 내야 한다고 하는데, 아내는 한사코 과태료를 내더라도 사망신고하지 말자고 떼를 썼다.

'아무 의미 없어. 여보.

그냥 단순한 행정 처리일 뿐이야.

신고한다고 해서 좋아질 것도 나빠질 것도 없어.

달라지는 거 아무것도 없어.'

아내의 심정도 충분히 이해한다.

아들이 떠난 것을 받아들이고는 있으되 딱 여기까지만, 더 흔들어 놓고 싶지는 않은 것이다.

막상 한 달이 다 되어 신고를 하려고 하니 막아서지는 않는다.

구청에 들려 사망신고를 하고 나서 가족관계증명서를 떼어 보니 아들 이름 옆에 큼지막하게 '사망'이라고 정말 찍혀 나온다.

금융기관 대상으로 금융정보 조회를 해 보니 모르던 통장 두 개가 나와 바로 해지하였다.

하나는 통신판매 일을 할 때 입금계좌로 썼던 모양이고, 하나는 예전에 내가 가입해 주었던 펀드계좌인데 나도 까맣게 잊고 있었다.

아들 앞으로 가입되어 있던 보험도 해지하였다.

기존에도 아들 명의 통장에 잔액이 제법 있었는데, 여기에 청약통장과 펀드, 보험을 모두 해지하였더니 꽤 목돈이 된다.

아내는 이 목돈을 통장에 넣어 두었다가 내가 은퇴하고 나면 매달 아들이 주는 연금으로 다달이 받아 긴요하게 쓰자고 하는데, 한 달에 삼만 원 정도는 아들에게서 연금을 받을 수 있을 것 같다고 한다. 평생토록.

어린 아들에게서 평생 연금을 받으면서 사는 부모가 세상에 몇이나 될까.

우리는 참 행복한 부부가 되었다.

아들을 가슴에 묻고 나니 지상에는 이제 셋만 남았다.

그중 나는 위암 환자이다.

두어 달에 한 번씩 계속 검사를 받아야 하는데,

언제 다시 재발 혹은 전이가 되어도 이상하지 않은 상황이다.

그런데 한 번 아프고 나니,

그리고 아들을 먼저 보내고 나니 이런 생각이 든다.

암세포가 퍼져 내가 곧 죽게 될 거라는 이야기를 듣게 된다면 어떤 생각이 들까?

대부분의 사람들은 아마 절망할 것 같다.
삶의 여정을 강제로 멈춤당하고,
사랑하는 이들과 이별을 하여야 하니 슬픔이 이만저만이 아닐 것이다.
그게 당연하지 않을까?

그런데 나는 그렇지 않을 것 같다.
웃을 것 같다.
아무도 안 믿겠지만, 난 정말 흐뭇하게 웃을 것 같다.
하루라도 빨리 아들에게 갈 수 있다라고 생각하니 저절로 웃음이 나올 것 같다.

지상에는 셋이나 있고, 하늘나라에는 혼자 있다.
공평하지 않다.
둘은 되어야 같이 놀 수 있지 않은가.

아내와 딸아이에게는 미안한 이야기지만,
지상에는 아내와 딸 둘이 같이 놀고 있으라 하고
나는 이참에 아들에게로 가고 싶다.
적극적으로 가려 하면 죄 짓는 일이라 차마 그럴 수는 없으니,
자연스럽게 갈 수 있을 때에 얼른 아들에게로 가는 운명이고 싶다.

가서 오랜만에 아들을 만나면 기분이 어떨까?
아들이야 아빠가 보고 싶었든 안 보고 싶었든,

일단 이제 심심하지는 않을 테니 나를 반길 것 같다.

나는 어떨까?
너무 반가워서 눈물이 나겠지.
그리고 차분하게 이야기를 해 줄 것 같다.
"아빠가 너무 못해 줘서 미안하다."라고.
"이제부터는 아빠가 잘할게."라고 이야기하며 얼굴을 어루만져 줄 것 같다.

이제는 아들의 얼굴이 창백하지도 차갑지도 않을 것이다.
아들의 마음 병도 다 완치되었을 테니, 하늘나라니까.
내 몸 병도 다 나았겠지. 하늘나라니까.

아내와 딸아이는 당장은 슬퍼하겠지만 나 없이도 잘 살 듯싶다.
둘 다 참 착한 사람인데다가 워낙 둘이 친하고 잘 맞으니까.
오랫동안 재미나게 살다가 올라와도 된다.
어차피 지상의 긴 나날도 하늘나라에서는 찰나니까.
아참, 앤 야옹이까지 해서 웬만하면 셋이 함께 오면 좋겠다.

아들과 함께 지상에서 이십삼 년을 살았다.
남들에 비해 턱없이 짧은 여정이었다.
이제 아들과의 여정을 계속 이어 가고 싶다.
하늘나라에서 다시 만나 이어 가기 전까지는

내 마음속에서 변함없이 이어 가고 싶다.

그리고 이제야 아들에게 용서를 구하고 싶다.
미안했다고, 아빠가 잘못했다고.

그리고 아들이 "고마웠어요, 아빠."라고 했던 사무치는 마지막 인사에,
살짝 미소를 지으면서,
또렷하지만 가슴 미어지듯 살짝 떨리는 목소리로,
이제야 아들에게 응답하고 싶다.

"고마웠어, 아들."

끝내는 말

암 수술을 받고, 아들을 가슴에 묻고, 다시 회사에 복귀하였다.

그리고 잠시 현업을 내려놓고 회복의 시간을 허락받아 쉬고 있다.

살면서 무슨 죄를 그리도 많이 지었는지, 찰나에 건강을 잃고 아들을 잃는 바람에, 몸과 마음의 회복이 동시에 필요하다.

그래서 요즘도 우리 동네 지하철역 지하보도를 매일 걷고 있다.

책을 빌리러 가는 경우도 있지만 대부분은 몇 차례 왕복하여 걸으며 운동하러 가는 경우가 대부분이다.

암 수술을 받은 후 집에서 쉬는 동안 하루에도 몇 번씩 만보기 어플을 들여다보며 무던히도 걸었던 길이다.

허리에 복대를 꽉 동여맨 채 허리를 올곧이 다 펴지도 못하고 꾸부정한 자세로 힘겹게 한 발 한 발 내딛는 모습은 지나가는 누가 보더라도 중한 환자 티가 팍팍 났을 것이다.

저 아저씨 봐. 어디가 많이 아픈가 봐….

저런 꼴로 왜 나와. 집에서 누워나 있지….

그들 눈에는 내가 얼마나 가여워 보였을까?

새벽에, 저녁에 참 부지런히도 서너 번씩 왕복하며 힘겹게 걸었던 이 길, 지금도 지하보도 입구에 들어서노라면 당시 느꼈던 그 암담하고 애처로운 내음과 온도, 습도가 아련히 느껴진다.

그 고통스러운 수술을 잘 이겨 내고, 한눈팔지 않고 열심히 회복을 위해 노력하였던 그 순간들…….

'이제 다시는 아프지 말아야지, 사랑하는 가족을 위해서라도 건강하게 살아야지.' 하며 한 발 한 발 내딛으면서도 목이 메였던 적이 한두 번이 아니었다.

당시를 생각하며 이 지하보도를 걸으면 지금도 감정이 복받쳐 오르는 것을 느낀다.

요즘도 한쪽 손에는 책이 한두 권 들려 있을 때가 많다.

며칠 전, 점심식사를 하고 돌아오는 길에 멀찍이 친하게 지내는 지점장 한 명과 우연히 마주쳤다.

서로 눈이 수차례 마주치면서도 전혀 나를 알아보지 못 해 포기하고 그냥 지나치려는 순간, 그가 결국 나를 알아보고야 말았다.

"아니! 이 부장님 아니세요!"

"그래. 고 지점장, 나다. 이 사람아."

"아니, 살이 왜 이렇게 빠지셨어요, 하마터면 못 알아볼 뻔 했어요."

회사 복귀 후 이런 상황이 이제는 꽤 익숙하다.

복도에서, 길거리에서 지나다 우연히 마주치는 상황이라면 아무리 친하고 안면이 있는 사이라도 절반은 나를 못 알아보고 지나치는 것 같다.

살도 터무니없이 많이 빠진데다가 머리도 많이 길어서일 게다.

일부러 기른 것은 아닌데 어쩌다 보니 수술 이후 거의 석 달을 머리를 자르지 않고 있다.

은행 입사 후 이렇게 장발인 적은 내가 생각해도 처음인 것 같다.

그런데 문득 거울을 들여다보고 있노라면 오히려 평소의 군인 같은 짧은 머리보다는 나은 것 같기도 하고, 아내도 내 길어진 머리가 훨씬 잘 어울린다며 응원해 주고 있다. - 이참에 더 기르라고.

하긴 얼굴 살도 많이 빠졌는데 머리까지 짧으면 너무 불쌍해 보일 것 같기도 하다.

그럭저럭 이렇게 많이 걷기도 하고 사람들도 만나가면서 다시 일상으로 돌아오고 있다.

더 이상 암세포가 생겨나지 않고 몇 년 후 완쾌 판정을 받는다면, 오히려 이번에 큰 병을 앓은 것이 내 인생에 전화위복이 될 수도 있을 것이다.

덕분에 술, 담배도 멀리 하게 되었고, 몸에 좋은 음식만 소식을 하고 있으며, 게다가 덤으로 이렇게 슬림한 몸매로 다시 태어났으니 말이다.

건강해야 한다.

이건 선택이 아니고 가장으로서의 의무이다.

비록 하나는 갔지만, 여전히 나만 바라보고 사는 가엾고 딱한 식구가 아직도 둘이나 더 있다.

아참, 앤 야옹이까지 포함하면 셋이다.

그들을 위해서라도 나는 죽는 날까지 건강해야만 한다.

이번에 크게 느끼고 배웠다.

회사 복귀 후 처음에는 하루 종일 책을 읽으면서 시간을 보냈다.

그러다가 지금은 글을 쓰고 있다.

아들이 남기고 간 노트북에 이런 저런 이야기를 적어 가다 보니 시간도 꽤 흘렀고 페이지 수도 꽤 쌓였다.

두어 번 더 읽어 본 후 제일 먼저 딸아이에게 보여 줄 생각이다.

아내에게는 아직 보여 줄 생각이 없다.

괜스레 평온해지고 있는 마음에 풍파를 일으킬 것 같아서 조심스럽다.

또한 처음 접하는 신랑 글솜씨에 대한 평가도 부담스럽다.

조각조각 흩어져 있는 아들에 대한 기억과 아들에 대한 마음을 정리해 보고 싶었다.

지금 하지 않으면 그나마 뇌리 속에 남아 있는 작은 조각마저 더 미세하게 쪼개져 기억에서 사라질 것 같았다.

가족들과 함께한 여행 사진을 빠짐없이 인화하여 책장에 꽂아 놓은 것처럼, 아들과의 아름답기도 하고 안타깝기도 했던 수없이 많은 기억들 역시 눈에 보이는 유형의 무엇인가로 만들어 내어 책장에 나란히 꽂아 놓고 싶다.

그래서 글로 옮겨 본다.

나의 소망대로 이 글이 한 권의 책으로 나와 준다면 나는 하루 종일 이 책을 보면서 아들을 그리워할 것 같다.

아들과의 추억과 함께 평생 이 책을 가슴에 품고 사랑하며 살아질 것 같다.

그리고 언제가 될지는 모르겠지만 내가 죽으면 이 책을 나와 함께 묻어 달라고 딸아이에게 부탁할 것이다.

그날을 기다린다.

아들이 너무 보고 싶다.

(끝)

고마웠어, 아들

초판 1쇄 발행 2023년 10월 31일

지은이 이동섭
펴낸이 이기봉
편집 좋은땅 편집팀
펴낸곳 도서출판 좋은땅
주소 서울특별시 마포구 양화로12길 26 지월드빌딩 (서교동 395-7)
전화 02)374-8616~7
팩스 02)374-8614
이메일 gworldbook@naver.com
홈페이지 www.g-world.co.kr

ISBN 979-11-388-2427-9 (03810)